诗生活

王熙远

著

华龄出版社
HUALING PRESS

图书在版编目（CIP）数据

诗生活／王熙远著. -- 北京：华龄出版社，

2023.1

ISBN 978-7-5169-2449-5

Ⅰ.①诗… Ⅱ.①王… Ⅲ.①诗集-中国-当代

Ⅳ.①I227

中国国家版本馆 CIP 数据核字(2023)第 030815 号

| 责任编辑 | 李 健 彭 博 | 责任印制 | 李未圻 |
| 责任校对 | 张春燕 | 装帧设计 | 书香力扬 |

书 名	诗生活	作 者	王熙远
出 版	华龄出版社 HUALING PRESS		
发 行			
社 址	北京市东城区安定门外大街甲 57 号	邮 编	100011
发 行	(010)58122255	传 真	(010)84049572
承 印	成都兴怡包装装潢有限公司		
版 次	2023 年 3 月第 1 版	印 次	2023 年 3 月第 1 次印刷
规 格	880mm×1230mm	开 本	1/16
印 张	40	字 数	300 千字
书 号	ISBN 978-7-5169-2449-5		
定 价	128.00 元		

序 言

在《山西行吟》诗集出版后，我着手整理手里的诗稿，在时机成熟时，一一把它们推出，算是对自己喜欢文学的一个交代。我的诗观与众不同之处在于只抒写自己的内心，算不得高大上，先后出版过《北大诗绪》《粤桂诗情》《万里独贺月百诗》《让诗歌走进日常生活》《山西行吟》五本诗集，《诗生活》是我的第六本诗集。

这本诗集是承接了《让诗歌走进日常生活》的日期，第一首重写广西作家杨长勋，算是复习旧课导入新课，类似电视剧的上集回放片段，最后一首是《2019年元旦写给微信圈亲友》，一共收入2017年9月至2018年12月的600余首自由与古风兼杂的诗歌。

退休后我的主要精力是游学与写诗，之所以把旅游称为游学，是因为自己在行云野鹤般的生活方式里，想探究一下沿途的人文风光，用诗的形式表达出来。

我从不寄望在诗坛获得一席之地，因为明朗而通俗，其实就是我自己风格的山歌。但我的一些亲朋喜欢，我的写作动机是为自己的内心而写，为亲朋及赏识者而写。写诗，尤其是为所欲为地利用微信平台写诗，已经成为我的一种生活方式，故名诗集为《诗生活》。

这不是最后一本诗集，因为我的生活仍然在继续，下一本，或许就是《我是那片绕山的云》。

微信平台是我的一个不用投资的自媒体，我还喜欢美篇，这两个平台，将是我的重要财富，以后的诗集，依然出自它们。

王熙远
2020年元月2日于望海斋

目　录

第一章　2017 年 9 月之诗

2 / 写给逝去的乡友长勋

3 / 筚路蓝缕打铁四年

3 / 生活的重担

4 / 题三江风雨桥

4 / 爱在一双鞋

5 / 挑抬嫁妆的接亲队伍

5 / 六十感怀

6 / 咏江畔黄牛

6 / 真心写诗

7 / 湖边散步

7 / 龙潭夕影

第二章　2017 年 10 月之诗

10 / 节日出行堵车有感

10 / 题河草之花

10 / 天净沙·开车最怕

11 / 月光，思亲的念想

12 / 骑马赶场去

12 / 由木瓜想起母亲

13 / 吾家木棉正开花

13 / 温　馨

14 / 水车逛街

14 / 题水车河景

15 / 题九如堂

15 / 题超华草书

16 / 题灌阳文市

16 / 题文市清江

17 / 题新圩酒海井

17 / 题钉子户

17 / 题新圩别人旧屋

18 / 题新圩农民老弟挖红薯

18 / 祝贺灌江生态论坛

19 / 题灌江生态论坛

19 / 题灌阳江口村

20 / 和戴斌面条诗

20 / 题灌江生态论坛的圆桌对话

21 / 题灌江生态论坛晚会

21 / 品灌阳油茶

22 / 题灌阳万亩雪梨生态园

23 / 题福星华山脚村河

23 / 观村河农作物有感

24 / 故土感怀

24 / 灌阳葛洞村早集

25 / 题灌阳云台寺

25 / 题灌阳黄关镇

26 / 灌阳观音阁印象

26 / 观音阁小河

26 / 停车辨马蹄

26 / 题洞井民居

27 / 洞井咏瓜菜

27 / 题红豆杉基地

28 / 洞井咏莲子

28 / 题灌阳高草禅林寺

28 / 灌阳西山印象
29 / 叹 挤
29 / 千家洞之歌
30 / 江永千家峒秋瀑
30 / 江永千家峒秋桥
31 / 江永千家峒秋潭
31 / 江永千家峒的山路
31 / 忻城莫氏土府石磨
32 / 忻城土司府的石缸
32 / 忻城土司祠堂
33 / 忻城土府竹
33 / 题忻城土府碑林
34 / 题忻城土府后苑
34 / 题忻城莫府
35 / 忻城风光
35 / 题忻城三界庙
36 / 回望故乡毛拜陀
38 / 题乡友家宴
38 / 秋 雨
39 / 公园，一个自信的老头
39 / 山重水复故乡路
40 / 自驾万里感怀
40 / 仰望秋空
41 / 题田林
41 / 八桂大地美如画
42 / 浪平，花开时节
42 / 壮乡糍粑与五色糯饭
43 / 我的诗是水仙花
43 / 题开平碉楼
44 / 茶室晨韵
44 / 岑王山，我心中的灿烂

45 / 田林，忘不了的壮瑶情
45 / 题南澳自然之门
46 / 题南澳海潮
46 / 糯米与糍粑
47 / 题潮人
47 / 题陈慈黉故居
48 / 题潮州广济桥
48 / 题潮州牌坊街
48 / 题南澳总兵府
49 / 山 石
49 / 秋天的芦荻花
50 / 潮州凤凰山感怀
50 / 题潮州凤凰天池
50 / 小城的桥
51 / 为妈守灵
53 / 夕 阳
53 / 村童的梦

第三章 2017 年 11 月之诗

56 / 晚秋随想
56 / 秋天为什么美
56 / 咏 菊
56 / 老 了
57 / 追 忆
57 / 小鸟天堂的树，你为何这样大
58 / 月亮与休闲
58 / 题黄公望
58 / 太阳随想
59 / 赞灌阳瑶王糯香酒
59 / 题桂林桂花
60 / 题小鸟天堂

60 / 题王城

61 / 灌阳华山

62 / 题灌阳

62 / 题深圳人才公园

63 / 题恩施清江

63 / 负重的牛

64 / 虔 诚

65 / 轮 回

65 / 匠 人

66 / 我是油腻的老年

66 / 对远飞的鸟儿说

67 / 残 月

67 / 国乐感怀

68 / 都市繁华

68 / 大漠孤烟

69 / 望 月

69 / 哄抢经济学

70 / 牛 气

70 / 喝酒的山洞

70 / 桂北的银杏

71 / 又见芦荻开

71 / 靖西鹅泉

72 / 卷珠帘

72 / 写给小花

73 / 写给宝安的诗人，包括我

74 / 十送红军

74 / 螺丝钉随想

75 / 退休生活真的好

75 / 水城凌云

76 / 马虹玫作品研讨会

76 / 初冬打铁谈文品书

77 / 秋菊随想

77 / 陪你到老

78 / 女人石

79 / 熟悉的石山洞子路

79 / 诗的断想

80 / 想妈的孩子

81 / 落叶随想

82 / 烤 香

82 / 鸭掌煲

82 / 广西师大江门聚会

83 / 写给一个乡友

83 / 题新会

84 / 大学同事新会相聚

84 / 猜 码

85 / 海洋乡的银杏

85 / 做一丝阳光

86 / 养 眼

86 / 沉 思

第四章　2017 年 12 月之诗

88 / 通灵瀑布

88 / 二郎瀑布

89 / 旧州文昌塔

89 / 鹅 泉

89 / 古龙山大峡谷

90 / 渠洋湖

90 / 龙潭湿地公园

91 / 枫叶红了

91 / 巴泽梯田

92 / 冬 柿

92 / 花鸟对语

93 / 母校的大礼堂

94 / 野蛮生长

94 / 回归田园

95 / 狗尾巴草

95 / 小吴哥的夜

96 / 盘王节

96 / 根的随想

97 / 下午茶

97 / 云雾中的山

98 / 漓 江

98 / 龙脊梯田

98 / 阳朔西街

98 / 银子岩

99 / 三里洋渡

99 / 古东瀑布

99 / 桂林王城

99 / 程阳八寨

100 / 丹洲古镇

100 / 银 滩

100 / 涠洲岛

101 / 斜阳岛

101 / 北海老街

101 / 钦州三娘湾

101 / 桂平西山

102 / 通灵大峡谷

102 / 黄姚古镇

102 / 巴马盘阳河

103 / 金秀莲花山

103 / 德天瀑布

104 / 歌娅思谷

104 / 灵魂酥了

104 / 空巢老人

105 / 海洋村口的银杏

105 / 筝中战将

106 / 冬日桂林

106 / 龙脊民宿

107 / 题福之涌文艺社

107 / 褪尽繁华的银杏

108 / 赞打铁舞蹈武术队

108 / 写给小师弟高进

109 / 田林的油茶花

110 / 品闫金林临沧厚茶

110 / 赞张苏州自然大师

111 / 且慢笑傲江湖

111 / 牌 坊

112 / 弹钢琴随想

112 / 观人写字

113 / 田林之歌

114 / 根 网

114 / 老树茶

115 / 灌阳新圩小龙村随想

115 / 石拱桥

116 / 悼余光中

116 / 一片丹心在玉壶

117 / 卑微的乡愁

118 / 龙中管乐团音乐会

118 / 煮茶过冬

119 / 浪平高山汉民居

120 / 刘颂老师寿比南山

120 / 古泉园地博古奇石

121 / 享受清欢

122 / 闲云堂吴琳罗浮山

122 / 冬日芦苇花

123 / 海 路

123 / 把美好撕碎让你心疼
　　——观《芳华》有感

124 / 粽 叶

124 / 我享受人间那温柔的一笑

125 / 自 嘲

125 / 冬至思母·西江月

125 / 三脚鼎罐

126 / 我在朋友圈燃起世俗的火焰

127 / 闲云堂烟雨凤凰山

127 / 赞《缘自笔墨不了情》

128 / 田林壮族长桌婚宴

128 / 亲近自然

129 / 无叶也笑

129 / 融 合

130 / 南宁中山路的老友粉

130 / 舞 者

131 / 有一种动力推着我

132 / 故乡的树石云山

133 / 呵 护

133 / 瓦 房

第五章　2018 年 1 月之诗

136 / 致微信圈朋友

136 / 我找不见十八岁的照片

137 / 艺术品发票

137 / 黄姚古镇随想

138 / 古镇的灯

138 / 下坝群狮子口洞酒

139 / 饭 局

139 / 做一个平凡的诗人

140 / 那个坐在木头上的女人

141 / 闹市求禅

141 / 题宋飞二胡

141 / 题蓝予仕女赏春

142 / 凝扣子

142 / 题落英

143 / 题肖老师《白云深处有人家》

143 / 煮猪菜

144 / 冬天，让歌声温暖你我

144 / 感佩重返浪平中学当校长的良卫师兄

145 / 写给凉山的支教老师

146 / 师大校友宝安聚会

146 / 反 串

147 / 由蹭网想到的

147 / 桂西的腊肉

148 / 题雷州冬日田野

148 / 潮汕牛肉火锅

149 / 广西米粉

149 / 母亲的挂念

149 / 煲 汤

150 / 我的祝酒词

150 / 古镇随想

152 / 立新湖随想

153 / 古巴舞者

153 / 罗湖商业城

154 / 乡村庭院

155 / 迟开的红继木花

156 / 莲 颂

157 / 乡愁中的全州

158 / 故乡的每样东西都是一首诗

158 / 我，只能在对比中知足常乐

159 / 我的诗是你的朋友

160 / 莲 修

161 / 城市的口红

161 / 题吴琳《烟雨凤凰山》

162 / 冷湿的天温暖的火

162 / 又见油菜花

163 / 凤还巢

163 / 冰的随想

164 / 烤火的老人

164 / 冰樊篱

165 / 野长城随想

166 / 老树随想

166 / 写给一个叫雅莉的古筝手

167 / 乡友王朝东的葡萄画

第六章　2018 年 2 月之诗

170 / 这个冬天，树将更沉重

171 / 饮水思源　感恩明亮

172 / 鹅泉，一首绝美的诗

173 / 绣球故乡——靖西旧洲

173 / 黑衣壮村随想

174 / 我的第一首自由诗

174 / 那坡高山汉

175 / 鉴水浣发女

175 / 晨 练

176 / 煮粽子

176 / 携手并进共赢未来

177 / 写给稻城亚丁

178 / 新加坡的建筑

178 / 题蓝予山野清风画

179 / 新加坡，繁华之地

179 / 新加坡的绿

180 / 新加坡狮子

180 / 灯照繁华

181 / 新加坡的中国灯市

181 / 小白头猴

182 / 尽展芳华

182 / 嗟来之食

182 / 用火，点燃童年的梦

183 / 孺子马

183 / 女人的衣服

184 / 鲨鱼的翅膀

184 / 小植物与大景观

185 / 我在读一首空灵的诗

185 / 园艺师的作品

186 / 牡丹芙蓉竞风流

186 / 人造瀑布

187 / 人造热带雨林

187 / 温室随想

188 / 扬帆起航

188 / 老树颂

189 / 新加坡除夕谢微友

189 / 过年，为亲情而聚

190 / 牛车水，新加坡的唐人街

191 / 岁月随想

192 / 感恩宝安

193 / 罗平螺丝田油菜花

193 / 花市随想

194 / 让友谊浸泡在温柔乡

194 / 南宁同学戊戌首聚

195 / 当狗成为文化符号

195 / 家园卑微的花草，也会带来幸福

196 / 卿不负我

196 / 退休后的茶室

197 / 戏题溪里佛图酒

197 / 离　别

198 / 新春添花

198 / 那年我去林芝，桃花已过

199 / 题旺嘎公

200 / 诗意的密蒙花

200 / 入学须知随想

201 / 腊　肉

202 / 船　工

202 / 林帝浣擅长诗融画

203 / 峰回路转百路弯

第七章　2018 年 3 月之诗

206 / 花开花谢

206 / 长老后我就成了你

207 / 桃花随想

207 / 追赶夕阳

208 / 至简生美

208 / 汤　圆

209 / 杰出人物的睡眠时间

209 / 我种下一棵寓言

210 / 点　醒

210 / 在污泥浊水中活出诗意

211 / 抢丁财炮

211 / 尊重知识与小孩的未来

212 / 我不嫌弃你细小的温柔

212 / 丹巴的女人

213 / 朱岩冲的梨花

213 / 老树新花

214 / 静待花开

214 / 题灌阳梨花

215 / 我是一株米汤果

216 / 赏灌阳梨花

216 / 凝视桃花

217 / 题抗战文化中心桂林

217 / 咏被圈铜马

218 / 睹马斗有感

218 / 香水百合

219 / 写给青藏高原

220 / 花的随想

220 / 蝶　恋

221 / 金鱼草

221 / 装　嫩

222 / 樱花仑

222 / 咏玉兰

223 / 瓷杯上的父女

224 / 题浪平那英桃花

224 / 题灌阳桃花

225 / 咏　花

225 / 回　报

225 / 题广西

226 / 咏　龙

227 / 桑　椹

227 / 有一种笑

228 / 有一种称呼叫好友

228 / 文人辞世

229 / 世界上有种美好叫苦恋与三角恋

229 / 文字生涯有感

230 / 广西米粉

230 / 艰辛的手

231 / 背 篼

231 / 黄昏西街

232 / 笋 子

232 / 戏题晓云教授藏酒

232 / 题花蕊夫人

233 / 宁大作与他的野樱花

233 / 咏大学同事佛山相聚

234 / 用心灵抚摸成都

235 / 巴郎山的飞雪

235 / 四姑娘山顶独语

236 / 我来了，你却用白丝巾盖头

　　　——写给雪中四姑娘山

237 / 人参果坪的老树

237 / 美人胚子

238 / 丹巴女人

239 / 丹巴少妇

239 / 老树梨花开

239 / 梨花飞

240 / 甲居藏寨

240 / 桃花深处有人家

241 / 在嘉绒藏家饮马茶

241 / 美在延续

242 / 甲姆家的屋顶

242 / 老树鸟巢

243 / 甲居红桃花

243 / 咏梨花

244 / 丹巴女儿国随想

244 / 邛山村土司山寨

245 / 美人谷

246 / 东女国美人谷的女人

247 / 金川路上的樱花

247 / 金川世外梨园

248 / 马尔康的垂柳

248 / 嘉绒老妇

249 / 转经后的村姬

250 / 色达路边的野桃野梨花

250 / 金川观音寺的四臂观音

251 / 绕观音寺的群山

252 / 写给纳勒神山

253 / 尼奔达雅金宫遗址边的冰湖

254 / 色达五明佛学院

255 / 三月寒雪绕甘孜

255 / 冰 河

256 / 行走在杉雪装点的路上

256 / 绛红小木屋

257 / 西俄洛的康巴汉子

258 / 康巴女人

258 / 欢乐的西俄洛

259 / 骑行者

259 / 去拉萨的步行朝拜者

260 / 然乌湖附近的小湖

260 / 窄路相逢

第八章　2018 年 4 月之诗

262 / 车过然乌湖

262 / 又见波密

263 / 鲁朗小镇

264 / 鲁朗的云天

264 / 鲁朗的石锅鸡

265 / 宁静的鲁朗

265 / 鲁朗烟云

266 / 林芝的桃花

267 / 林芝路上的雪山

268 / 咏林芝嘎拉桃花

268 / 题白鹭

269 / 骑马的康巴汉子

269 / 林芝石锅鸡

270 / 雅尼风光

271 / 巴吉村的三千岁柏

272 / 林芝的农贸市场

272 / 回望西俄洛

273 / 林芝的雕塑

274 / 女儿国的当今女孩

274 / 林芝柳含情

275 / 告别林芝的月亮

276 / 回望林芝的桃花

276 / 再见川藏美女

277 / 经过成都

277 / 成都历史怀想

278 / 回望川藏

279 / 宝安凤凰山随想

280 / 清明祭父

280 / 狗肉猪杂粉

281 / 和微友摩尼光出关诗

281 / 用拍照挽回失去的年华

282 / 烟花三月上灌阳

282 / 五色糯米饭

283 / 云南的泼水节

283 / 扶王山上的杜鹃
　　　——写给宁大作

284 / 紫藤花开

284 / 回想丹巴之行

285 / 手眼通天

285 / 筝语情缘

286 / 火铺的记忆

286 / 怒江大峡谷渡江感怀

287 / 毕节百里杜鹃

287 / 壮家女人

288 / 浪平的恩桃泡

288 / 壮族的狂欢节

289 / 生榨米粉

289 / 怀念农耕

290 / 金银花

291 / 四月，只要心中无闲事，便是人间
　　　好时节
　　　——写给朗诵艺术

292 / 伊朗美女

292 / 孝 顺

292 / 父老乡亲

293 / 你猜他干啥

294 / 谁都无法阻止太阳

294 / 聆听音乐

295 / 想起了我的童年

296 / 有一种东西叫音乐

296 / 转角花开

297 / 壮族竹竿舞

297 / 醉花的女人

298 / 桃花里的卓玛

298 / 万达茂

299 / 百色阳圩山歌节

299 / 盛装的彝族女人

300 / 告别四月的风

第九章 2018 年 5 月之诗

302 / 题甲居藏寨

302 / 题乡友林永格圯兴老壶网

303 / 田林吼敢节

303 / 壮族吼敢节的长桌宴

304 / 广西是个奇特的地方

304 / 题云南富宁县八宝镇

305 / 题武夷山九龙窠母树大红袍

305 / 吟枇杷

306 / 只有尖锐的触管才能吸到花蕊

306 / 扶王山上采茶女

307 / 歌声随想

307 / 题龙吟蒋正笛箫埙声

308 / 旅游随想

308 / 又想起天池

309 / 圣母送子石

309 / 放 牛

310 / 做 梦

310 / 浪平腊嘎

311 / 女儿国的小美人

312 / 五十年一回眸
　　　　——写给知青回村一聚

313 / 灌阳的宝盖石

314 / 我对大学的眷恋是一碗米粉

315 / 伶仃洋的夕阳

315 / 鲜花开在牛粪边

316 / 顽 强

316 / 舒服的色彩

317 / 乌泡里的乡愁

318 / 读晓燕书法作品有感

318 / 题美联储

319 / 云亲女儿国

319 / 你这笨蛋，你以为是真的吗

320 / 放 牛

320 / 凌云浪平的牛心李

321 / 旗袍女人

321 / 眼神是摆拍不出来的

322 / 嘉绒舞

322 / 岑王老山的瀑布

323 / 两个描写龙脊初夏的人

323 / 听笛筝演绎《梁祝》

324 / 被过度开垦的草原

324 / 父亲的草原母亲的河

325 / 人生就像一个球

325 / 科尔沁随想

326 / 乌拉盖湖畔的雕塑

326 / 乌拉盖的五月之晨

327 / 乌拉盖的湖

327 / 乌拉盖的白杨

328 / 洁净的云天

328 / 诞生《狼图腾》的草原

329 / 题布林泉

329 / 射雕随想

330 / 知青岁月

330 / 青葱岁月

331 / 乌尔盖湖

331 / 九曲湾随想

332 / 可汗山随想

332 / 超写实主义

333 / 柔情似水

333 / 耻辱的钉子

334 / 地菊花

334 / 阿尔山车站随想

335 / 玫瑰峰随想

335 / 阿尔山贝松尔口岸

336 / 尊 严

336 / 边 城

337 / 阿尔山小城

338 / 玫瑰峰周边的云

338 / 我以为我来到莱茵河

339 / 五月的月亮照在阿尔山

339 / 阿尔山之晨

340 / 阿尔山的卧牛潭

340 / 走进阿尔山

341 / 火山熔石

341 / 熔岩陷谷

341 / 喷气碟

342 / 杜鹃湖

342 / 杜鹃湖畔赏残鹃

343 / 驼峰岭天池

343 / 绿色长廊

344 / 阿尔山大峡谷

344 / 阿尔山月亮小镇

345 / 月亮小镇的木屋

345 / 柴河之晨

346 / 伤 痕

346 / 扎兰屯山水岩壁画

347 / 同心天池

347 / 这里的牛很幸福

348 / 告别阿尔山

351 / 包装与裸露

351 / 抓住人性的弱点推销
　　　——车展随想

352 / 赤子扛旗
　　　——写给《美中时报》社长陆煜

353 / 浪平马帮

354 / 浪平高山汉的岩水缸

355 / 雨天弄葫箫

355 / 家乡的味道

356 / 题益阳观云山

356 / 戊戌见友晒旧照有感

357 / 将筝曲《追梦人》送给高考学子

357 / 题高考

358 / 龙胜梯田

358 / 题苏州

359 / 藏区野花

360 / 写给量子计算机与人工智能

360 / 雨中思念

361 / 爱与付出

361 / 写给旅游者

362 / 扶王山云海日出

362 / 戊戌观徐东老弟画鲈鱼有感

363 / 清淡生活

363 / 戊戌夏题周庄

364 / 小牛作耍

364 / 夏 收

365 / 雷峰集翠

365 / 题宋村

366 / 睹物伤怀

366 / 一个男人亮丽的背后

367 / 前海，但愿你把我们带向美好

第十章　2018 年 6 月之诗

350 / 熟悉的背影

367 / 攀爬的山路

368 / 夏日古村

368 / 聆听大提琴《离骚》有感

369 / 听男女对唱《天边》

369 / 写给浪平

370 / 照片中的故乡浪平

371 / 刀剑入梦

371 / 浩 月

372 / 浪平中学的花瓶树

372 / 束河古镇

373 / 无界手造馆的中餐

373 / 菖蒲读诗

374 / 题凤凰古村龙气

374 / 耙田的老农

375 / 温暖彼此

376 / 这块热土长出了什么

第十一章 2018 年 7 月之诗

378 / 浪平水蜜桃

378 / 最好的回忆是歌声

379 / 紫薇花开

379 / 故乡的狗

380 / 走向没落的村庄

381 / 稀特为贵的树

381 / 收割稻谷

382 / 背柴的老人

382 / 百色学院风华正茂

383 / 让鞋子排队

383 / 生命力是自找的

384 / 用什么去填补孩子的灵魂

385 / 吃 面

385 / 赞布镜湖荷莲世界

386 / 题付娜筝演奏《美人吟》

387 / 迷蒙的维多利亚湾上空

387 / 想起黄瓜与豆豆嘎

388 / 水泥森林里的蚂蚁

388 / 紫荆花随想

389 / 维多利亚港湾

389 / 铜锣湾

390 / 六月的瑞士

390 / 艺术品随想

391 / 堂表弟，站在我家屋前

391 / 故乡已长满草木

392 / 文明是妥协的结果

392 / 我沿着澳门的海堤走

393 / 傍晚的澳门

393 / 崛起的横琴

394 / 横琴会师弟高进

394 / 守望稻田

395 / 修行从扫地开始

395 / 法冠非洲裔球员随想

396 / 想起藏地的美好

396 / 藏坡随想

397 / 老两口的悄悄话

397 / 自家眼里的花

398 / 高山汉的结婚八仙调

398 / 观晓燕书法有感

399 / 百色芒果随想

400 / 苦涩的童年

401 / 浪平的雾中仙境

402 / 熟悉的工棚

403 / 煮 茶

403 / 煮熟的糯苞谷

404 / 搬砖的女人

404 / 康巴汉子的歌声

405 / 环卫工随想

405 / 海市蜃楼里想起旺嘎公

406 / 夕阳西下明月初升

406 / 鱼恋花

407 / 题深圳合成号糕点

407 / 乐业天坑

408 / 找一处田园安放悠闲

408 / 题田园东方现代桃源

409 / 鲁家村，前世今生的诗与远方

409 / 梦中南浔今始见

410 / 曾经繁华的大运河

410 / 南浔，每一个镜头都是一首诗

411 / 浪平黄瓜

411 / 题南浔

412 / 崇仁古镇百鹿台门

412 / 嵊州木雕

413 / 抱团取暖

414 / 浙江东阳花园村随想

415 / 施家岙的乡村别墅

415 / 负重的马

416 / 横店影视城随想

第十二章　2018 年 8 月之诗

418 / 老年人向朝阳走去

418 / 题匾

419 / 梅王寨的晨云

419 / 闽台缘博物馆随想

420 / 清源山随想

420 / 茅屋泪

421 / 历史的纸片

421 / 题泉州

422 / 不敢老去

422 / 高铁射向潮汕平原

423 / 石 刻

423 / 虔 诚

424 / 衰落与新生

424 / 扛野猪的农民

425 / 骡 子

425 / 罗忠《十月红》研讨会

426 / 六十五岁的女孩

426 / 童尽一牡丹生爽意

427 / 知足常乐

427 / 打捞梦想

428 / 题唐昌

428 / 崇宁紫薇

429 / 题乡村十八坊

429 / 愿望的负担，马的反思

430 / 回望川藏 · 西康人文景观

430 / 回望川藏 · 折多河

431 / 壮乡女人

431 / 观杨克诗书展有感

432 / 赏琴品茶

432 / 听《十送红军》

433 / 回望川藏 · 牦牛

433 / 欣赏的变异

434 / 梦里金山

434 / 烧苞谷

435 / 老农赶场碰到画家忙

435 / 老了，才注意到小区的花

436 / 笑对人生的不幸

436 / 老农与牛

437 / 贺打铁成立五周年

438 / 心态，永远三十

439 / 写给梦想里的康养田园

439 / 黑鸭子送来《天边》仙乐

440 / 我的偶像

440 / 又见浪平云海起

441 / 题宁大作山上煮茶

441 / 观文集老弟报道有感

442 / 枯花换植

442 / 题老诗人北海

443 / 写给古镇

443 / 榕树到宝安，长出一道风景

444 / 故乡的那一道彩虹

444 / 巴马的命河

445 / 吾要修行三千年

445 / 回望天上的西藏

446 / 退潮与破船

446 / 城市与大海的边角

447 / 题罗卉《二泉映月》

447 / 收割金秋

448 / 灌阳禾花鱼

448 / 题王府秘拓

449 / 天台看雨

449 / 将毅力用铁臂延伸

450 / 中国韵味的古镇

451 / 浪平石具

451 / 弹古筝的女孩

452 / 老 去

453 / 听琴箫合奏《赤壁怀古》

453 / 连日大雨晴后听《云水禅心》

454 / 题宝安宜春墨韵交流

第十三章　2018 年 9 月之诗

456 / 扶王山上的行云流水

456 / 别忘记那年的春风

457 / 麦积山的核桃

458 / 沉重，物化的家人期盼

459 / 梦里家山总是云

460 / 偷 闲

460 / 花甲自嘲

461 / 荷与筝女

461 / 挣小钱的手

462 / 你我都是那看手机的人

462 / 农妇的笑

463 / 背背篓的女人

463 / 雨 忧

464 / 色达，我来过又走了

464 / 题巧二娘鲜汤鱼粉

465 / 浪平的天空

465 / 闫金林老树茶生普

466 / 写给南宁

467 / 回望川藏的流云

467 / 弹竖琴的女人

468 / 稻田里的广场舞

468 / 灌江生态论坛会友

469 / 碓 声

470 / 写给微友宁大作

470 / 秋天的落叶

471 / 享受孤独的树

471 / 鱼食莲花

472 / 山竹笼罩下携友游古镇

472 / 题千年古树黄金叶

473 / 扬美古镇随想

474 / 回望普者黑

475 / 乡　愁

476 / 题潘常欢《惠风荷畅》画作

476 / 奇云随想

477 / 独游左江斜塔

478 / 题龙州人间仙境

478 / 小连山鸟瞰龙州

479 / 题小连山卫龙炮台

480 / 小连城，南疆长城

481 / 题龙脊金秋

481 / 阳光下的明仕河

482 / 题明仕河竹筏游

482 / 筏上听笛

482 / 听壮族女人唱歌

483 / 明仕风光已入邮票

483 / 题明仕郊穿山洞

484 / 题明仕庄园石壁

484 / 浪平高山汉民居

485 / 泥洋河湿地的秋天

485 / 左江随想

486 / 同学情缘四十秋

486 / 田林利周壮乡庆农民丰收节

487 / 小连城怀古

488 / 宝安的月亮

489 / 云山与诗人

489 / 竹叶成诗

489 / 回忆川藏的原生态歌声

490 / 三弄古筝学苑夫妇的诗与远方

490 / 深湘曲艺精品展演

491 / 深圳的灯光

491 / 金边之夜

492 / 题老茶树

492 / 乡友祖母的手

493 / 为《祖母的手》写一组诗

493 / 柬埔寨的崩密列

494 / 释迦牟尼的坐骑七头龙

494 / 堵　车

495 / 神　舞

496 / 吴哥郊外

第十四章　2018 年 10 月之诗

498 / 荔枝山路边的树叶瓦

498 / 荔枝山顶的水泡泉

499 / 荔枝山随想

500 / 在荔枝山，神无处不在

500 / 西藏的卓玛

501 / 流走的是历史，留下的是追问

502 / 荔枝山上的砂岩

502 / 祥云缭绕华山脚上空

503 / 外孙女去东北了

504 / 雷文好友言为心声

504 / 浪平马帮

505 / 听乌兰图雅乳香飘

505 / 以竹为邻

506 / 一只鸟儿的悲欢离合

　　　——聆听马志敏唢呐清吹《空阒》

507 / 爱我广西花甲大庆

507 / 豆豆走进东北的苹果园

508 / 高空俯瞰的金秋桂林

509 / 写给谭国锋

510 / 写给人造雨林

510 / 访陶一馆长茶室

511 / 虔诚朝拜

511 / 题灌阳金秋

511 / 豆豆的满足

512 / 川美保安的梦想

512 / 有些东西正在垮去

513 / 夜上海

514 / 上海南京路

514 / 上海乐器年展

515 / 看上海乐器年度演奏有感

515 / 听 乐

516 / 沪展会上的筝女

516 / 我来了，西塘

517 / 西塘，我珍惜你这片刻安静的时光

517 / 拾一片灯火照亮闲心

518 / 西塘的灯光

518 / 烟雨江南

519 / 西塘小巷

519 / 西塘的河

520 / 西塘的桥

520 / 吴越姑娘

521 / 西塘的柳

521 / 西塘小吃

522 / 诗意小院

522 / 悠闲的同理

523 / 题退思园

523 / 同理随想

524 / 坚 守

524 / 同理岸柳

525 / 同理穿心弄

525 / 水墨画的同理

526 / 同理带木气的房子

526 / 同理的摇船

527 / 三寸金莲

527 / 悠闲的鱼鹰

528 / 题王绍鏊

528 / 同理的轿子

529 / 甪直古镇，迟来的水乡

530 / 水乡的小画家

530 / 有梦，就有美

531 / 甪直，我想对你说

531 / 青梅竹马

532 / 万盛米行

532 / 解 板

533 / 题王韬

533 / 题桥畔人家

534 / 甪直艺术之镇

534 / 诗意甪直

535 / 风吹过的秋晨
    ——根据我一个美国缅因州学生
        供图而作

535 / 甪直古镇的廊

536 / 观保圣寺，向文化致敬

537 / 江南女子

537 / 题叶圣陶

538 / 萧宅与萧芳芳

538 / 画画的女生

539 / 千年银杏

539 / 甪直古紫藤

540 / 左 岸

540 / 秋雾中的嘉善

541 / 江南六大古镇随想

542 / 观罗中立《父亲》油画有感

543 / 题自家四季桂

543 / 九头鸟与川剧

544 / 题浪平乡友邕城小聚

544 / 题广西师大历史系七八级北京聚会

545 / 深夜听雨

546 / 梦里龙脊

546 / 在东北走亲戚的外孙女

547 / 山谷里孤独的背影

547 / 四品书院文艺之家

548 / 古镇老人

548 / 冒气洞随想

549 / 美，养育了女人和诗

549 / 飘落的桂花

550 / 雪打断了秋梦

550 / 东女国歌舞忆大唐

551 / 桂林的桂花

551 / 桂林的桂花雨

552 / 我心中的靖江王城

553 / 王莲随想

553 / 叩问生命

554 / 用脚投票

第十五章　2018 年 11 月之诗

556 / 咏红树林之根

557 / 我老家门口那棵树

557 / 我穿行在诗歌与自助餐厅的丛林

558 / 平果都阳村的红睡莲

558 / 夏梦与红莲

559 / 写给我的两个八零后小老乡

559 / 秋河如碧玉

560 / 胡杨随想

561 / 题一位画家的立冬之荷

561 / 赞杨六斤

562 / 普洱茶

562 / 干　柴

563 / 我的诗像香蕉

563 / 石　头

564 / 灌阳新圩油茶花

564 / 读史与逛公园

565 / 桂北的江南村落
　　　　——江口村

566 / 行走与书写街巷志

566 / 我把他乡当故乡

567 / 写给知青

568 / 故乡来的信息

569 / 建设中的前海

569 / 鹧鸪天 · 情人树

570 / 腾冲农家

571 / 题清代桂林四状元

571 / 自由的家禽

572 / 腾冲银杏

573 / 百色学院八十周年随想

574 / 浪平八仙调

574 / 一场民俗文艺演出的随想

575 / 有时，阳光像一支箭

575 / 糯米糍粑

576 / 咏 鸭

576 / 表弟的养鸡场

577 / 初冬的今日浪平

578 / 同理小巷的油纸伞女人

578 / 阳光下的微尘

579 / 我愿做一片故乡的云

580 / 想起挂面

第十六章　2018 年 12 月之诗

582 / 当冬天来临的时候

582 / 托梦花开

583 / 黄落的银杏叶

584 / 漓江晨咏

584 / 银杏女

585 / 美女鸿雁舞

586 / 冬馋东坡肉

586 / 题云水青山

587 / 浪平马驮队

587 / 城市的阳光

588 / 向往温暖

588 / 那一年，我参加了恢复的高考

590 / 金边的湄公河畔

591 / 怀念外婆

592 / 那年我对旺嘎公的担心成了现实

592 / 陶 醉

593 / 硬 菜

593 / 我爱玩中国字

594 / 别怕，妈妈为你挡雨

594 / 伞

595 / 烧苞谷

596 / 让音乐洗净忧伤

596 / 优雅

597 / 诗意泸沽湖

597 / 听宋飞拉洪湖人民的心愿

598 / 布洛陀创世神话

599 / 浪平腊嘎

599 / 爱 海

600 / 那一年我去过漠河

601 / 好蛮择指而居

601 / 美雪

602 / 爱 花

603 / 十一月莫干山上海之行打油小集

　　603 / 1. 题退思园

　　603 / 2. 题剑池

　　603 / 3. 莫干山庄感怀

　　603 / 4. 题烟雨楼

　　604 / 5. 题上海之巅

　　604 / 6. 题嘉兴南湖

　　604 / 7. 题淞沪会战

605 / 题书信

605 / 题着青花瓷旗袍的女人

605 / 听 歌

606 / 民俗薪火照亮鹏城

606 / 一对新婚的嘉绒夫妇

607 / 豆豆三周岁

607 / 背篓情

607 / 冰清玉洁

608 / 苍凉的木屋与残疾的老桃树

608 / 冬天的温馨

609 / 又到烤腊肉的季节

610 / 天王庙冰雪来了

611 / 冷

611 / 破旧的猪栏明朝的砖

612 / 带汁的土猪肉

612 / 风雪归家

612 / 温汤初雪

613 / 隆林的冷

613 / 结构美学

614 / 仙女弹筝

614 / 颓寨门阳光与红旗

615 / 儿时的火锅

615 / 2019 年元旦写给微信圈亲友

第一章
2017 年 9 月之诗

写给逝去的乡友长勋

做文化人的好处

是人已逝去

作品还在

肉体已化尘

精神与影响还在

你为浪平乡树了一块

文化丰碑

活着的我

不敢懈怠

只恐完不成

当年哥俩酒喝大了以后

让作品传世的诺言

你可以安息了

余秋雨的评价并非虚言

连我一向清高的妻子

也佩服你穿透力极强的锐利文字

我继续混吧

把玩文字已是我此生

不解之缘

不敢奢望作品传世

只求笔下无愧此生

廖家坳里面

是我们的精神家园

它赋予了我们坚韧与不屈

它教我们像浪平中学的花瓶树一样做人

根扎大地

仰望星空

做一朵缭绕岑王山的祥云

我的故乡

我的挚友

岁月冲淡许多往事

但友谊之树长青

我们虽然阴阳相隔

但灵魂

始终未曾分开

祭奠你的过往

为的是让我的余生不忘使命

兄弟

再痛饮三杯吧

以微信为餐桌

以图片为佐食

为往事干杯

为浪平干杯

为你我的文化使命干杯

2017 年 09 月 18 日

筚路蓝缕打铁四年

筚径南开均俊才　　打出文艺新天地
路抵珞珈累未呆　　铁炼成钢淬火来
蓝天尚有艺峰高　　四季未肯歇一日
缕缕攀登有情债　　年月如歌足缅怀

　　打铁文艺社聚集了深圳一帮文艺精英，如灵魂人物东南漫画大咖、微观文学大咖徐东，写赋高手易不问，古筝高手师文娟，书法家雨山报刊主笔兼文坛快手王国华，东篱尚有歌星童医生，武林高手杜先生，红楼研究奇女子王小峰，人物画俊才廖老弟，风俗画老手郭老弟，尚有亦文亦商精英李总，禅茶文才女小凤，国乐队长雅莉，真是数风流人物还看今朝。一千四百多个日夜过去，其美好的声誉传遍鹏城乃至岭南，作为钦赏者，以打油记下感慨。

2017 年 09 月 21 日

生活的重担

挑着未来的月亮
牵着明天的太阳
不管生活的担子与压力多重
有希望
就有力量

2017 年 09 月 22 日

题三江风雨桥

上帝用秋风为画笔

绘出三江侗族八寨的无限风光

程阳桥蕴含了多少侗乡的广场故事

稻浪下隐藏了多少三月的风流

木楼里发生了多少悲欢离合

青山绿水见证了多少红男绿女的生死恋情

诗意概括不了当下的美景

画面反映不了侗乡的味道

只有靠心尖去抵达河脉的跳动

只有凭舌觉去体味糯米的清香

只有用双耳去聆听鼓楼的乐声

你才真正理解

什么是诗画美景

什么是色味侗乡

2017 年 09 月 22 日

爱在一双鞋

爱情的伟大

不在于海誓山盟

若你身背患病的妻子

并把你仅有的一双鞋子

让给她穿

而你

愿意赤脚行走在扎人的山地

这行动

抵得过十万句

爱的诺言

2017 年 09 月 22 日

挑抬嫁妆的接亲队伍

唢呐队吹奏着悲欢离合的调子

坎坷的山路考量着山民的毅力

喧闹声鞭炮声打破了平时沉寂的乡村

两亲家举全部财力

打造一场让山风和禽兽都诧异的热闹婚礼

人生繁殖的一个重要节点

在高寒地区更为不易

扁担悠悠

抬杠悠悠

但是它们

很难担抬尽

山民艰辛的忧愁

2017 年 09 月 24 日

六十感怀

饥荒岁月桂西诞

峒子寒冬帽裤单

廿岁风霜毛拜陀

邓公度我玉门关

王城苦诵文史册

桂粤勤政笔耘酣

六十花甲一打著

妻贤女孝吾心宽

　　今宵女儿女婿为余庆六十生日，感
觉自己心态尚三十，多喝几杯，佐酒打油。
佛家认为应该放下执着。此诗盘点过往，
从明天起，我将过另外一种生活。

2017 年 09 月 24 日

咏江畔黄牛

不羡大山不慕城
老树清江伴吾身
朝夕带露啃秋草
耳听梢工喊渡声
远处村烟袅旧瓦
近有稻浪和鸣禽
劳作带来乡民富
好过唐宋唱诗音

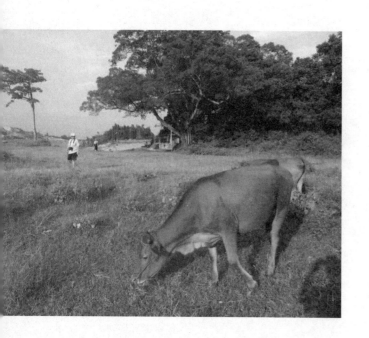

真心写诗

诗为心声
不用太多的伪装
诗言志
不需要慌言
真话打人才痛
直抵内心的语言才有魅力
你愿播下龙种
就不会收获跳蚤
那年
我与佟健华兄率少儿艺术团去考文垂市
听到一个裸妇骑马的故事
我被戈黛娃夫人为民减税的故事震撼了
真正漂亮的不是这个世界
而是映出这个世界的美好心灵
宁作一个真诚的诗歌从业人员
也不故作高深以获诗人的桂冠
明朗派
我是你的一员
靠内心的真诚
去打动自己

湖边散步

闲看慵柳垂静岸

更喜晨鸟唱水杉

钓翁扯皱一湖水

旭日抚手慰秋丫

———————

2017 年 09 月 28 日

龙潭夕影

龙饮左江翻碧浪

潭倒古树奏鸟腔

夕照扬美水天秀

影入画屏古埠商

———————

2017 年 09 月 28 日

第二章

2017 年 10 月之诗

节日出行堵车有感

不知前面为啥

三步一停想打

天热车闷想家

憋屈口渴脑大

尿涨人多羞拉

明年不做呆瓜

———————

2017 年 10 月 01 日

天净沙·开车最怕

虎门大桥受吓

胜过断肠天涯

宁走鬼门八卦

好过威远被卡

平时慢如蚁蚂

节日昏厥魂垮

———————

2017 年 10 月 02 日

题河草之花

你知道

你曾灿烂过

可你依然灿烂地笑

用高举的手臂

伸出鲜红的花舌

去舔干净污浊的空气

———————

2017 年 10 月 03 日

月光，思亲的念想

岁月无情

劫走多少人的梦想

秦始皇的长生不老

希特勒的世界王

日本天皇与军机大臣的中国梦

萨达姆的中东皇

唯有月光

谁也夺不走

秦时边关

汉代塞墙

同时仰望同一个月亮

她已成为文人思念的代名词

千里共婵娟

万人同念想

财富可以夺走

念想难独享

只有月光

公平地洒在大地

让人们共同去分享

今天是中秋

月光比往日敞亮

你可以多一点思乡

你可以多一点念想

谁也抢不走你对亲人的思念

谁也拦不住心的向往

世界上可以锁住人的肉体

但谁也不要妄想锁住谁的思想

寄情月光

寄出念想

这是你唯一可以自由挥洒的财富

你大可以尽情地挥霍

在这个中秋

在这个月夜

如果你不能回家

请仰望月光

做一回畅想

以光为马

避开堵车塞车

回到亲人身边

用月光为载体

驮去你富有的

念想

2017 年 10 月 03 日

骑马赶场去

把理想和信念装进麻袋

拿去场坝换成几个零钱

虽然没有汽车

但心仍悠然

欲望不大

几斤煤油

几斤盐巴

几尺御寒的布料

几件廉价衣服

几张送做人情的毛巾脸盆

活下去

就是理想

不病倒

就是信念

若命好

有儿孙传宗接代

由木瓜想起母亲

瘦弱的身躯

要喂养一群木瓜

好像我的母亲

养了九个儿女

最后好不容易养活六个

自己却累病在床

正如木瓜树

逐渐干枯

吾家木棉正开花

心中有阳光

到处都是佳景

屋旁种花树

随时收获灿烂

树下流溪河

四季都是琴音

心将长空作棋盘

满天星斗皆是子

魂以故乡为归依

树含欢笑水奏乐

温 馨

三口之家

养着两条忠犬

会心一笑

融化一切

两辈人的对视

胜过千言万语

操劳的母亲

累弯的腰弓着

一脸的幸福

着裙子的父亲

体恤地抱着儿子

腰柱子一样笔直

草鞋并不寒酸

驮着骄傲的主人

自信地踏过尘世的泥路

前面

是诗和远方

水车逛街

古村深藏未开发

窄道通幽小三峡

彭总率军临此地

罕为人识蕴玉家

闲来街心逛三遍

老房旧铺陈旱鸭

若趁东风点扶贫

水车生态绽新花

2017 年 10 月 06 日

题水车河景

河溪清澈映树杈

稻割高粱腰正哈

一琴浪语抚村静

满目青山衬雾纱

得闲岸堤摄古樟

放飞逸情看苞花

羡慕竹丛自飞鸟

一声咳嗽入农家

2017 年 10 月 06 日

题九如堂

都庞岭下连桂湘

兵家必争有灌阳

红军三临通关地

三五军团九如堂

彭总坐此运方遒

免遭全军离祸殃

吾今驱车临此地

犹见英魂写樟墙

2017 年 10 月 06 日

题超华草书

胸中有日月

腹内藏柔刚

借笔虎扫尾

素任舒短长

2017 二年 10 月 06 日

题灌阳文市

乡镇如城客缤纷

车水马龙货四陈

驱车仿入繁荣县

期待各乡皆效君

———————

2017 年 10 月 06 日

题文市清江

足濯清江荫暮林

极目江天畅游心

鹅鸭晒翅戏秋水

白羽有幸缀石身

———————

2017 年 10 月 06 日

题新圩酒海井

湘桂走廊战事频

犹记灵渠运秦兵

自古征战卒兵苦

百余伤残入井坑

血染战旗平天下

碑塘永将悲剧铭

游客当记马革少

未必裹尸归乡魂

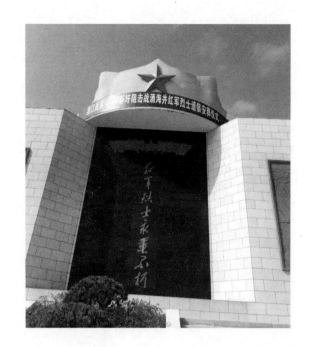

———————

2017 年 10 月 06 日

题钉子户

长街伸出两只手

有一只被一个蛮人

用钉子户钉住

钢筋在流血生锈

———————

2017 年 10 月 06 日

题新圩别人旧屋

旧时有楼是富家

椿竹衬后景芳华

留得街阳可摆客

临路更是喧车马

———————

2017 年 10 月 06 日

题新圩农民老弟挖红薯

灌阳红薯誉中华

中央新闻有范家

今日挥锄掘肥田

个大皮红笑如花

农民老弟极好客

赠我一袋凭力拿

地沃人好夕阳暖

故乡情深真堪夸

祝贺灌江生态论坛

祝愿都庞焕绿光

贺喜红地呈吉祥

灌阳幸临八方客

江泛碧波腾欢浪

生命长青山永翠

态势养人沐春阳

论古述今园林梦

坛开慧花馨人香

丁酉仲秋次日全国嘉宾应邀参加灌江生态论坛会议，县里重视，灌阳籍美中时报陆昱忙前忙后张罗，众志成城，会议准备充分，规格高，余深为感动，打油以记。

题灌江生态论坛

群贤毕至耀都庞

中外媒体聚灌江

偏县得益俊才多

早年梧桐今栖凰

广西首富产此地

粤地蒋生作协王

院士光临讲生态

湘桂明珠灿走廊

　　此次参加灌江生态论坛，一个重要的感受是灌阳百姓历来重视文化与教育，清朝江口唐景崧与其两个胞弟唐景崇、唐景封一门三进士，生物制药的蒋仁生为广西首富，搜房网总裁莫天全、广东作协主席蒋述卓也是灌阳人。操办此次会议的陆昱先生是武汉大学灌阳籍高才生，供职美中时报，奉献巨大，组织能力极强，请来中外嘉宾几百人。一个县域能举办如此盛会，令人感慨。得人才者得发展，打油记之。

2017 年 10 月 07 日

题灌阳江口村

青山环抱绿水合

桂北古街房错落

小桥流水穿旧道

安静祥和酣梦多

江边古树衬竹柳

水现莲花嶙峋坐

国画天然三进士

梨园犹传桂剧歌

　　2017 年首届灌江生态论坛上见江口唐景崧、唐景崇、唐景封一门三胞三进士资料介绍，有感于人杰地灵之说，打油记之。

2017 年 10 月 07 日

和戴斌面条诗

万千柔情成一面

五味杂陈添食哨

删繁就简多快意

水煮幸福唯此条

———————

2017 年 10 月 07 日

题灌江生态论坛的
圆桌对话

嘉宾发言意高端

视野开阔亮点闪

学有专攻适世意

指点迷津尚前瞻

问答一席生态话

湘桂长廊润雨沾

灌阳他年圆绿梦

内外媒体俱有善

———————

2017 年 10 月 07 日

题灌江生态论坛晚会　　品灌阳油茶

慈父离灌一花甲　　　　　海纳百川容乃大　　茶配汤食随主意

八二高龄魂归它　　　　　茶兼多味品方佳　　热气蒸腾暖万家

几经波折逢盛世　　　　　各家下料有丰俭　　都庞海洋孕仙气

江畔才闻后庭花　　　　　但舒己心才慰牙　　灌水荡开温馨花

改革开放行好运

千家洞下响鼓镲

但愿湘桂远离乱

海洋山下兴万家

题灌阳万亩雪梨生态园

都庞岭下丘峦绵

大仁村里梨李鲜

雪嵌黄皮汁溅口

黑李入嘴满满甜

五岭此处果独秀

名甲天下敢称先

借势论坛强生态

誉遍京华翰林间

———————

2017 年 10 月 08 日

题福星华山脚村河

家翁辞村河水大

撒网随便捞鱼虾

六十花甲眨眼过

溪浅榆残悲芦花

秋吟似泣悲父逝

石桥默哀惊暮鸦

吾已六十吹冷风

世道沧桑迎晚霞

———————

2017 年 10 月 08 日

观村河农作物有感

中秋已过感时花

茄歪椒瘦悲茂发

当年哺父多情种

物是人非神态差

稻薯依旧动秋风

岸人已老不着家

前年慈父驾鹤归

魂附吾体看河虾

———————

2017 年 10 月 08 日

故土感怀

人生一世草木秋

枯荣看淡方为道

若当芦荻迎风笑

花飞花落任气纠

家父故乡睹作物

丝老南嫩何必愁

原上青草相更替

唯有家声传不休

———————

2017 年 10 月 08 日

灌阳葛洞村早集

簸具编出童年梦

鱼干晒出少时宠

梁帚扫出野地趣

瓜果勾起饥时恐

改革开放四十年

唤醒国人致富梦

若无国家行大运

饭饱酒足尚成空

———————

2017 年 10 月 08 日

题灌阳云台寺

禅音响起撼吾魂

寺庙兴废揉赤心

布施小钱慰盛世

传承文化尽力情

生态包含各层次

物我和谐方为真

云台今日开好端

他年黄关成佳景

题灌阳黄关镇

桂北古镇龄两千

江绿稻丰仍如前

黄岩展书民爱读

在外学子才俊全

三乡两镇集散地

高速相邻出行便

愿乘东风强生态

隆平高产遍乡田

2017 年 10 月 09 日

2017 年 10 月 09 日

灌阳观音阁印象

市场冷落车马少
省道穿中司行急
桂北偏乡山壁高
正待诗人自在题

———————

2017 年 10 月 09 日

观音阁小河

西来东流经绿谷
清澈见底秋风舒
凤竹摆尾低头饮
两岸芦荻夹老树

———————

2017 年 10 月 09 日

停车辨马蹄

跳出农门四十秋
菽麦虽识仍有漏
黄关之行见一物
不是稻子亦非黍
停车路边问大姐
状似灯草是啥株
农妪笑笑为马蹄
驱车何来你阿叔

———————

2017 年 10 月 09 日

题洞井民居

伴水依岭傍田畴
溪吟鹅舞莲朵羞
大姓有祠显旺盛
雕梁画栋仿官宿
古风犹存民淳在
老妪好客民乐酬
若有君窗朝水开
愿勒车缰卧日头

———————

2017 年 10 月 09 日

洞井咏瓜菜

开花结果凭自由

不施化肥不攀楼

随性缘架由心长

冬去春来驭气候

———————

2017 年 10 月 09 日

题红豆杉基地

小桥岔向矮山谷

迎面风摇红豆株

为使南国爱遍洒

灌农绿岸开豆圃

———————

2017 年 10 月 09 日

洞井咏莲子

拳头高举不低头
出于污泥不自丑
呼得美莲遍世界
何处葱郁不可休

————————
2017 年 10 月 09 日

题灌阳高草禅林寺

南禅五宗海永强
小草悟道大文章
无明无缘世稀有
禅号第一天下响
春秋无相咏禅歌
吾临西山听泉唱
文脉自依都庞起
湘桂明珠又一光

————————
2017 年 10 月 09 日

灌阳西山印象

八山一水一分田
矿泉毛竹小水电
高草禅林誉天下
五马狮子云天源
同心桥上共风雨
盘王殿外火焰溅
小溪欢歌两相会
新添构梁飞美檐

————————
2017 年 10 月 09 日

叹 挤

万吨压力踏断桥
千双热脚冷溪浇
长城人人插竹笋
古宫青墙挤欲爆
重庆食街胸贴背
青岛人阻滞栈桥
幸得孔府建筑固
黄金周里撑未倒

2017 年 10 月 09 日

千家洞之歌

穿越多少个岁月的长河　　　　无数先烈浴血牺牲自我
才能听见那瑶史的颂歌　　　　扑灭吃人的制度与战火
那年那月那桃开的山坡　　　　瑶族几百年回望与执着
那村那寨那纠心的牛角　　　　从四面八方朝圣般回遡
那名那姓那难忘的十二　　　　几百里千家洞又闻玄歌
那男那女那颤抖的手脚　　　　两省数县围绕一团圣火
那悲那痛那伍佰的再合　　　　夜晚如都庞岭的亮燔火
那山那水那不舍的诉说　　　　青山绿水重写了盘王歌
那笠那伞那铃响的马驮　　　　国家强盛百姓才可安乐
那帆那船那不尽的漂泊　　　　蓝天当画纸瀑布竖琴索
那湖那海那熟悉的瑶歌　　　　白云写国画松杉鸣古雀
那战那乱那悲欢的离合　　　　重返桃花园再唱瑶颂歌

2017 年 10 月 10 日

江永千家峒秋瀑

像一个贫穷的干瘦的母亲

平胸上乳头几乎找不见了

但隐约的乳头

竭尽全力挤出乳汁

去哺育千家峒外的

动植物儿女

2017 年 10 月 10 日

江永千家峒秋桥

守候了几百年

柱梁瓦板

换了一茬又一茬

但愿明年春天

你从天涯归来

过桥的时候

还操着瑶音

2017 年 10 月 10 日

江永千家峒秋潭

守候着五百年的贞节
等待着拿着牛角节离散的
瑶民汉子
从五湖四海
如约归来

2017 年 10 月 10 日

江永千家峒的山路

远去的主人
快回来吧
我们用杉树列队欢迎
我们用油麻藤当歇气的凳子
我们用青山遮阳
我们用心
等着你回来

2017 年 10 月 10 日

忻城莫氏土府石磨

把五百年的岁月
凝固成忻地的珍珠苞谷子
一粒一个故事
一粒一页历史
如今停下了
你还缅怀那人上人的岁月

2017 年 10 月 10 日

忻城土司府的石缸

张开口

想诉说当年莫家的威风

新来的雨水把你镇住

俱往矣

繁华终将逝去

新桃常更旧符

知足吧

五百年已是悠悠岁月

你也成为历史

2017 年 10 月 12 日

忻城土司祠堂

不忘初心

不忘祖德

一个贯穿华夏民族的纪念实体

用楹联

用牌匾

记录着历史的传承

这就是

中国人的教堂

2017 年 10 月 12 日

忻城土府竹

骨节撑起美景

文雅衬出风韵

居无竹若人无魂

灵魂有风骨

五百年算什么

2017 年 10 月 12 日

题忻城土府碑林

墓主的尸骨或许已荡然无存

但他们的行为

因为文化

而得以保存

富贵如过眼云烟

但是文字可以记录人的耻辱与善良

只有文化不朽

2017 年 10 月 12 日

题忻城土府后苑

人说三代才培养出贵族

莫家忻城统治五百年

这与家教有关

与文化有关

谁握有文化大权

谁就有话语权

鲜卑学汉

女真习文

莫不印证

文化征服才是真的征服

否则

一切都是短命

后苑

给人予家教的启示

一个好女人

可以旺三代

2017 年 10 月 12 日

题忻城莫府

当石狮为主人看家

改为给一个旅游景点当陪衬

一个时代就结束了

曾经的威武和风光

成为一堆解说词

不禁令人唏嘘

但不是每一个家族

都配有后人的解说词

许多家族

连黄土堆都被推平

作为和地位

文化与传承

永远成正比

2017 年 10 月 12 日

忻城风光

壮族故宫在此乡

山清水秀莫府强

回首安边五百年

最是文化名一方

————————

2017 年 10 月 12 日

题忻城三界庙

很佩服一个叫三界公的壮族医生

人们为报答他高明的医术

修三清宫庙宇时

用了他的三界公称号

庙宇

一个纪念的场所

后人把感恩

化为袅袅香烟

焚烧虔诚的土纸

让自身的灵魂

超升三界

————————

2017 年 10 月 12 日

回望故乡毛拜陀

再不用

赶着马

驮着化肥盐巴煤油

走那坎坷的羊肠小道

我的汽车可以直接开到老屋边的油榨堡

再不用

挑着桶

去那盘去小弄阳去外纳

担回贵如油的生命之水

我在表弟家拧开了哗哗来水的龙头

再不见

用脸盆

去接床上滴答漏下的雨珠

表弟家已搬进新起的水泥钢筋屋

再不见

用煤油灯

驱散洞子里黑暗的包围

电视和灯泡温暖了高寒山村的业主

再不见

用木薯与米糠

糊糊当饭粑粑充饥

如今便饭可食鸡猪鱼

再不见

为学费

采金银花割棕片捡核桃板栗卖钱

义务教育已免费

再不见

为场坝一碗米粉

背一背篓沉重的南瓜走几十里换钱

如今抓一只自养的走地鸡卖掉

可以吃二十碗粉

再不见

煮猪菜做人饭

烧尽山林之柴

燃尽坡上之草

节能灶家用电

山上林茂草盛百兽归来

再不见

衣单裤薄光脚板

再不闻

那冬天冻疮的苦
那夏季光脚割粪草的痛
这些痛苦的呻吟
成了历史的昨天

再不见
黄皮脸瘦的村民
在暖阳里掐补丁衣裳里的虱子
在严寒中用热萝卜皮捂脚后跟的冻疮
体面的穿戴贫困成了过往

我看见
离开了四十年的故土
生活细节一点一滴变化着
我感觉到了家国的变迁
村民用衣食住行的变化来写诗
不一定是颂歌
但肯定是现实

2017 年 10 月 14 日

题乡友家宴

鸡鸭鱼肉置一旁

中意豆米与菌汤

生活至简身心轻

高坡梭木米饭香

秋 雨

想起四十年前

天下着秋天的忧愁

外婆为没有猪菜担忧

大舅为马帮出不了门而郁闷

大舅娘背着篾衣去割马草

我妈为分了一百斤谷子没法运回家而困扰

我穿着单衣

赤着脚

站在四面空空的江峒小学

等不来一个学生

学生们

都穷得没有伞

2017 年 10 月 15 日

2017 年 10 月 16 日

公园，一个自信的老头

不知姓名

不知出处

但无数次的自恋唱歌

让我刮目相看

文化自信

自我感觉良好

这就够了

什么叫自娱自乐

这是样板

我想

我其实也像他一样自恋

他在公园献歌

我在微信里晒诗

尽管歌与诗

都不怎么样

但是

我们同晒的自信

你不得不服

———————
2017 年 10 月 18 日

山重水复故乡路

一首悲情的长诗

久久诵读不完

源头在明末的战乱

中间在芷江与宣恩的天鹅池

继而八桂的山山水水

至凌乐县的利方毛拜陀

岁月如云梦

覆盖了多少故事

今天

一个李自成的第十五代孙

和我的表弟杨正刚

为了一个天地会会簿的藏匿地点

我的神巫毛拜陀

行走在蜿蜒的公路

似乎

他们要继写

毛拜陀的

这首长诗

———————
2017 年 10 月 19 日

自驾万里感怀

把六十年的风雨

抛在脑后

把一轮花甲盛满的辛酸

抛在脑后

把四十年工作的忍隐

抛在脑后

把大半辈子的家庭犁耙

御下一月

把对儿孙的牵挂

寄放在世俗之外的树上

过一段属于自己的日子

只要我们的心不愧对苍天

做一回自我的放纵

学学我母校的独秀峰

卓然独立天地间

2017 年 10 月 19 日

仰望秋空

缅怀逝去的艳叶

向往绚丽的红颜

喜欢晴朗的蔚蓝

得意当下的快乐

感叹青春的游离

期待秋风的拥抱

快乐天地的淳和

动情五彩的云天

2017 年 10 月 20 日

题田林

有田有林

莫非是伊甸园的再生

白云把一腔爱

化作轻纱盖在君头

阳光把满满的妩媚

化作千般柔手

轻轻抚摸着你

我的灵魂从河堤上飘过

在碧浪上

卷起万千诗意

2017 年 10 月 20 日

八桂大地美如画

我原以为

我的才学足以用来形容广西的美

毕竟

我是一个因为看书

把视力从 1.5 下降到近视和老花

交加而至的地步

我也是一个出过 14 本书的人

今天看到广西的这些美景

我觉得我是多么贫乏

贫乏到找不到更好的词语

来形容我看到的这些美

如果再捡起我形容外省美的词语

来形容生我养我教育我的广西

我觉得对不起她

因为她太圣洁太漂亮

我再使用一个词语

都是多余

2017 年 10 月 21 日

浪平，花开时节

不知哪朝哪代

从外面先后来了一批客人

他们被称为高山汉

浪平的高山汉

尊奉天地君亲师

把贫困的日子过得像贵族

毕生修一幢三间两厦的房子

房前屋后种上桃红李白

中堂的香火文字

连同主柱上的楹联

记载着迁移的历史

花开时节

浪平是一首诗

我在这首诗歌里

浸润了二十年

2017 年 10 月 22 日

壮乡糍粑与五色糯饭

壮族人民的力量是伟大的

扯下一个天空的彩虹

每一道光

做成一个糍粑

用竹编的簸箕

摆放在院坝

剩下的

留够五个颜色

象征五彩的生活

让每个村民

自取一团

将甜蜜

化为碳水化合物

送入口中

让上帝的宠儿

在肚子里

做一系列

物理与化学运动

2017 年 10 月 22 日

我的诗是水仙花

　　我的诗在别人眼里不值一提,但是她是我的水仙花。

　　为自己培育一朵心灵的水仙花,用真心去浇灌,让它开出最绚烂美丽而高贵的幸福之花。心中的水仙,是真实而高贵的精神,是清风中独守的月亮。"真实的高贵",是我们对时间的承诺,是不想辜负自己的愿望,也是最真切、最平凡、最孤独的生活。

2017 年 10 月 22 日

题开平碉楼

窗户张着嘴

在叙述过往的繁荣

雕花在呈现欧美文化的骄傲

想不到竟然绽放在珠三角平原

树木竹林杂草很不服气

用疯长来报复

风头盖过故土曾有建筑的西式雕楼

青山冷眼旁观

富贵荣华过眼云烟

人身化为灰烬和尘埃

唯有中西文化交配产下的儿子

在珠三角仰天长啸

2017 年 10 月 22 日

茶室晨韵

一曲禅筝回古寺
两杯菊茶见东篱
数朵月桂传初馨
满腔柔情和秋语

岑王山，我心中的灿烂

尽管二十年的生活留下太多的辛酸
但心中始终忘不了岑王山留予我的
灿烂
一树春花
散尽所有的痛苦
一团云霞
让痛苦往事逝如炊烟
山顶眺望
一切无足轻重
云下呼吸
身心从此焕然
人生头一个二十年
来不及欣赏你的美
因为生活有太多的挂念
今后
让你的美伴随我余下的日子
让春花秋月
温暖我的每一天

田林，忘不了的壮瑶情

二十五年的田林生活

留下五彩的记忆

五色的秋天

五色的糯米饭

五色的壮瑶情

民族的节日

淳朴如酒

聚会的热闹

似漫山的杜鹃

壮瑶用真心

在节日写诗

民族的器乐

用喧闹来诵读

多民族的文化

把广西县域面积最大的区域

染成五彩斑斓的秋

2017 年 10 月 23 日

题南澳自然之门

我叩门苍天

我从何而来

到何处去

苍天不语

这是自然之门

你想来就来

想去就去

内面是大陆

外面是大海

球下是北回归线的太阳正点

人生很难遇到正点

每朝只需一个皇帝

只要在阳光下

你就会获得生命的能量

能量越大

来去越自由

我不求去正点下感受阳恩

只求获得生命的光合能量

我来往穿越

自由之门

2017 年 10 月 24 日

题南澳海潮

白浪

拍不醒沉醉权欲的人

无论多少个宋少帝跳江

海风

吹不凉贪欲之火

尽管和珅被嘉庆扳倒

只有青山不改

它淡定地望着潮起潮落

我心如山

———————

2017 年 10 月 24 日

糯米与糍粑

每一粒谷子

包含了我童年的期望

每一扎米草

都是我赶走尘埃一样烦恼的利器

每一捆稻叶

都是我驱寒的暖被

糯米是我的诗句

糍粑是我的出版物

高寒山区的桂西

糯谷与糍粑

是我少年时最美的世界

———————

2017 年 10 月 25 日

题陈慈黉故居

渡海求生成华侨

荣返故里慈善修

乐捐办学续文脉

赈灾救困舒民愁

富贵兴乡家声远

积财建宅族传优

游客莫道知识多

陈家四壁耀千秋

2017 年 10 月 25 日

题潮人

自桂入粤谋草粮

周遭朋友有潮乡

勤奋踏实敢闯干

何惧风浪下五洋

精明经商等犹太

冒险乐园有他尝

富可敌国星斗计

人带风水处处香

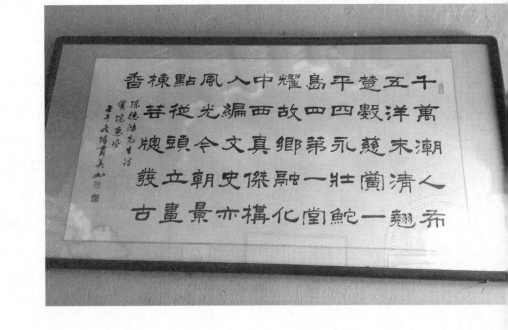

2017 年 10 月 25 日

题潮州广济桥

榜联文韵承韩公
挡风遮雨雕梁雄
人从桥过染画意
水自脚底浪吟松
秦岭蓝关放贵客
鳄溪自此吉换凶
粤东因唐传诗话
鸥声江语梭船中

2017 年 10 月 25 日

题潮州牌坊街

隋唐科举朝民开
不问寒门唯有才
韩愈文脉启鳄水
俊杰辈出耀古街

————————

2017 年 10 月 25 日

题南澳总兵府

漳潮屏障东南门
北回归线卷涛声
郑帅招兵护闽粤
周将军功祝寿闻
岛县雄踞龙虎地
寇贼惊炮四窜行
一从海桥飞天架
壮丽景色喜国民

————————

2017 年 10 月 25 日

山 石

冷静地俯瞰这个世界

不跟秋风掺和呼叫

不与夏雨闹腾喧嚣

冬来无须添加外衣

春至不劳繁花妆裹

看周遭云卷云舒

笑草木四季褪变

听山鸟得意放歌

不相信水的宣言生活是为了滋养鱼

不相信蝉是为了人间疾苦才脱壳

不相信真理和誓言

我就是我

我是耸立山巅的

地壳运动中固化的焰火

2017 年 10 月 26 日

秋天的芦荻花

自从水与路分开

君在秋风里无数次招手

伊仍然不回头

泪水化为飞絮

洒向四方

去寻找消逝的足迹

从含苞到散开枝体

经历了无数次风雨

散去的毕竟散去

飞翔的仍然飞翔

山依旧

水依旧

四季依旧

不废江河万古流

2017 年 10 月 26 日

潮州凤凰山感怀

秋尽江南草未凋
绿水青山油茶笑
凉风未解长夏意
吹皱天池隐荻稍

题潮州凤凰天池

不因池小敢称天
气壮只因碧水甜
清淳来自本身洁
壶中能盛日月间

2017 年 10 月 26 日

小城的桥

把城镇过往的历史
写在每一根梁柱
把全城的欢乐
担在肩上
一城的风俗习惯
一城的悲欢离合
一城的风霜雨雪
在这里呈现
我的眼里
一首赞美县城
最好的诗

为妈守灵

慈母驾鹤吾异乡
半夜赶回泪断肠
行李当枕睡棺边
别离已是袋湿光

  远道从广东的最东边赶到广西的最西边，已是深夜两点。烧完香纸，用完夜饭，我躺在妈的棺材旁睡下，不敢熟睡，担心香续不继。趁着亲友在灵堂外打扑克，我写下这篇文字。

  一点也不害怕，一如三岁才能站立的我，一九六〇年的那个深秋，病得一息尚存的我，与哭成泪人的以为我活不下去的妈妈，并排躺在毛拜陀那张简陋的床上。

  初一我因为不愿意写父亲地主的家史和开学报名填地主成分而主动辍学，那天去关龙坡赶牛回家，摔下土坎，一块三寸多长的苞谷桩硬皮插进右小腿，痛得死去活来，妈陪我躺在火铺上，我疼了三天，妈哭了三天。

  一个聪明的妹妹水秀，喉咙长泡，医生与坎脚再旺大舅陪伴泪流满面的妈妈步行从浪平去县城乐里，刚刚走到达龙坪，水秀就夭折了，妈回来后躺在床上，每夜悄悄抽泣，我躺在旁边的小床，陪着暗自流泪。妈生我们兄弟姐妹九人，活了六个，夜深人静，我躺在床上，耳朵里总是妈妈的抽泣。

  好不容易我成家立业，妈眉角又得了基底细胞癌，一九八四年的那个夏夜，我躺在妈的陪床边央求医生割我腿上的肉为妈补剜除的空洞，医生不同意，他用妈腿上的肉成功地做了手术。

  去年，妈基本上离不开轮椅，我带着她，她带着轮椅，在大妹二妹陪伴下，我驾着越野车，从贵阳、铜仁、长沙、武汉到恩施、重庆、成都，半个月自驾游完七个城市，履行了自己宁可坟前少烧香，也要生前多尽孝的诺言。今年，同样的车与人，从南宁、武鸣、环江、金秀、衡阳到韶山、怀化、安顺、晴隆，九个地方九种口味，我们把景点与美食合一，妈在二十四道拐的山顶上，一脸笑意地对推着轮椅的我说，这辈子值得了。

  妈自从今年初确诊为直肠癌，一直强忍疼痛，每次我回来看她，她都装着无事，最后几个月，几乎靠杜冷丁止痛。国庆节来看她，或许她已预感离天远离地近，说，毛，万一有什么，你们要三天无忌出殡，我强忍着泪水答应了她。妈是昨晚十点多咽气的，按她遗嘱，明天早上九点正式出殡。妈，我只能陪你躺几个钟头，你就要入土为安了，最后一面，我为你抹合双眼。你放心去吧，西天路上，永远有大崽老毛的灵魂相陪。

2017 年 10 月 28 日凌晨 4 点 21 分写于广西田林县财富商城妈妈灵堂

夕 阳

再也不咄咄逼人

用温凉面对重生

云霞钟情于你的柔和

献出绯红的笑

西边的地平线

将获得一颗

通红的夜明珠

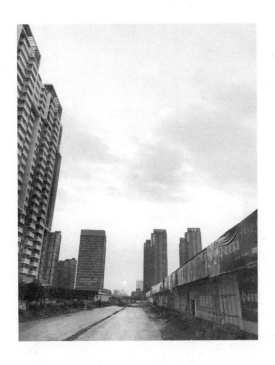

2017 年 10 月 29 日

村童的梦

把梦想挂在马骡驴的驮子上

不想再重演佝偻的父亲

梦想离地有点近

离天很远

大多

冲不出四围的山峦

2017 年 10 月 30 日

第三章

2017 年 11 月之诗

晚秋随想

舟柳抒写着风的沉静
飞禽走兽展现出春夏没有的从容
岸边椅上的一对情侣闪着知足的眼光
秋鹤明了地在树丛上空盘旋
天鹅和鸭子坦然地游逛
夕阳
在用这几个关键词写诗

2017 年 11 月 01 日

咏 菊

芬芳的背后是无数个黑夜的忍耐
灿烂于秋是把无数个机会让给了春夏
你若懂我
就知道馨香的不易

2017 年 11 月 01 日

秋天为什么美

秋叶积累了春夏的能量才红
秋风历经风雨才柔
秋水因夏的狂躁而变舒缓
秋山因卸去冬的冰雪而轻盈
一切苦难磨炼出一个美丽的秋天
秋天应该感恩所有的历练

2017 年 11 月 01 日

老 了

我讲东
你想西
我吹牛角
你说杀鸡
老了
我说付钱
你把银行卡绑手机

2017 年 11 月 01 日

追 忆

追忆雕楼过往的繁华

荒草丛中凝望着西方夕阳西下

美国枪声

侨胞可好

三十年河东

三十年河西

废屋与荒草

不会永久驻扎

竹篮里的乡愁

总有一天会放下

远方和诗

有一天会在我家

————————

2017 年 11 月 01 日

小鸟天堂的树，你为何这样大

给周遭的百姓

提供了美景

给无家的游鹤

提供了家的温馨

散发的正能量氧

滋润了旁边的生物

为稻田涵养了水分

为河流

净化了污浊

你便由小到大

赢得了万物之心

————————

2017 年 11 月 01 日

月亮与休闲

人们歇息了
月亮出来
休闲是一种奢侈的向往
月亮也喜欢

——————
2017 年 11 月 01 日

题黄公望

看淡功名择己想
等待时机遂吾肠
洒脱隐居求达愿
寻觅画面抒胸腔
坎坷人生志未垮
穷愁潦倒心难伤
富春江居酬大志
一画抛世万代抢

——————
2017 年 11 月 01 日

太阳随想

同样是太阳
有的圆润
有的炽热
有的刚强
今天的太阳有自己的特色
温暖中透着锐气
含蓄中透出金光
不管历史如何评说
都是一轮重闪中华的
一道亮光

——————
2017 年 11 月 02 日

赞灌阳瑶王糯香酒

赞点都庞好水土

灌溉良田数万亩

阳光普照禾苗壮

瑶山汉村俱丰收

王道乐土千家寨

糯谷旺盛湘桂走

香飘两省客爱尝

酒出红地馨长久

题桂林桂花

含辛茹苦数度秋

始见小花开枝头

丁农挥洒八斗汗

风雨相摧几欲朽

孟秋方闻馨味来

它卉早灿迷眼球

不与奇葩争高低

淡雅芬芳我自由

2017 年 11 月 02 日

2017 年 11 月 02 日

题小鸟天堂

小鸟天堂独树横
一木成林史上珍
榕怀大志地盘广
鸟惜旧巢福地荫

———————

2017 年 11 月 02 日

题王城

藩王府第起大明
秀冠岭南独秀春
四载风华月亭度
黄墙黛瓦映古城
状元及第未曾想
博览群书却成真
前世修得朱庭月
读书岩畔傲此生

———————

2017 年 11 月 03 日

灌阳华山

很像祠堂里那赐五品老祖的官帽

虽然陈旧掉色

但后人引以为荣、

说至少享受厅级待遇

也似一头沉睡的狮子

仍然陶醉在自己山中为王的日子

全然不知山西的槐树

在梦想里躺了上千年

更像父亲在五七干校放牛时戴的那顶草帽

上面写着委屈和心酸

但总比文革头上的高帽好看

神似妈妈被我们九兄妹抓伤的乳头

在饥饿的岁月

我们从那里获得生命的能量

父母都离我们而去

去寻找早逝的不甘屈辱的爷爷奶奶

华山伤心爷爷奶奶的屈辱

哭掉了一大块皮

秋天越走越深

芦荻扬花

唤起无限相思

我行走在山梁

风在抖

好像华山在哭

为爷爷奶奶

为孤儿父亲

为重病的母亲以及不久离世的母亲

2017 年 11 月 05 日

题灌阳

都庞海洋孕神奇
三胞翰林桂第一
番薯量产惊华夏
吨半水稻袁称稀
高草禅寺名声远
绝命红师血染旗
华山风云岳军壮
灉江浪涛运画笔

―――――――
2017 年 11 月 06 日

题深圳人才公园

海纳百川容乃大
山蕴草木绽奇葩
鹏城有地供鸟飞
遍地人才竞芳华

―――――――
2017 年 11 月 06 日

题恩施清江

百里悬壁展画纸
万米长空铺云宣
人在舟中歌为笔
飙上岸外写碧天

———————

2017 年 11 月 06 日

负重的牛

城市的房价
压得平民透不过气
山村梦想中的砖屋
压得牛们喘息嘘嘘
生存在这个世界
空气里都弥漫着
对底层的压力

———————

2017 年 11 月 06 日

虔诚

可以把万里云天之路

一扑一跪一爬

在雪泥里走完

可以饱一顿饥一餐

从藏南到藏北

经受泥石流的冲击和寒风冷雨的敲打

心里有他

灵魂有他

虔诚的对象威力强大

哪怕整个世界末日到来

哪怕苍天塌下

只要信念不倒

虔诚驾驭身躯

灵魂以梦为马

2017 年 11 月 07 日

轮回

如来佛说

谁也跳不出他的手心

三十年河东斗不过三十年河西

冥冥之中

有一股力量主持着轮回

不看僧面

不看佛面

谁也别自作多情

————

2017 年 11 月 08 日

匠人

用泥巴、水、窑、柴

构筑一个独立王国

火为灵魂

打造陶器的生命

花甲重开六年

窑火照亮自己的生命

————

2017 年 11 月 08 日

我是油腻的老年

当油腻成为时贬
我已到了退休之年
自恋是我的特色
微信是我的特权
我驾驭不了世界
但我可以左右微信空间
我不去骂别人油腻
因为我没有太多钱
我自己油腻还不行
除开好友
我不向你借钱
油腻何须对抗
油腻何必避免
油就油吧
腻就腻吧
不借你东西拉尿
何必清高如泉
爱咋咋地
我依旧如前

对远飞的鸟儿说

你叼回了不堪回首的往事
你叼回了一段沧桑的历史
你叼回一颗颗思念的心
季节的变换抹不去曾经的坎坷
风云的变幻改变不了当年的蹉跎
回乡与插队
那山那水那曾经的知青谣歌
历史是规律演绎的花朵
开与不开
不是由那一个人定说
过去的就让他过去吧
候鸟总是随四季着落
看清山水走向
笑看风云卷过
托你给过去和将来
带一首祈愿世界和谐的歌

残 月

忧伤身世咏残月

广寒天高孤身歇

雨蒙云遮光难耀

天雪地霜躯半缺

柔情一腔付流水

半寸光阴不舍得

化为碧空单睫看

人间冷暖苍穹穴

2017 年 11 月 10 日

国乐感怀

编钟数响思随州

楚王称霸傲诸侯

湘笛三声古帝远

禅筝玉手弹风流

韵律奏出秦汉味

和声颂赞盛唐久

宫商相传五千年

文脉发扬赖今遒

2017 年 11 月 10 日

都市繁华

人气
灯光
雅座
音乐
霓虹灯
交织成狂欢的夜晚
人
只是一个小小的分子

———————

2017 年 11 月 10 日

大漠孤烟

箫穿千年起孤烟
人生沉浮忆华年
荣华富贵浮尘梦
难比自由大漠间
沉思往事黄水谣
残阳落山桔红圆
天地美景长河日
定格一刻胜万天

———————

2017 年 11 月 11 日

望 月

埙声驮吾去望月

盛唐飞骑遇李白

床前银光寄乡思

大漠孤烟归心切

西北从来征战苦

长安黄莺惊妻妾

嫦娥吴刚千人梦

背井离乡苍凉夜

———————

2017 年 11 月 11 日

哄抢经济学

挂靠一个节日

利用人们贪便宜的心理

制作一个商机

让贪欲尽情发泄

于是

产生了哄抢经济学

———————

2017 年 11 月 12 日

牛气

我读到一股酒气从牌匾里冲出来
一冲九霄
扫倒一大片
自以为牛气的人

———————
2017 年 11 月 12 日

喝酒的山洞

把农民的汗水从这里喝进去
把一股股激情从酒众里涌出来
一进一出之间
醉迷了整个人间

———————
2017 年 11 月 12 日

桂北的银杏

秦开灵渠
湘桂走廊上几乎狼烟未断
鲜血多次染红碧水
上苍看不过眼
每年深秋
让银杏捎来
它悲悯的纸钱

———————
2017 年 11 月 12 日

又见芦荻开

老来悲秋入缅怀
阳台又逢芦荻开
寒生古意家山远
双亲九泉冷饭哀
风摇衰尾父点头
栏拒秋草母难来
摄入镜中久收藏
儿报双恩忆童乖

———————

2017 年 11 月 13 日

靖西鹅泉

只恨李杜未登临
留下山水蒙边镇
鹅比人乖祖居此
波荡云峰含月影
落霞孤鹜映斜阳
小桥潺溪牛马鸣
闲来踱步栈栏中
桂林阳朔也望尘

———————

2017 年 11 月 13 日

卷珠帘

相思不用泪来淌
慢卷珠帘细思量
多番伸头望窗外
车马何时驮君偿
春雨催绿爱情枝
秋水伊人着红妆
胸有文墨忆恋人
目之所及皆断肠

2017 年 11 月 14 日

写给小花

每一朵细小的花
都陪伴着我慢慢地开
你见或不见
它们都奉献着细小的香细小的亮丽
在每一个角落
点缀着你生命的真空
不要等你老了走不动了
才看得见它们
请你在喜欢花的岁月
就不要漠视墙脚不起眼地方的
芬芳

2017 年 11 月 14 日

写给宝安的诗人，包括我

一群追逐萤火虫的村童
一群爬沙梨树要采黄透梨子的少男少女
一群在图书馆翻唐诗宋词的大学生
一群一天两碗可可面下三本杂志的入职青年
一群在蜜月里也要读普希金的疯子
一群爬长城登泰山爱念好汉和小鲁句子的傻瓜
一群浪迹天涯也要汉书和莎士比亚下酒的醉客
一群为了出诗集可以丢下荣华富贵的痴情人
一群世人皆浊我独醒的傲慢分子
一群靠神灵指点凌驾宗教与哲学家之上的狂徒
一群表面和群内心孤独的游子
一群靠内心的发动机潜行的执着者
一群灵魂闪着光只有上帝才看出来的傲慢者
一群追求思想自由头脑有金属句子过安检困难的异己分子
一群靠世界上精练短语交流的语言学从业者
一群靠自己的铁钉般或柔柳般句子去敲打读者的写手
一群世界的文坛没有他们将会暗淡很多的家伙
我是这群人里最不起眼的那一个

————————
2017 年 11 月 14 日

诗生活

十送红军

红色歌曲中
我最喜欢的一首
我心似雪
她是太阳
我是柔柳
她是春风

———————

2017 年 11 月 15 日

螺丝钉随想

不知从哪一年开始
我
认为做这玩意
没有诗与远方
今天散步
我才悟出
从螺丝钉到诗与远方
隔着但丁

———————

2017 年 11 月 15 日

退休生活真的好

海畔河洲

前海关口

实不算港深咽喉

杂花陈苑

盆树荫郁

茶开春

瑰香夏

桂馨秋

酒烫堪酌

朋来必留

已淡荣淡辱淡忧

早睡晚起

无愧无由

但晨时琴

暮时吟

茶时休

2017 年 11 月 16 日

水城凌云

五代迎晖肇古城

凌乐三辖业云林

一洞碧水润土府

几湾绿浪迷汉臣

山环水绕桥卧波

茶林送香壶雕陈

黛峦花竹丛亭秀

满衔茶馨袅凌云

2017 年 11 月 17 日

马虹玫作品研讨会

马载文成悲域西　　品离尝别泪溅花
虹伤水逝夕阳泣　　研文弄墨情独立
玫瑰花开情难控　　讨喜内心清泉流
作舟仃洋哭国弃　　会当松林东风曲

丁酉初冬,余参加第18届深圳读书月:
"一带一路"题材创作谈暨马虹玫作品研
讨会,为才女马虹玫作品的好评感动,文
人多感时花溅泪,恨别鸟惊心,打油记之。

———————

2017 年 11 月 19 日

初冬打铁谈文品书

初出茅庐屡建功　　谈古论今话路带
冬天艺火社里红　　文心颗颗细雕龙
打拼不惜弃休假　　品牌打造魂砖垒
铁钻溅星耀南穹　　书山攀高向巅松

丁酉初冬,小众文艺同行聚集深圳宝
安铁岗打铁文艺社,纵论"一带一路"文
艺创作,兼评论涉及马虹玫小说,桌小人
近,且与会者皆学有所成,真正是一场心
仪的文艺沙龙,故以《初冬打铁谈文品书》
打油记之。

———————

2017 年 11 月 19 日

秋菊随想

秋经春夏风雨洗

育出金黄万点菊

不与百卉争日光

抖擞精神战寒气

他年岑山历冰霜

也曾靖江览王历

天地精气收蕊中

化为清茶润肺脾

2017 年 11 月 19 日

陪你到老

皱纹是苍老的诗句

颤抖是岁月的风霜

拐棍是老屋的脊梁

唯有爱

是一盒甜美的饮料

你一口

我一口

吸管是暖阳

传递着彼此的热情与关爱

老两口喝饮料的场面

是人间最美的诗行

2017 年 11 月 20 日

女人石

扛了一世的悲凉
坐下来细细思量
前世今生
奴家与谁话短长
打起黄莺儿
谁叫你惊醒余思夫的梦想
夕阳下回忆
是否安好
远方的闺女儿郎
云如轻纱山如黛
老爹娘亲可如常

为女远嫁他乡去
每思及此伤断肠
何时省亲踏乡路
亲奉茶饭与热汤
媳妇他国体健否
留有美食等孙尝
操不尽的心
忧不完的伤
化作人石凝半山
万千思绪入愁乡

———————
2017 年 11 月 21 日

熟悉的石山洞子路

毛拜陀在云贵高原边上

与贵州很近

贵州的石山路在云雾中

很像毛拜陀

这熟悉的山路

把我拉回四十年前的洞子

云雾是路四季的外衣

寒冷是路一年的礼物

雨滑是路的常态

险窄是路的咽喉

路上堆满洞子人的悲伤

两头牵着贫困人口的忧愁

多少马驮翻下山坡

多少人畜滚滑沟头

眼泪冲刷着岁月的悲哀

鲜血浸染着坚硬的石头

飞鸟悲鸣而过

东风不愿久留

唯有坚韧的乡民

背着祖辈遗传的背篓

背着痛苦与辛酸

背着欢乐与希望

往返在茫茫的雾

_____

2017 年 11 月 22 日

诗的断想

写诗好比种田

把一些精练而散放的句子

用思想串起

就像播种耙田插秧

作者的内在逻辑就是四季顺序

成熟季节

句子能像洁白羽毛一样

刷到某些人的心尖

引起舒服或触动的感觉

这些句子就结成了金黄的稻穗

如果句子长成空气

刷不到任何人的心尖

这些句子就长成空空的干瘪的稗子

长成稻穗的是诗

长成稗子的是空话

_____

2017 年 11 月 23 日

想妈的孩子

世界上没有一种力量
能阻挡两个少年想妈妈
世界上谁也不能用钱去难倒
两个少年去看妈妈
从广西一个叫那佐的乡下
到县城西林
据说有八十里泥泞的公路
天下着雨
两个少年
思念在百色打工的妈妈
他们没钱
他们逃学
要去远方找妈妈
钻进大巴车底
躲在人们看不见的危险底盘
为省钱
为想妈
为见妈
为那温暖的母爱
为那一声柔柔的呼儿声
为那母亲冬天火炉般的怀抱

为那一餐妈妈的可口饭菜
为呼喊出那声久违的妈妈
为回味那病中妈妈的轻吻
为得到妈妈舍不得吃的零食
为撒一次久久不能撒的娇
为报告妈妈谁欺负了我
为让妈妈给自己添一套新衣
两个少年把死置之度外
颠簸了八十里
泥浆溅花一身衣服
尾烟熏黑两张小脸
坎坷几乎摔掉他们
可是一对蚂蟥似的少年
死死抓住看望妈妈的念想
战胜死神的威胁
来到西林
直至被人们发现
内心的强大战无不胜
少年用对妈妈的思念
在广西的省尾
做出惊天的壮举

2017 年 11 月 23 日

落叶随想

仿佛看到逝去的父母

为儿女们继续前行铺就锦绣前程

每一滴血

每一滴泪

每一颗汗水

都化作铺路石

我好像看见

他们用心

化成儿女踮脚的路石

又像他们生前说过的话

一句一片叶子

总有交代不完的后事

还像我们儿女离家时他们的叮嘱

出门在外

多栽花

少栽刺

落叶情深

寄托了上一辈人对下一辈人的期望

他们愿意把自身化作马背

让我们骑着前行

落叶是飘洒在我们身边的父母的诗句

秋风冬风在诵读

秋末初冬

春已不远

我踏着一地的禅意

走在金毯似的落叶之路

若有来世

我愿再做我父母的儿

2017 年 11 月 24 日

烤 香

那一炉温暖

烤熟过多少岁月

那诱人的烤物

激动过多少乡村的味蕾

那冬天的热度

捂化多少冰冷的心

火在

温暖就在

温暖在

人类就有希望

2017 年 11 月 24 日

广西师大江门聚会

广视天下朝东行

西望故乡梦成真

师出独秀誉岭南

大众拾柴耀珠津

江天一色粤港澳

门朝大海花木欣

聚成紫气报家园

会当东来小福星

2017 年 11 月 25 日

鸭掌煲

五味杂陈香欲涎

陈川粤馆牛炸天

一帮校友围桌笑

回味高校如眼前

2017 年 11 月 26 日

写给一个乡友

幼年天保绽奇葩

文笔鉴河畅流沙

北部湾畔诗名远

珞珈山下修成家

一落羊城文坛威

诗写报告耀京华

著作等身乒史长

正高退休身心佳

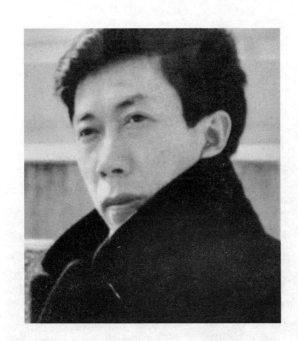

2017 年 11 月 26 日

题新会

小鸟天堂誉万家

崖山海战铭史葩

梁门三院出栋材

学宫传承孔学大

陈皮果膏药膳美

宫遗宋谱韵南华

文脉流行五邑福

侨乡美味异国夸

2017 年 11 月 26 日

大学同事新会相聚

学宫照片忆华年

百色激情腾烽烟

左邻右舍皆勤奋

甘洒热汗喉哽咽

广视天下东行好

联袂起程奔粤天

回首故园梦成真

远方有诗慰心田

————

2017 年 11 月 27 日

猜 码

八桂盛行猜广码

粤语对指定天下

一赢豪情泰小鲁

三胜广西是我家

亲朋相聚五指开

好友三杯拳必打

久别重逢豪气添

力战群雄气不垮

————

2017 年 11 月 27 日

海洋乡的银杏

春秋时代的埙

像秋风习习

从古村拂过

秦砖汉瓦的民房

曾聆听过黄叶飘落的韵律

一树的唐诗宋词

初冬季节里徐徐诵读出来

明清的丝竹调

从脚底的黄金毯上响起

民国沈从文的《边城》味道

还有徐志摩《再别康桥》的馨香

从海洋村杏林的夕阳下

慢慢溢出

2017 年 11 月 29 日

做一丝阳光

做不了光照祖国和民族的太阳

就做一丝朝夕和正午的阳光

闪亮一片叶子

温柔一粒草籽

染红一滴露水

驱走一寸阴暗

那一丝柔情

照在我所关爱的每一个人身上

2017 年 11 月 30 日

养眼

让明月清风来

让古城新树来

让信仰与远方来

让乾坤和谐来

多存点阳光

多存点正义

多存点美

纵使麦片就春光下酒

汉书就秋茶当诗

红楼与金瓶比览

我救不了世界

但可以把自己放到一个

不影响威武车队路过的

石桥底下

沉思

坐在山洞口

瞭望世界

群山起伏

云山雾海

看清每一棵树

看清每一座山

你还得

重新学习

比如

什么叫塔西佗陷阱

第四章

2017 年 12 月之诗

通灵瀑布

湖润有福凉白纱
山做撑杆绳为崖
两排翠峰列队守
练垂沟底溅浪花

———————

2017 年 12 月 01 日

二郎瀑布

龙门石桥典且雅
潺潺溪流映古丫
风光旖旎化瀑流
人间仙境山挂画

———————

2017 年 12 月 01 日

旧州文昌塔

凤竹古桥映老塔
浣衣少妇逗游鸭
鱼儿不知艄公近
跃出碧波起浪花

———————

2017 年 12 月 01 日

古龙山大峡谷

水贯三峡穿三山
鲤鱼喷玉惊南蛮
金龙吐珠风水好
童子一尿令人叹

———————

2017 年 12 月 01 日

鹅 泉

念安屯水澈雾霞
游鱼可数禽肥大
鹅泉跃鲤三层浪
扰乱云山十万八

———————

2017 年 12 月 01 日

渠洋湖

天水融合靖西北
星罗岛屿角棕列
岜山接云湖里住
壮寨栏楼水中阁

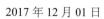

2017 年 12 月 01 日

龙潭湿地公园

山光水色龙潭颂
四时清爽笑钓翁
画船对戏游泳客
栈道互候消闲公

2017 年 12 月 01 日

枫叶红了

把旭日夹在树杈

是想叫春秋的铜鼓再响几下

抖满一地的红叶

是想摇醒沉睡的秦砖汉瓦

着一身飘诗的丹袍

莫非每一张叶子都是唐诗宋词的归家

粗壮的枝干如伞

难道想撑得住江南的巨幅油画

把每一个秋天铺成金黄的毯子

把每一缕阳光涮在苍茫的枝丫

把每一个寒冬打扮成温柔的初夏

万千的柔情

营造成一个梦乡

让多少个怀揣远方和诗的驴友

拜倒在你风情万种的

石——榴——裙——下——

2017 年 12 月 01 日

巴泽梯田

巴泽村内奇观展

千亩梯田绕山弯

春夏秋冬四种色

层叠绵曲诗迴环

2017 年 12 月 01 日

冬柿

丹心留予冬雪天
不愿暖季顺风眠
骨梗铮铮傲冰霜
要留软甜在人间

2017 年 12 月 01 日

花鸟对语

自古文人喜花鸟
焉知两者心气高
宁死不吃嗟来食
陨前不随污流跑

2017 年 12 月 01 日

母校的大礼堂

也许聆听过靖江王代读的诏书

也许闻见过三元及第的鞭炮声响

或许装过孙中山演讲三民主义的陈词

更有可能见识过抗战华夏顶级文人的演讲

我有幸在恢复高考后的四个春夏秋冬

像一粒文盲的种子

在这里开裂发芽成长

如今虽不能说长成智慧之树

但恩师与学者们的思想闪亮之光

穿越历史的天空

把我从愚钝中摇醒

记不清多少次大课

记不清多少次演讲

记不清多少次电影与戏剧的华章

我从这里走进历史与文学

走进民族与民俗

走进过去与将来的社会与人生

每一张凳子还有我的体温

每一个角落还有我的憧憬

每一面墙上还有师长们的面庞

这里分明是熔炉

把矿石的我炼成铁

尽管现在还不是钢

但至少是一把可以掘荒的锄头

在边远山区垦过蛮荒

至少是一把薅秧的耙

在旷野里耘过田

这里把我从愚昧锻造成开明

无疑她是我人生的伊甸园

灵魂修炼的训练场

老树掩映

黄墙黛瓦

雕梁画栋

这些在我眼里

就是最美最华丽的诗章

2017 年 12 月 01 日

野蛮生长

自己去寻找水

自己去寻找阳光

自己扛起一切生活的重量

谁都不是你的靠山

谁都不欠你分毫的责任

谁都可以无视你的成长

生活只有自己寻找隙缝和机遇

趁着别人的不在意

趁着别人的懈怠和忽略

悄悄发力

在社会的客体的世界

寻找出生存的空间

同样

绽放出生命的活力

在风中

张扬个性

2017 年 12 月 02 日

回归田园

采一颗草莓

除却城市的喧嚣

望一朵云彩

让内心的诗意飞翔

取一把蕉扇

扇去冬日的余热

摄一篱番茄

让红色的果实成诗

旷野让心情大好

暖阳下的风抚摸着休闲的心

生活中的美

随处可见

2017 年 12 月 02 日

狗尾巴草

风不动的时候

每一棵都是风景

婀娜多姿

韵味无穷

同样与苞谷站成观瞻的对象

风中摇曳

也是身不由己

尤其是秦汉隋唐宋元明清吹来的风

每一个草民

何曾不是风中的草

小吴哥的夜

穿越时空

朋友发来柬埔寨小吴哥的夜景

天黑如漆

小吴哥仿若仙境

我感叹岁月如烟

一个灿烂的吴哥

现代却荒芜般的孤岛

在蛮荒里像破落的贵族

历史似乎开了倒车

今不如昔

想起了那些迷失的城市

还有沉进水里和埋进泥里的古迹

曾经的辉煌

在丛林里成了蛇树吞食的对象

世界上

竟然也有许多蛮荒掩盖文明

落后取代先进

专制驱逐民主

野蛮战胜文明

在这以退为进的蜕变中

唯有明月如旧

2017 年 12 月 02 日

2017 年 12 月 03 日

盘王节

举国的瑶族

用各种场面来欢度

盘王节

缅怀过去的荣耀

服饰宗教文化及却难的法术

长桌的欢聚

是家族大聚的载体

唢呐长号牛角

是召集人婚丧主家的呐喊

用一场盛会怀念过去很容易

用一场创新来开辟未来很艰难

老本吃完了以后

我们怎么办

2017 年 12 月 04 日

根的随想

三槐堂前的古树

让漂泊几个世纪的王家人思念不已

晋祠里的老杉

是否还念叨南飞的大雁

乌衣巷的某个古屋

是否保留了灌阳华山脚王家的故事

每一个落脚的地方都可以长根

每一棵树都是靠自己吸取营养

无论你辗转何处

你就是你后代的根

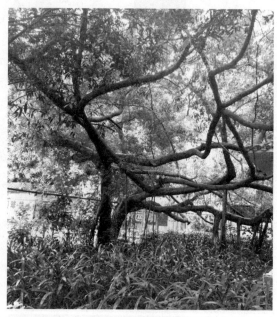

2017 年 12 月 05 日

下午茶

没有点心

没有朋友

没有排场

孤杯里茶汤金黄

琴声余音尚袅

楼前车流如水

前海雾迷津度

享受一个人的午后独饮

喜欢用琴声隔开喧嚣

不比财富

不比官位

不比谁比谁活得好

每个人有每个人的阳光

每个人有每个人的幸福

同样

每个人或许有每个人的悲伤与彷徨

过好当下

把宁静浸入茶中

幸福不幸福

只有自己知道

2017 年 12 月 05 日

云雾中的山

秦皇汉武

被历史的云雾缭绕

有力度的美

唐宋诗词

有科考的推动

将唯美达到极致

阿拉伯的少妇

有面纱蒙着

显得更加妩媚性感诱人

云雾是美的装饰品

每个国家

每个国王

每个具体的人

都需要

2017 年 12 月 05 日

漓 江

掏出灵魂晒江天
洁净升空伴仙眠
水云一色山列画
夕阳晚霞鱼鹰潜

―――――――
2017 年 12 月 07 日

阳朔西街

万国友人啤味添
异邦风情慰眼前
江鱼诱开食客味
思春男女睃钓眼

―――――――
2017 年 12 月 07 日

龙脊梯田

吊脚瓦屋住神仙
七星伴月中秋田
千张金毯暖夕阳
万只蟛鸟笑禾前

―――――――
2017 年 12 月 07 日

银子岩

彩虹揉花挂洞边
仙姑佩饰遗床前
曾疑古银化成石
又似天宫落人间

―――――――
2017 年 12 月 07 日

三里洋渡

梦里水乡思上林
天蓝地绿河溪清
碧湾映桥写唐诗
花红柳绿唱鸟音

2017 年 12 月 07 日

桂林王城

黄墙璃瓦诸侯身
独秀江天悲大明
雕栏玉砌今犹在
不闻靖王喝叱声

2017 年 12 月 07 日

古东瀑布

灵川大圩古东村
瀑布如练溅雾云
天蓝云碧山色幽
好做消暑逆水行

2017 年 12 月 07 日

程阳八寨

木楼黛瓦古色深
风雨桥上涛声闻
八寨中秋糯米香
稻割几湾鸭鹅鸣

2017 年 12 月 07 日

丹洲古镇

桂湘交界三江里
残垣菜绿拱门碧
层楼次第衬黛瓦
瓜吊庭棚落叶稀

2017 年 12 月 07 日

银 滩

欲觅净水沐暑天
十里银滩最休闲
沙白浪小碧空阔
红树白鹭吟诗篇

2017 年 12 月 07 日

涠洲岛

火山过后岛如何
涠洲景色艳百舸
遍地蕉林释凉意
夕阳扁舟涛似歌

2017 年 12 月 07 日

斜阳岛

斜阳村里探幽岛

碧玉遗落放晚礁

夕霞妒美伸红毯

欲掩璞潭偷绿宝

————————

2017 年 12 月 07 日

北海老街

滨海骑楼对古墙

南渡远客思故乡

杂货铺里旧字暗

五色牌匾新墨香

————————

2017 年 12 月 07 日

钦州三娘湾

沙滩如金水似毯

江天渔火卧秋山

礁石浮海犀牛腿

人踏脚趾戏童顽

————————

2017 年 12 月 07 日

桂平西山

祥云笼罩醉江山

瑞气生石引客看

观音岩边神保佑

龙华寺启天地宽

————————

2017 年 12 月 07 日

通灵大峡谷

人生若遇不开颜
通灵峡谷有洞天
山穷水尽疑无路
奋力一冲浪朝前

———————
2017 年 12 月 07 日

黄姚古镇

身心俱闲求独休
黄姚古镇拔头筹
懒腰伸后步古街
农家饭菜下晚秋

———————
2017 年 12 月 07 日

巴马盘阳河

盘阳河里觅清幽
艄公撒网捕山头
船行云动月亮荡
一声水鸟起荻秋

———————
2017 年 12 月 07 日

金秀莲花山

雾里仙境金秀求

黄崖黛巅神灵幽

一抹天景勾魂去

巫山云雨何来忧

———————

2017 年 12 月 07 日

德天瀑布

顶级马良中越出

两国边界展画布

描得实景惊仙女

相商择日戏天瀑

———————

2017 年 12 月 07 日

歌娅思谷

白裤瑶民生有福
配享人间爱情谷
洞含田山碧水笑
楼上瑶歌喜妹哭

———————

2017 年 12 月 07 日

灵魂酥了

降央一曲牧马歌
唱酥陶醉老炮儿
不问世事惊喜听
裙离三丈亦快活

———————

2017 年 12 月 07 日

空巢老人

靠回忆
与儿孙团聚
孤凳上承载一世的繁华
冥想中回味爱恨
屋空空
场空空
梦里常现鸟巢空

———————

2017 年 12 月 07 日

海洋村口的银杏

穿上一年四季轮换中最美的华服

像一位成熟的少妇与大姑娘

莫非在等死于秦兵利剑的丈夫

莫非在等汉唐远征匈奴与东突厥的恋人

莫非在等宋元明清赶考的士子归来

如果不是

一定思念民国留洋的夫君

或者是牵挂远赴昆明西南联大的学子

如果再不是

那一定是挂念当今在广东打工的老公

或者是盼望远方将要到访的情人

最后让我再猜一次

你是想瞧瞧

成千上万的游客中

有没有中意的帅哥

2017 年 12 月 09 日

筝中战将

历史的烟尘

在筝声中弥漫开来

萧何

月下

本官

朔风中练兵

大雪里激战

秋雨里凯旋

得意时春花中畅游长安

享尊处深宫里红妆

晚年里长乐宫梦断

丝弦如乱云

韵荡似战川

赵勃楠的婀娜

筝大师的美颜

把聆听者带入远古的疆场

让音乐塑造出民族的战将

演绎出人生的悲欢离合

定义出功名利禄的过眼云烟

旋律扰断春梦

筝声唤醒良知

纵使过去与未来有千般美好

不如珍惜当下

在如诗如画的韵味中

过好每一天

2017 年 12 月 09 日

冬日桂林

唐朝一梦

至今尚未苏醒

大诗人笔下的江山

依然雾绕仙境

安魂的天地

洗心的福园

幽会的领地

适合你吟唱小桥流水人家

适合你朗诵唐诗宋词元曲

云月在碧波荡漾中嬉戏

鱼鹰在船家的肩上翻飞

一网打尽天下山水的精华

点缀峰波间的岸柳翠竹成了绝配

宁愿驾鹤也不去西天

无论醒睡

我愿永远为这里的美沉醉

2017 年 12 月 09 日

龙脊民宿

求什么皇苑仙家　　夕照秋风稻肥鸭

追什么天庭宫下　　天热扯云擦把汗

诗意的雾云龙脊　　冬雪抓日晒冰葩

吊脚楼黄壁黛瓦　　诗意栖居温老酒

暖阳送来光和热　　闲暇慢火煮老茶

2017 年 12 月 10 日

题福之涌文艺社

凤凰山下凤凰飞

伶仃洋畔九龙回

达人秀技增暖意

市民热情燃火堆

歌舞湾区岭南热

诗诵鹏城惠风吹

俊汇江海文脉远

杰绽鲜葩群乐随

　　丁酉十月，作为嘉宾参加福之涌文艺社
举办的宝安区文化讲演秀活动，深为文艺社
全体成员执着地追求和艰辛地付出感动，他
们像春风吹皱一池湖水，为福永增添了温暖
的情怀，文艺的氛围已在各社区形成，其功
至伟。打油以记。

褪尽繁华的银杏

褪尽繁华

留下苍老的枝丫

躯干依旧挺拔

不必自嗟

四季轮回

开春又会发芽

抖落所有的包袱

为的是储蓄精华

起伏跌宕的一生

才算生命的本真

懂得崛起

更懂得放下

与其在照片里回味过往的辉煌

不如坚强地面对冷酷

孕育下一次奇葩

赞打铁舞蹈武术队

赞歌一唱九洲吼　蹈规遁矩加变幻
打出霍陈气赳赳　武尚高德运方道
铁拳出手兵王样　术宗南北化嵩春
舞飞闪电劈腿秀　队挺岭南伶仃洲

　　丁酉十月造访铁岗打铁文艺社参加郭喜忠先生宝安民俗漫画研讨会，恰逢打铁舞蹈武术队举行开班授徒仪式，散场后二处归一餐叙甚欢，打油记之。

写给小师弟高进

名字是高歌猛进
行事却低调沉稳
用镜头表达对生活的热爱
用虔诚表达对交往人的真心
高瘦的躯体里充满了正能量
为工作
似乎都奔忙在风雨兼程里
不言挺拔
但我们看见你站在独秀峰下
不言伟大
但我们从你赠予的照片中看到了付出
把爱心装进相机
把灵感付予快门
灵魂在红日下感光
思想在捕捉生活中提升
挂着相机的你
犹如挎着冲锋枪的士兵
一个坚贞地在一方守护着国门
一个为艺术坚韧地在四处按下快门

田林的油茶花

小而洁白

带有一丝谦卑的情调

树不伟岸

花不大朵

又要经历霜雪冷雾的摧残

山不奇特

景不优美

周边是杂树横陈

拿不出凤凰嘉树衬托

只有默默地开自己的小花

在万木肃杀的冬天

承受着花的孤寂冷的折磨

一辈子就这样

下辈子也这样

永远进不了达官贵人宫苑的院落

开花

不是以取悦别人而做

傲寒

也不是独显自我

秉性就是默默地活

活出偏乡的热情

活出孤独的快乐

世上有一种与世无争的美

不需要别人的怜悯

不需要文人的颂歌

寂静里收获芬芳

孤独里收获快乐

没有盛宴里酒醒后的痛苦

没有掌声后退场的失落

花虽小

地虽偏

站孤脚

但想开就开

想落就落

没有被农药加持

没有被人工延拓

在自由的山上

我就是我

2017 年 12 月 11 日

品闫金林临沧厚茶

品杯淳汤润冬喉
闫总泡功冠九州
金泉浸出冰岛意
林涧筛来甘霖露
临别重逢均思饮
沧海桑田话谊友
厚重口感虔诚意
茶入心肺却万忧

　　丁酉十月冬寒，与好友闫总、张会长于茶阅世界畅饮新茶，这是闫总花几年时间和精力泡制的老树新品，原材料取自云南著名的产茶区之一临沧后山，其色如金黄色的珀琥，其味淳厚甘甜，入口生香，下肚似茅台经喉，过往处徐徐报告大脑，爽畅舒心，快活无比。建议起名临沧厚红茶、临沧厚古树茶，保专利也。不管闫总采纳与否，此生余亦定下与此茶结缘，打油记之。

赞张苏州自然大师

赞赏园林带回家
张扬绿色润庭华
苏醒草蔓滋雨林
州县居屋长仙葩
自感鸟雾喧涧底
然后置身若山家
大道至简归隐畅
师出山水塑造侠

　　丁酉十月，闫金林老总午饭后带吾侪参观张苏州的室内园林，仿佛进入热带雨林区，凉爽舒服，打油记之。

且慢笑傲江湖

该枯萎的都枯萎了

只剩这么一枝

不要以为你还能硬撑很久很久

你也许熬不过冬天

灿烂也就是那么一些日子

后开并不等于你比别的朵儿更艳丽

只不过花根们选择了这么些绽放的

日子

看看身后的茶树吧

它们比你年轻

储存了足够的力量

总有一天

它们比你开得更灿烂

所以

且慢笑傲江湖

牌 坊

某个村子里有一个牌坊

为一个吃斋念佛的女人立的

说她贞节可嘉

后来我在调查民间秘密宗教的传说中

一个当事老尼姑亲口说

牌坊主人

悄悄把一个斋崽崽

从三川洞上洞

丢入暗河

弹钢琴随想

如果一首曲子
到处都由大拇指去按
这首曲子肯定会顾此失彼
肯定会乱

2017 年 12 月 12 日

观人写字

醉卧书坛笔生花
墨香十里佑军侠
狂龙入海回世界
客入云天鹤归家

2017 年 12 月 12 日

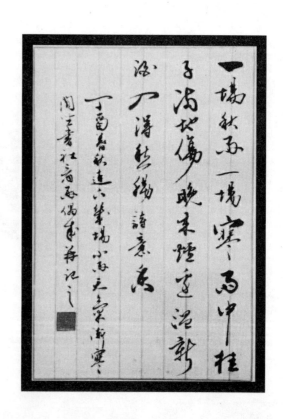

田林之歌

乐里河从双虹桥穿过
仿佛听到北路的壮歌
岁月难淹岑王的线索
驮娘钳牙还留孝道儿
梅花山挂满山楂红果
三穿洞遗普度道薰火
岑公保墓显土司功过
定安镇尚传教案风波
仙人洞里蕴藏着弥陀
新石器遗址在八六坡
犀牛塘里埋有美传说
山光水色呀值得观摩
人文历史呀说来蛮多
用一曲颂家乡的音乐
为田林奏一首爱之歌

———————

2017 年 12 月 13 日

根 网

撒下去

总比悬在空中好

网住一滴水

叶子就会绽放得更旺盛

网不住历史

可以网住当下

网不住当下

期待网住将来

若总是悬在半空

总有一天被吊干

吊干的根

与被冷落的宦官无异

老树茶

或许诵读过陆羽的《茶经》

树衣古老的像唐装

或许听闻过茶马古道的响铃

秋风动处仿佛用叶子打起了和韵的拍子

或许见证过吴三桂想当云南王的呐喊

树底下目睹过陈圆圆的婀娜多姿

经历太多的兵灾战火

树干死而复生

孕育出的叶子

一片等于三百年

一味可绵长到唐宋元明清

喝一口

读了一部通史

灌阳新圩小龙村随想

上帝对村民说

给不了高楼大厦

给你们一坡树

用银杏为树魂

给不了你们汽车飞机

给你们一群骡马

代替脚力

给不了你们都市的喧嚣

给你们一片宁静

去安放悠闲

给不了你们时髦的天堂伞

给你们几树茂密的杏叶

遮风挡雨

给不了你们满腹诗书

给你们杏叶铺就的路

那胜似一地的唐诗宋词

来吧我的朋友

来这个小龙村

再读读我这首乡土诗

2017 年 12 月 14 日

石拱桥

这分明是西施的妆镜

飞燕的秋波

貂蝉的黛眉

玉环的冬眼

含一汪秦时明月

露数棵汉唐老树

映几块宋元朝夕之霞

吟几声鸡鸣茅店

唱两句板桥之霜

天作之合

桥与影对望成婚

乾坤互戏

碧水与蓝天相映成趣

日月经天多看你一眼

江河行地多驻足一会

感天动地的美

往往是静静的存在

犹如当下

石拱桥的无语

2017 年 12 月 14 日

悼余光中

许多人的逝去
像鹅毛雪飘入海中
悄无声息
而余先生的离去
像一颗行星
坠落东海
在诗的碧波中
发出惊天巨响
我的灵魂
被刹那间击中
缘于那年那月那天
我的诗心被乡愁抚醒

2017 年 12 月 14 日

一片丹心在玉壶

你若想在冬天燃烧激情
你必须有足够的勇气
太阳帮不了你
暖风帮不了你
雨也帮不了你
冰雪不会因为你的激情而网开一面
战胜寒冬
你搬来月亮也没用
有些鲜艳
只有死撑

2017 年 12 月 15 日

卑微的乡愁

一个卑微的游历他乡人

心中只装着家乡的两样东西

田里的禾

煮饭的火

围绕他们

派生出无限的家乡味道

杀年猪刨猪汤的清甜

尝新时节糯米饭的清香

红白喜事那绕梁三日的唢呐

还有冬天烧红薯的馨味

这一切

比不上爷奶外公外婆背上的嗡嗡声

爹妈喊儿女回家吃晚饭的声嘶力竭

以及陀螺的鸣叫

泥人泥马的婚礼

小孩模仿大人做法事的九板十三腔

围绕禾与火

围着乡土文明

围绕亲人的音容笑貌悲欢离合

延续着种族

无论富贵或者贫贱

余光中走了

乡愁不会走

因为你的心上

始终摆不脱农耕文明演绎下来的文化

龙中管乐团音乐会

龙腾寒浪伶仃洋
中气托涛高千丈
管声婉转兼豪迈
乐向时空奏华章
团队锐锋凌霄汉
音色号雷惊天响
乐观吾友校酋威
会当巅顶声呈祥

　　丁酉十月寒气北来，鹏城人人加衣，时值周五晚，深圳龙华中学 2018 新年交响管乐专场——爱乐交响管乐团音乐会在深圳大剧院音乐厅举行，这是一场高水平的音乐盛会，来了不少国内管乐界专家领导，厅内坐无虚席，指挥、独唱均表现出色，学生更是意气风发，和谐如一。如此盛宴，已经久违。打油记之。

2017 年 12 月 15 日

煮茶过冬

天寒不愿出家
懒睡迟起煮茶
五块烤薯晚餐
慢火细品逐雅
冷吧冷吧
无碍余读词话

2017 年 12 月 17 日

浪平高山汉民居

我曾经在这样的房子里
三岁站立
七岁上学
十三岁辍学躬耕田地
二十岁负籍求学
迄今花甲之年乡梦依依
武陵源的大山文化
巴山蜀水的夜雨凄零
从那个恩施宣恩的天鹅池开始
到辗转八桂大地的毛拜陀
我似乎听到李自成隐匿民间的秘密会议
还有张自忠滥杀后的灾民四起
李定国的遗兵曾散落桂西
天地会的信徒
散兵游勇的匿迹
那不落地的火铺上的三脚
似乎昭示着东山再起
这建筑酷似鄂西
也与巴东湘西无异
屋檐下均操着西南官话

柱子里隐藏太多的神秘
天地君亲师的香火牌位
似乎真的与李自成扯上关系
桃红李白菜花黄
彰显着主人曾经的诗意
高山汉——
一个被世代居住在桂西的壮族
称为客人的族群
有太多的移民历史
有太多的民俗文化
那三间两厦的老屋
怎装得下几个世纪的悲情
好在花开富贵
鸽飞太平
高山汉只有越迁越好
哪怕是一栋烟熏火燎几百年的民居
也散发着唐诗宋词的韵律

———————
2017 年 12 月 17 日

刘颂老师寿比南山

刘家乐坛绽奇葩　寿君七十神矍铄
颂赞琨欢皆大家　比如蜡梅傲霜打
老少皆喜琴歌捧　南岭有幸藏乐魁
师名中外冠百雅　山润两艳卓笔佳

因有事不能亲临祝贺刘颂老师七十华诞，特以刘颂老师寿比南山为题赋打油诗一首，以表达对刘颂老师及刘氏音乐人才的尊重。

2017 年 12 月 17 日

古泉园地博古奇石

古来秦军入都庞　博收天下精灵气
泉源文脉入灌江　古往今来架上藏
园林尚雅汉学盛　奇珍异宝凝成画
地耀湘桂翠海洋　石破天惊意已翔

丁酉十一月初天寒居家，赏都庞诗韵——微信群中乡友奇石，深为感动。缘余亦爱石，外出必购，担心败家，嘱妻时常提醒，以免超支。今见博古收藏之丰富，定是财力雄厚，方可大玩。特打油记之。

2017 年 12 月 18 日

享受清欢

天冷不用上班

喝几盏可乐姜茶驱寒

新添兰花绽放

令吾释琴赏玩

六十年流的汗水

终于换来想要的清欢

亦茶亦酒亦谈

眼累不必看书

手冷不必研墨

名累不必写书

想睡就睡

想起就起

早上与外孙女喝茶吃瓜子

晚上拉几曲化蝶枉凝眉取暖

我用一轮花甲的努力换来宁静

致远这个词践行起来真的好难好难

别看我万里独驾诗百篇很惬意

此前你不知道我付出了多少辛酸

当一个人只有不为生活所累

远方和诗方可淡然

珍惜命运的垂青

珍惜岁月的静好

珍惜花开的香味

珍惜快乐活着的每一刻清欢

闲云堂吴琳罗浮山

闲画大山气恢宏　　琳琅画家鼎中原

云遮雾绕若梦中　　罗织线墨展大鹏

堂开福地独行远　　浮生不偷半日假

吴楚岭南俱枭雄　　山水含情写国忠

丁酉十一月观宝安闲云堂吴琳画罗浮山有感。打油记之。

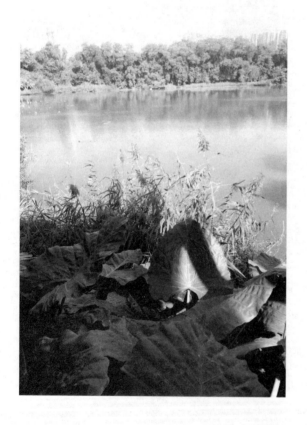

冬日芦苇花

经过了春花秋月

经过了夏风冬雪

我漫步在仿造的荷兰小镇石街

一汪冬塘

芦花时节

微寒的冬风使花梗摇曳

似乎耳边响起无为禅师的曲词

禅韵的佛乐柔响不绝

芦苇花似乎阅尽沧桑

与水与芊与树与鸟

悄然和谐

我想起一句禅韵里的歌词

心中无闲事

便是人间好时节

海 路

通往哪里已不重要

天上有祥云

地上有灯火

前方无障碍

后方有后浪

全程充满光明

纵使夜幕降临

尚有心灯

透切穿过时空

雾霾用心中的阳光驱走

不怨狭小

不伤雨雪雷暴

这样的路

凝聚一股凛然正气

通往何处

已经真的不重要

把美好撕碎让你心疼
——观《芳华》有感

最美好的回忆是歌声

每一首流行曲

都诞生在一个独特的背景

《绒花》婉约哀怨的旋律

断臂刘锋与资深美女何小萍深情相拥

让人灵魂止不住热泪

把美好撕碎的声音

在华夏的每个角落发响

我们不知背后是谁

也许是我们自己

但是我们假装不知道

弱者更体会到善良的重要

但生命里有时候看不见善良的回报

但人性的光辉永远让人的灵魂触碰到泪奔

其实

人生做到这一点

标杆已定格为永恒

2017 年 12 月 19 日

2017 年 12 月 21 日

粽 叶

你包裹着我浓浓的乡愁

有故乡的糯谷禾田

有童年饥饿的梦想

有冬雪里的温馨年味

有外婆和母亲亲切的嘱托

把幸福裹进去

把亲情裹进去

把希望裹进去

这一切进去了

便发出阵阵诱人的

清香

2017 年 12 月 21 日

我享受人间那温柔的一笑

过好每一天

包括享受人间那温柔的一笑

多少艰难困苦此刻都化为乌有

所有的艰辛都换来一句评价

值得

外孙女温柔一笑

我可以不要任何天地

能享受这种世界上最温馨最迷人的笑

这是一种福气

为这福气

妻子女儿女婿与亲家付出很多很多

如果说人间什么最美

我认为

就是我外孙女这温柔的一笑

2017 年 12 月 21 日

自 嘲

我把名人的诗当成镜子
以便每一天
都知道自己还幼稚

———————
2017 年 12 月 22 日

冬至思母 · 西江月

祭奠花草未衰
秋尾冬至茅长
乐里后山寒鸦泣
伶仃洋畔长子觞

雾罩半生垌子
愁消城河秋残
呵护九子活六人
蜡炬成灰泪始干

———————
2017 年 12 月 22 日

三脚鼎罐

蒸煮着我童年的梦幻
饥饿的希望
脚骨力的源泉
能量补充的加油站
三脚架起我三岁立走的勇气
鼎罐把我活下去的愿望煮满
霉苞谷面粑在三脚上蒸熟
野棉花饭在鼎罐里灿然
苞棒球燃起的热量驱散了寒冬
火灰的炽热烤熟了垂涎的苕果蛋
火与三脚鼎罐
把我卑微的生命的能量点燃
故乡的火铺火塘
定格了我一生自认为的灿烂

———————
2017 年 12 月 22 日

我在朋友圈燃起世俗的火焰

不期望升达高天

不奢想进入杂志里面

把一世的纷乱思绪

整理后发在朋友圈

成不了菩提树下的印度圣贤

成不了诗圣诗仙

成不了韩公子与莫言

我就是我自己

虽然华山脚有两个姓名王熙远

一个尚在山脚务农

一个走到伶仃洋边

想哭就哭

想笑就笑

因为我长着一张久经风雨的厚脸

朋友圈是我飞翔的自由王国

不用看任何审查官的容颜

我感恩张小龙这个微信发明

不用一分钱

我拥有了一个自媒体

喜怒哀乐

春夏秋冬

阳春白雪

都可以尽情展现

做个俗人多好

不耻人笑

不惧人嫌

不戴着镣铐跳舞

不戴着面具汗颜

我就是我

那一堆世俗的火焰

2017 年 12 月 23 日

闲云堂烟雨凤凰山

闲暇写生登秋巅　　雨打菩提叶撑伞
云蒸霞蔚蒙诗眼　　凤翔老树恋春天
堂诵经书禅房静　　凰去伶仃悼丹心
烟袅带香入高天　　山留文庙彰宋贤

　　丁酉十一月初读宝安画家吴琳《闲云堂烟雨凤凰山》，为其气势恢宏倾倒，打油记之。

赞《缘自笔墨不了情》

赞美诗文迎宾聚
缘会鹏城未辍笔
自悲文朋驾鹤走
笔开二度因君励
墨香岭南兄敲鼓
不计毁誉表衷里
了却人生从文事
情到深处梦中泣

　　丁酉十一月初，参加费国荣纪念座谈会暨《缘自笔墨不了情》首发式，会上听了费老师女儿费岚岚朗诵她自己写的诗，深受感动。我 1993 年来深圳，认识费老师缘于在《特区教育》发表文章，他是编辑，成为朋友后多次到他家中长聊，后来他鼓励我将散文汇集出书，遂有《真水无香》一书问世，费老师为我写了序。后来他又鼓励我写乡土散文，遂有《神巫毛拜陀》长篇散文出版，并获第二届广东省九江龙散文唯一金奖，奖金五万元。今天的缅怀会议，见证了费老师为人做事的成功，其人品与作品令我敬佩不已，其教育小孩的成功经验，更值得世人效法。特记之。

2017 年 12 月 23 日　　　　　　2017 年 12 月 23 日

田林壮族长桌婚宴

把人生最喜庆的日子
浓缩在长桌上
让它承载家人的嘱咐
亲朋好友的庆贺
把艰难的岁月简化成一首诗歌
每一道菜
都是一句歌词
每一个饭酒碗
都是一个音符
筷子
就是拿筷人指挥自己人生的
指挥棒

亲近自然

这里没有会议
这里没有争吵
这里没有纷争   ·
这是寄放灵魂的地方
宁静致远的实施地点
花草的芬芳足以让你陶醉
树溪的美丽足以让你向往
小屋鸡犬白云蓝天
足以让你放飞逸情
放歌作诗吟唱悉听尊便
世界用美来展示它的魅力
你用什么来对待这个世界
这完全取决于你

无叶也笑

如果叶子是财富

掉光了也要笑

花开得灿烂与否

是由树根决定的

只要根在

只要大地还在

只要水分还在

生命就会不息

生命不息

笑声不止

只有笑对一切

才对得起这个四季

融 合

高贵者不会永远高贵

低贱者不会永远低贱

交换的途径往往是融合

一部汉语融合的血泪史

证明谁都不会永霸天下

过去不会

现在不会

将来也不会

就像日有升落

月有圆缺

2017 年 12 月 25 日

2017 年 12 月 26 日

南宁中山路的老友粉

一位给我几十年温暖的朋友

那份温馨

那份浓烈

刻入骨头之中

把乡愁浓缩进配料里

把思念熬成汤

一个味蕾中的广西

何止穿越一生

舞 者

将灵魂化为蝴蝶

在自然界翩翩

将力与美汇成眼球的聚光点

那里闪烁着人最美的韵律

有一种动力推着我

不知道命运会给我什么

也不想要别人如何报答我

生性的张扬个性闲云野鹤

不想命运按季节使我老去

赖死也要冒一个头

去看看生命终结前的社会生活

探头出去

是为了呼吸自由的空气

心态年轻

是因为向往美好的每一个天涯海角

自由地支配自己

客观的要求很多

上养老下养小亲戚朋友要挂着

谁叫咱是社会的一员

绝然世外是瞎说

每一个生命从来没有相应的教科书

命运也不会叫你如何如何

你的动力来源于你的念想

你的成功基于你永恒的执着

总有一种动力在推

那就是有尊严地活着

2017 年 12 月 28 日

故乡的树石云山

你看见的是唐诗宋词

我看见的是万般艰难

云是你意马奔腾的情书

却是笼罩我青春二十年的幽梦

山是你放飞逸性的美文

却是挡住我二十年不让翻廖家坳的屏障

花瓶树是你眼中绝世美景

却是见证我初高中吃木薯面糊的证人

石头是你一再赞颂的品德象征物

却是我当年换零用钱可卖的物品

如诗如画的里面藏有太多的心酸

以至于冬天我仍然害怕母虱与冻疮

夏天我仍怕山上滚石砸死人

春天我怕去远方挑食用水

农民的圆琴奏不完高山汉的苦楚

八仙客的唢呐永远含着悲声

路还与四十年一样

人心可能更深不可测

太阳依旧不冷不热地照在岑王山上

老百姓说

寒冷如昨

2017 年 12 月 28 日

呵 护

大爱无言

呵护无声

爱是不经意的无私付出

呵护不求任何回报

母性的伟大

缘于无私

瓦 房

瓦房让我想起故乡

缠绵的雨滴打在瓦上

似母亲抽泣的声响

瓦檐上挂着的凝扣子

像冬天找不到吃食的牙狼

故然瓦房曾经带给我无限温馨

但离别几十年也带给我无限忧伤

父母已逝

瓦沟上的狗尾草摇曳凄黄

父母辈的亲戚多已故去

只有瓦房留下他们曾有的声响

瓦房承受了太多的凄风苦雨

每至落雨

我似乎听到村民饥渴的叫嚷

贫瘠土地上的瓦房

装不下农民永远的凄凉

不甘命运摆布者走出大山

大多不愿回头再过那悲催的时光

生根发芽开花在外地

瓦房成为过去的念想

中国式瓦房

惊艳了富者荣耀的时光

蕴藏了贫者的苍凉

2017 年 12 月 29 日

2017 年 12 月 30 日

第五章

2018 年 1 月之诗

致微信圈朋友

每个人

新年都有一个期待

或升官发财

或长命百岁

或儿孙满堂

或周游世界

我的期待是

让快乐健康幸福

永远伴随你们

直到永远

2018 年 01 月 01 日

我找不见十八岁的照片

我怀着一丝心酸

去寻找逝去的岁月

我找不见十八岁的照片

你在哪我十八岁的照片

你在毛拜陀吧

在关陇坡的蕨草中

在黄岩坎陡峭的柴山里

在小湾坳储藏天水的岩塘中

在背苞谷子交公粮的崎岖山路上

在赶马帮驮水泥的响蹄声中

在民办教师教学生的声嘶力竭里

十八岁

没有照过自己的照片

没有去过县城

没有见过照相馆

你们晒十八岁的照片

我只能晒我十八岁时逝去的青春岁月

2018 年 01 月 01 日

艺术品发票

黄姚古镇因为保留了传统的古街老

屋出名

来群驿站因为电视台报道美食而誉

满天下

我因为这个店老板的书法而来

当他的发票成为艺术品

你不得不肃然起敬

什么事只要你用心去做

如果做到极致

那么你就离上天越近

一张堪为艺术品的发票

启示了我的后半生

2018 年 01 月 02 日

黄姚古镇随想

你的完美

反衬了那个 1966 风暴的猖狂

台风过后

完美已所剩无几

大树庆幸于焚毁

小桥侥幸于继续望月

亭子得以继承风月

背后保护你的人

我给他们一百个崇拜

碧水没有因你而哭泣

竹排的山歌依旧

世界上声称创造美的人

恰恰在毁掉美

你的完美保留

让我看世界更深邃

2018 年 01 月 02 日

古镇的灯

一种特殊的温柔

透过寒夜浸入心底

巴山夜雨得烤火

林海雪原萌芳心

多少乡愁在这里化解

多少愿景在这里走向现实

游客心中的朦胧诗

少男少女的爱情背景

老男女过往的春梦

下坝群狮子口洞酒

下凡仙翁平山停

坝田飘来馨味淳

群山弥漫五茅香

狮张坛口杏花村

子夜人静习水潺

口舌受诱糟味沉

洞开久藏窖中坛

酒爽饮客赞如云

丁酉冬月尝乡党杨再发下坝群狮子口洞酒，别有风味，聚五粮液、茅台的口感为一体，饮后神清气爽，打油记之。

饭局

饭局多的人

自己内心认定为事业成功的人

要么官当得风生水起

巴结的人很多

要么企业办得很好

四面去铺陈成功之路

一个个饭局

把自己养得脑满肠肥

谁不知正是这把饭局的无影刀

正剥去他们的财富与生命

一局一刀

一刀一局

总有一天

他们会死于无影刀下

临死

还以为这辈子活得不错

做一个平凡的诗人

我知道

要平凡的人都懂我

我必须比他们更平凡

因此

这辈子我最大的才华是平凡

因为我的诗

他们都懂

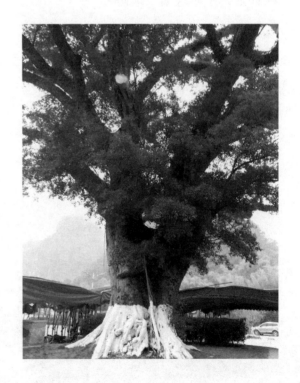

那个坐在木头上的女人

或许为了一帘幽梦

她从城市来到乡村

凝望某个地方

思念某个故人

或许是了结一桩未完的心愿

她从彼处来到此地

一个念想

让她沉思一个世纪

或许是为了实现某个理想

或采风或速写或摄影

她到这里寻找灵感

或许受三毛影响

她不缺钱

闲云野鹤

寻找一处灵魂归宿地

或许什么都不是

她就是想找一处幽静的地方

放逐自己

让乱糟糟的心事

片刻宁静

莫打扰她

这幸福的时刻

莫吵醒她

让这尊雕像

永远美不胜收

———————

2018 年 01 月 04 日

闹市求禅

厌烦了城市喧嚣

闹市中偏得水榭山沿

胸有菩提福长荫

心存良善常思禅

碧水当镜理青鬓

庙亭当寺叶经翻

念此生书香门第弄筝墨

愿孩儿承母谋生靠慧贤

别人起三更睡半夜操劳不已

庆幸自己一技之长养家尚余闲

有道是心中无闲事

便是人间好时节

独坐水边求禅定

胸中已是鹧鸪天

2018 年 01 月 04 日

题宋飞二胡

一曲二胡泣日月

两弦琴音感苍天

十指演绎生死别

百年有幸宋飞缘

———————————

2018 年 01 月 04 日

题蓝予仕女赏春

春心萌动去踏青

河岸山麓花含情

采摘一束寄远方

百夜相思梦有君

———————————

2018 年 01 月 04 日

凝扣子

乡愁中的凝扣子

像一把刀扎在寒冷的身上

那年桂西的毛拜陀大雪封山

凝扣子倒挂屋檐

像贪吃的狼牙

盯着贫困的寒屋

猪的干粮红薯藤吃光了

牛马的草料老苞叶吃光了

我们的菜豆豆米霉干菜吃光了

妈妈把四季豆槁从柴房翻出

剪下老豆壳

劈开烂柱头来炖

牛马吃老梗

猪吃枝丫

我们吃老豆壳

那个凝扣子的冬天

还保存着妈妈的智慧和温馨

由冷

我怀念温暖

由凝冽

我怀念柔情

题落英

繁华已尽皆着地

人生何处不是花

凄美兼有芳华逝

不为轮回放悲话

题肖老师《白云深处有人家》

世事纷繁无宁静

画处云山安小家

禅意诸朋若有心

慢火瓦房煮老茶

2018 年 01 月 08 日

煮猪菜

三脚上的大鼎罐

盛满了农家的希望

寒冷的冬天煮上红米糠或干红薯叶

就是把幸福的草籽种入春天

加把大火

煮成未来美满的生活

2018 年 01 月 08 日

冬天，让歌声温暖你我

雪乡木屋一堆火

明月清风一首乡愁之歌

冰冷的心随着旋律温暖

柔情之水荡漾在歌河

当美景被大雪封住

人文的景观中还有嗓儿

百啭流莺

惆怅离索

化作嗓音揉我心窝

一生有你

就是快乐

最动人的器乐就是人声

最抚心灵的就是美歌

多少遍都听不够

多少情都不好说

一曲唱毕

万事抛却

只愿此生陷歌中

声声入耳

2018 年 01 月 08 日

感佩重返浪平中学当校长的良卫师兄

花甲重开两年多

政府百姓寄厚托

念功当年二十载

誉满八桂浪平模

一从卸甲从他事

乡校威望日渐落

世道人心难再古

待君从头拾山河

2018 年 01 月 09 日

写给凉山的支教老师

你从温润的珠三角

去到寒冷的大凉山支教

今天你发回的照片

让我深深思索

冰清玉洁

要经受多少寒冷的折磨

滴水成冰

在大凉山从来不是传说

同样在蓝天下

气候的差异

贫富的不均

情义的凉薄

让人产生五味杂陈的感觉

知足常乐

人生如歌

如何吟唱

如何叙说

关键在心态如何

你虽然比别人比珠三角的同事苦

但你的体验却写下人生的放歌

生命中的晶莹剔透

往往让平凡的人够不着

你的大凉山岁月

会烙上历史的柱子

你发回的三张冰冻的照片

会触动我柔软的心窝

一树冰花

一个雕塑

两柱水龙头的冰柱

两行凝固的泪坨

我们为大凉山的悲催流泪

更为你等人的奉献颂歌

生命是一首自唱的曲子

你已演绎得十分洒脱

师大校友宝安聚会

师出王城慕独秀
大海弄潮珠江口
校赋武艺展才华
友谊结下三角洲
宝贵人生鹏飞翔
安求能力覆穷忧
聚集群贤叙乡情
会谈尽欢酒兴稠

　　丁酉冬月天气寒冷，广西师大深圳校友聚会宝安，校友高进等亦从珠海赶来。二十人欢乐无尽，打油记之。

反串

公鸡下蛋
母鸡打鸣
一切反串都令人兴奋
猎奇是人的天性
为了博眼球
女明星越穿越少
男同胞越来越娘
只要反串能带来轰动
引起关注
狗可以学人模
人可以仿犬样
物以稀为贵
求稀
成为求利的方式
这个世界
还会有更多精彩

由蹭网想到的

老公在地铁蹭网
老婆在故乡邻居家蹭网
双方用破旧的手机
维持乡愁与温馨
一群乡里来的劳动者
谦卑而礼貌地善待着不是自己的城市
而一些自以为有身份有地位的人
私欲膨胀到视他人为空气
敢拦高铁
敢打电话叫高铁等他二十分钟
我想
乡村的传统礼仪还在农民身上起作用
而城镇已浸入过多的功利主义
我追思
信仰相传止于何时
信仰毁灭起于何时
信仰强加又是怎样的结局
我不是释迦牟尼与黑格尔
我不知道
有一些人
用善良感动着你
有一些人
用奇葩的言行冲破你想象的边界
善的文化之根
往往在故乡

———————
2018 年 01 月 12 日

桂西的腊肉

火坑上吊着农家的一年幸福
吊着村民的热情与好客
吊着节日的快乐与热闹
吊着客人登临的喜悦
吊着亲朋聚会的笑声
吊着孩子吃荤的希冀
吊着严冬的身体热量
吊着乡土的欢乐人生与游子情怀

———————
2018 年 01 月 12 日

题雷州冬日田野

芭茅白尾扫杂心

黄牛青草除冬尘

白鹭只只写春诗

道直云洁春萌情

———————

2018 年 01 月 12 日

潮汕牛肉火锅

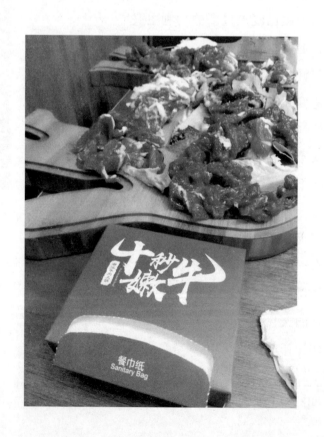

把幸福的期待和乡愁一起

放进香喷喷的浓汤中涮几下

和着亲朋的笑声一起捞出

一桌友情的愉快

在热气腾腾中熬制成功

你吞进的是潮汕的文化与风情

还有你做人的收获

———————

2018 年 01 月 13 日

广西米粉

把广西人的勤俭大气与朴实
卷进里面
用热情豪爽与温馨
让乡愁和旅途做成诱人的配料
在两者的结合里找到安宁的港湾
停靠一个时刻
将八桂的风花雪月
揉进柔软的心里头

2018 年 01 月 13 日

母亲的挂念

酸甜苦辣时想着孩子
荣华富贵时想着孩子
就像大地爱恋着江河
星空宠爱着日月

2018 年 01 月 14 日

煲汤

将心化为温柔的火
煲出一罐孝道
煲出一个慈祥的父母
煲出人间的春天

2018 年 01 月 14 日

我的祝酒词

我用月光
做成一只洁白的酒杯
我用凤尾竹
做成一枝动情的葫芦丝
我用我虔诚的心
酿成敬意
盛满感恩的两个葫芦
向我敬仰的宾朋
献上一首美的颂歌
《月光下的凤尾竹》

古镇随想

人生最美的一段时光
是一年多我走了二十多个古镇
忘不了扬美的左江黄姚的树河
忘不了廿八都的铜锣饼八卦村的雕梁画栋
忘不了黄龙溪的水街和独粉舞
忘不了安仁的建川博物馆与刘公馆
忘不了施家呑的越剧与阳光房
忘不了芙蓉村的宋朝十七进士
忘不了大圩古街多彩的待售文物与熊村的老屋
忘不了芦圩的酸粉与木器店
忘不了界首的老门板与沉默的湘江
忘不了天台山下隋朝的古刹和灵山的莲花水浇
忘不了灌阳西山的新寺牌坊与庙塘大鱼
忘不了郎木寺的小和尚那不楞寺的经声
忘不了松番的茶马雕塑与千户苗寨的吊脚楼
忘不了怀化的腊猪脚火锅与安顺的万亩樱花
忘不了晴隆的二十四道拐与迭部边县的繁华
忘不了合作市的藏餐与扎尕那香喷喷的烤串
忘不了天回与郫都对华侨城集团的引诱
忘不了天水麦积山北魏的石窟像
忘不了衡山的大庙韶山的毛屋
忘不了忻城的莫家土司府壮族博物馆
忘不了江永的女书江口的三胞同进士
一年多的时光

我用一部越野车穿越了几个世纪

我寻找到了我心中的诗与远方

在黄昏的暖阳里

坐在古镇的咖啡店

看着小桥流水发呆

在古镇的绵雨中

找一个茶馆

沏一壶十五年的自带普洱

发一条诗的微信

再呷几块佐餐小点心

在临江临河的农家乐里

点一碟蚕虫

烧一碗芥菜豆腐汤

来一盘猪头肉

酌二两本地烧酒

缅怀这个古镇的昨天

住民宿的阁楼

望街行游伞下的姑娘

吹一曲蓝色的香巴拉

伫立南丹三亿打造的酒山外

让水汽的酒香扑鼻

再用小提琴拉一曲化蝶

人生所求不多

一壶麦片粥可以两餐

三碗米粉可以一天

做自己的主人

去远游天下的古镇

发呆

看人

自娱

天人合一

让人民币为人服务

不让人为人民币服务

有空一起去吧

真的好玩

————————

2018 年 01 月 15 日

立新湖随想

石墙的质地里

透着秦长城的味道

临水的仿木栈道似乎在聆听大汉的马嘶

我从大唐的茶马古道走来

想一日看尽长安之花

一弯新月莫不是成吉思汗的强弓

跳跃的水日似乎是康乾盛世的太阳

昔日的水库今天的佳景

你可以绕湖一周

打捞失去的爱情

找回老去的青春

练出诱人的腹肌

期待着某种偶遇

与好友溜达

携家人散心

寻觅一种唐诗宋词的风韵

捡拾一种文化的失落

追逐什么是上善若水

一路的风花

虽然没有雪月

但有追逐幸福快乐的平民

它圆了油伞旗袍的梦

温暖了男女彼此的念想

夜未央

音乐响起

把湖的青春期推向高潮

湖水荡漾

涟漪成圈

绕着鸳鸯与野鸭

花树杂陈

芦花摆尾

设下香喷喷的温柔之乡

拥抱着每一个灵魂

不分贫富贵贱

我绕行一周

仿佛重生

2018 年 01 月 15 日

古巴舞者

黄莲树下弹琵琶

饿着肚子练舞蹈

每一个动作就是一个坚毅的雕塑

每一头飘逸的发型就是向艺术献身

的鲜花

古巴的街头

舞者是不屈的灵魂

虽然吃不起肉

但心不贫穷

他们用舞蹈惊艳全世界

他们的血液里流淌着高尚

知足常乐

热爱生活与生命

每一次的腾挪

都是生命的飞扬

2018 年 01 月 17 日

罗湖商业城

百货塞满店铺

如蚁的人穿梭其间

保安与贾爷争吵改革开放对与不对

店员在各层吃着廉价的外卖

美甲店让人油腻

中国娘喂着白皮肤孩子

快餐店人满为患

四面八方涌来的人口

在这里支出和收入人民币

一些人在为人民币服务

一些人在让人民币为人服务

闲云野鹤的我

几乎被一种无形的气流压扁

繁华中的孤独

孤独中的怜悯

我只是芸芸众生中的一个

我在怜悯他人的同时

他人也正以怜悯的眼神

打量着

我

2018 年 01 月 18 日

乡村庭院

把秦汉战马的嘶鸣

挡在村树之外

把唐宋的明月清风

迎进鲜花盛开的庭院

不想南北朝的对峙

只愿康乾盛世的乡间安静

把现代工业化的喧嚣

用田野的风刮跑

让蜂蝶的欢叫与舞蹈

代替摇滚音乐的震耳欲聋

让鸡犬相闻的寂静

代替大城市公司会议的争吵

听叮咚的山泉深夜催眠

看腻了城市的宣传画

用鲜花蔬菜的五颜六色

养养我们疲惫的眼睛

清凉的空气中弥漫着乡土的温馨

把钩心斗角埋在土里

长出金黄的果子

这样的秋天没有奖金分配不公的抱怨

把烦躁和忧虑化成每一片绿色的叶子

把与世无争交给报晓的公鸡与猫狗去

打理

留下一片天然纯真的世界

听鸟鸣鸡啼

闻风语花香

不知有汉

无论魏晋

再造一个心中的桃花园

2018 年 01 月 18 日

迟开的红继木花

早先

桂花月季沙漠玫瑰鸡冠人生果

都先你而绽放花朵

我以为你老了开不动了

但我仍然浇水剪枝

冬天过去一半

不经意间

你突然绽放出鲜艳

让我惊喜

放下急切地渴望

一切顺其自然

反而获得满意的收获

只要你耕耘不辍

花总会盛开

在你意想不到的季节

2018 年 01 月 19 日

莲颂

在我眼里
莲的伟大在于没有后台与靠山
仍然能出落得如此美丽
水是唯一营养
露是额外的上天恩赐
根扎于污泥
获得生命的能量
叶展于水面
承接生命的能源太阳
橹划过
少不了硬伤
篙下处
梗断叶破
橹篙的掌管人扬长而去
丢下一串傲慢的笑声
你自舔伤口
忍辱负重
自己呵护着孕育多天的花苞
靠不了祖荫
残荷是那风雨摧残过的父母
乘不了族凉
叔伯早已上了人家的餐桌
唯有扎深根散枝叶
去大自然的湖塘中寻觅养料
孤独了与鱼相守
寂寞了与摇风点头
早起采晨露

晚睡求夜润
自修成亭亭玉立
出落得月貌花容
淡定得近禅
耐寂得得道
知足常乐
得一露珠而视为珍珠
不喜抛头露面
夜半花开有声
大家闺秀的风范
良家女子的纯朴
缘自冰清玉洁的灵魂靠自身努力打造
笑傲江湖
因为不靠父母辈打下江山
独绽晚秋
不与百卉争皇宠
湖波轻歌
颂你的自立
秋风拂柳
为你的节气弹琴
世人咏你的高洁
我独赏你的不靠后台
一生与莲同命运
善莫大焉
福莫大焉

2018 年 01 月 19 日

乡愁中的全州

忘不了那三江口

烟波浩渺中的丝丝温柔

恰似母亲发丝搭在胸口

忘不了湘山寺的禅音袅袅

修炼了多少信众善良的念头

忘不了燕窝楼木梁的古旧

历史和文化的深远从这里走进心口

忘不了龙岩洞战争年代对中国的贡献

多少传说至今还在激励我们的民族

忘不了天湖给我们曾经的清凉与鱼鸟相戏

上善若水是长辈的叮嘱

忘不了虹饮桥卧波的风姿

彩虹有色不要忘记太阳的扶助

乡愁里的全州

你是唐诗宋词里的气候

美丽中透着高雅

现代中显示着淳厚

物华天宝人杰地灵

在外的游子永远不忘你祖父辈的深邃

母亲般的温柔

　　今天应邀参加唐厚钢会长组织的全州年会，作为灌阳后裔，记得没有两斤半过不了兴全灌的民谣，虽酒量不行，但乡情仍在，我也不把自己当外人，现场以全州人口吻赋自由诗一首。

2018 年 01 月 21 日

故乡的每样东西都是一首诗

三十多年前的一个同事
与他的朋友说
王熙远的诗的触角
还放在故乡的沟沟坎坎
几十年过去了
我懂他
走不出故乡
是的
我人生的根在故乡吸收养料和水分
一辈子
故乡魂牵梦绕
一碟包子豆腐
一群猪崽
几个闲坐的乡人
一栋三柱二或五柱四的老房子
各自都可以写一首诗
每一样东西
我都知道它的前世今生
都注入了我的灵魂
说它的来龙去脉秉性特点
如数家珍
不忘初心并非每一个人都能做到
它只属于有故事而又历经坎坷的人

2018 年 01 月 22 日

我，只能在对比中知足常乐

由于抱负与才华的落差太大
我只能在对比中知足常乐
于我来说
最大的善
是对贫困投去关切而不是嘲笑的眼光
以及由近及远施一点能所力及的小惠
最重要的
不予他人与孩子造成不必要的负担
知足常乐

2018 年 01 月 22 日

我的诗是你的朋友

不故作高深

不故显孤独

不讲哲学家的话

不显宗教的征候

她的灵魂可触摸

她的呼吸可感手

她的声音可抚耳

她的脉搏跳可数

每一个词语都是明朗的物件

每一句话都能从凡人那里出口

不是我要去践踏高傲的诗界

是我从诗经那里找到源头

河洲的斑鸠

心中的配偶

诗经表达得是那样的通俗

一旦你读懂了我的诗

你会明白世界上原来有一帮混球

他们写下谁也不懂的句子

就以为自己是学问最大的博士后他爹

拿着这武器四处把人吓走

当周围的人听别人说他是一个著名的诗人

个个摇头说不知道

没有读过哪一首

他得意地说我是红杏

香在外头

我不当这种诗人

我只愿诗歌是你的朋友

有空就见

没空算球

2018 年 01 月 23 日

莲修

不要埋怨这个世界太污浊

你也是世界的一部分

不要埋怨生养你的荷塘太脏

里面有你吸收的养分

不要看不起那残枝败叶

他们扶持过你祖父辈的辉煌

你出落得如此美丽

是因为你善于整合环境的优势

水真心养护你

泥愿意扶持你

残枝败叶死了也魂牵梦绕你

化作春泥

托你再生

你承接了冬天的孤独

夏炎的暴雨

鲜艳是各种暗力扶持的综合

芬芳是采纳了六合之气

莲修是一门学问

淡定与禅静不止是诗情

我不能修身如莲

但可以浅唱低吟

颂你的前世今生

歌你的绚丽灵魂

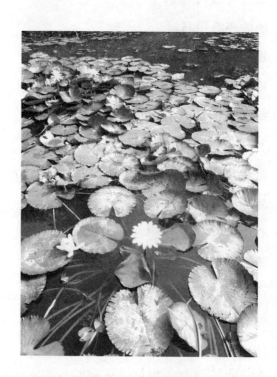

2018 年 01 月 23 日

城市的口红

一个徐娘半老的城市

由它的主人来化妆

主人的文化还有很大的上升空间

于是涂了过多的口红

题吴琳《烟雨凤凰山》

悠悠古韵藏深功

茫茫云海隐蛟龙

山水雾气无佛字

却生禅意迷文翁

2018 年 01 月 23 日

2018 年 01 月 23 日

冷湿的天温暖的火

老山的堵车雾雨

把人的心情压在一个壁窄的空间

唯有农家温暖的火

烤化冻僵的躯体与感情

一切的冷漠在这里失去市场

让你萌动丝丝柔情

鼎罐中煮着希望

火炉给冷归人腾出怡人的平台

生活的美好

尽在那璨然一笑的火苗中

2018 年 01 月 26 日

又见油菜花

浪平的芳华

是又见油菜花

高寒山区太多的苦难

雾罩阴冷冰雪人家

一旦油菜花开

乡民心情如画

春天的气息在这里展现

希望的田野扮倩农家

难得的诗情画意

短暂地停留几下

让沉重压抑的日子

缀上几片鲜花

不然雾霭笼罩人心

暗淡半个天下

多想找一把伞撑住

让这怡人的景色

长期住下

2018 年 01 月 27 日

凤还巢

赤手空拳的杨家小伙

靠着汗水与心累在外拼搏打工

多年以后

回到故乡

择一片林地

建一个窝

古枫依旧

旁边多了一个邻家新巢

2018 年 01 月 28 日

冰的随想

任何物态

受到过多的压抑

总会发生变态

冰的前世是水

气压降低

冷风太酷

温热被挤

大气压抑着活跃的空间

只有冷酷肆虐

于是水被迫为冰

封住欢快的枝条

寒杀怒放的冬花

让世界在表面灿烂中僵化

人们在高呼真美的同时

暗自盼望春天赶快来临

2018 年 01 月 28 日

烤火的老人

岁月把面孔烤成古铜色

烟火把老屋薰成黑不溜秋的沧桑

凝重的眼神连交流都懒得递过去

溜过的日子并不如烟散去

太多的苦难在额头刻下伤痕

世风日下

孝顺不昨

如何面对将来老朽的生活

阳光隔得太远

在城郊就消失了余波

子女太累

他们连自己的稀饭都吹不冷

唯有火塘的三脚鼎罐

还有干弃的朽木

带给一丝温暖

亲情只有在重大节日里有一点温度

漫长的冬夜

唯有烤火无言

才能打发孤寂的老年

2018 年 01 月 29 日

冰樊篱

用冷酷构建的冰樊篱

关不住春天的思想

早春二月的风

会把信息送入你囚禁的屋中

三月的阳光一照

哪怕你认为很坚固如铁

也迟早会融掉

2018 年 01 月 30 日

野长城随想

佩服我们的先祖

为了和平

为了抵御游牧民族马背上的彪悍

为了保住妻儿不被掳牛马不被掠夺

为了千家万户的安宁

不惜代价举全国之力

将砖石垒成防御系统

不知多少人累死

不知野长城下埋有多少白骨

但有一点可以肯定

若没有万里长城

河溪里的血水更多

大地上的死尸更多

频繁的战争让更多的人命如尘土

众志成城

保住了多少个家庭免予军事洗劫

捧土筑墙

鼓舞了多少代先民利益与共

长城是一种荣辱与共的精神

长城是命运共同体的见证

长城是决心与毅力战胜列强的手段

长城是用朴实战胜尖锐的战例

但使长城守将再不叫胡马度阴山

先辈用毅力与汗水构筑了震撼国人的

屏障

用团队精神构建了世界上最伟大的

保卫工事

作为华夏的子民

我们可以得到许多振兴中国的启示

互相补台共同在台

捧土筑墙众志成城

打造华夏的命运共同体

需要你我的坚毅与共同滴在一个目

标的汗水

万里长城永不倒

千里黄河水滔滔

江山如画美景永韶

———————

2018年01月30日

老树随想

见过太多的风雪雨霜
尝过太多的世态炎凉
不畏强暴不惧雨大风狂
展现出各种英姿
庇护着这方水土
惠赠着一腔善良
精神中有雄奇苍劲
付出中养育兰花雅洁一场
包容里怀抱石子
施惠时核桃任人品尝
荫护的时代长远
神位是市民的犒赏
古树犹如德高望重的老人
站立着就是一部县城史
难怪凌云被称为
国家园林县城
凌云的古树
你是城市的一道辉煌风景

—————
2018 年 01 月 30 日

写给一个叫雅莉的古筝手

轻揉时节
一朵白云
在蔚蓝的天空飘呀飘
一股春泉
在松林里跳呀跳
一缕禅音
在深山古寺袅呀袅
一阵四月风
在堤岸的杨柳间摇呀摇
激情奔放时刻
像黄河壶口瀑布的怒涛
似虎跳峡波涛翻滚的喧闹
若尼亚加拉瀑布呼号
抒情片段
让人想起平湖秋月夜，枫桥舟归早
悲愤演绎
宛如雨打芭蕉夜雨漏，巴山蜀水思归巢
激情处可使筝弦人喊鬼叫
状禽声
模拟得鸟语蜂鸣鸦鹊号
几千年的国乐
文化的韵律在飘
难得巧手化心声
一曲古韵万愁消

—————
2018 年 01 月 30 日

乡友王朝东的葡萄画

把琢磨女人的心思

放在画画上

把对生活的甜美

放在葡萄上

把品味美好的机会

让给可爱的公鸡与松鼠

大学——研究生——开个人公司

一路走来

唯有追求艺术

才能安放灵魂

于是一幅浸透金尊王老五的艺术品

被买家卷走

在这个画家多如牛毛的当下

一个年轻人

靠纸上种的葡萄

可以养家

第六章
2018 年 2 月之诗

这个冬天，树将更沉重

不管你喜不喜欢
这个冬天树将更沉重
天空积累了太多埋怨的尘埃
他们总要找一个降下的出口
地上积累了太多的抱怨
他们总要找地方宣泄
四面的妒忌的阴风拼命地刮
他们容不下别人的领地花木更葱郁可人
于是大地上的空间突然冷酷起来
化作股股寒流在阴冷的风中乱窜
树将承担更多的责任
是不是你的
你都得背负
上天认为那是你的责任
寒冷不可怕
怕的是你就此失去生活的信心
寒潮毕竟会过去
该弯腰时还要弯腰

大树小时常能屈能伸
在冷酷来临的日子
你要扛住
扛住重压
来年就会有挺直腰杆的春天

2018 年 02 月 02 日

饮水思源　感恩明亮

塘合附中读初一　辍学四季风雨打

九凤飞来神化羽　浪中续学又佳遇

天使程师启吾蒙　作文故事承推送

君话心长兼慢语　明亮前途谢指迷

2018年2月5日，我专程独自驾车去看望我的恩师程明亮老师，写下这篇散文。我的初一是在田林县浪平公社塘合大队附属初中读的，当时程老师是我的语文教师兼班主任，因为我的家庭成分是地主，父亲虽然是小学教师，但我还是受到歧视，有一个甲满的同学喊我地主崽，我生平第一次与他在哪盘村的后山水井边与他干了一架，从此他再不敢喊我地主崽。一天程老师把我叫到他寝室兼办公室的屋里，我以为打架的事被人告发，想不到他十分和蔼地对我说，你知道我为什么把你的作文抄出来做范文给同学们看吗？我觉得你是一个可以造就的人才，你要自信，出身不由己，道路可选择。我相信只要你继续努力，你会有一个好前程。这些话如冬天冷风中吹来的一股暖流，至今还留有余温。初一结束，大队初中停办，我们转到浪平中学读初二。换了班主任和语文老师，再也没有程老师的关怀，我害怕报名时填地主成分，害怕写家史，那时的作文经常要写我的家史，我不知道怎样去写我的家史。因为母亲家是贫农，父亲家是地主，我不可能去写外公如何被剥削，祖父如何去剥削人。干脆一气之下辍学跟大舅务农。一年后，我与父亲赶场回家，在江洞村的岔道上遇到我契弟唐思凡，他原与我同班，我辍学后他继续在浪中初六班读书。告别时我说契毛弟好好读书，将来挣个好工作。我的话无形中刺激了我父亲，他想，我一个堂堂人民教师的儿子竟然辍学务农，而我契弟的父亲是四类分子还送小孩读书。回家后多方设法动员我复学。我经历一年的磨炼也知道农活真累，就再次踏进浪平中学读初二，我好运，程老师又是我的班主任兼语文老师。一次去塘合隧洞参观，回来后程老师要求写一篇作文，我写了《塘合隧洞参观记》，被程老师油印发全校，后来这篇文章不知什么渠道传遍全县，我在田林县城读书的同学也读到了。还有一次程老师受学校安排组织了一个全校讲故事比赛，我得了一个一等奖，程老师也为我祝贺。有一次程老师示范读高尔基的《海燕》后，叫我也声情并茂地领读，有老师的鼓励，我也大胆试读，得到大家的认可。我人生的起步得益于程老师的鼓励。一九九〇年我带大学生到靖西实习，当时程老师已调回原籍靖西的城郊中学当教导主任。我到他鹅泉的家中去看他，房子破旧矮小，他大儿子刚上小学，迷恋武术，在他房门自贴自写的对联：内修精气神，外练筋骨皮。我看了不免一笑。今年程老师已八十岁了，上午我赶到鹅泉边上他老家，才知他已退休多年，在靖西城里自己起了楼房。村民杨老哥热情引我见到程老师八十三岁的大哥，这样我与他一起赶到县城找到了分别十八年的程老师，我在住宿的酒店下面一个火锅店请二老吃了一餐便饭。

鹅泉的水养育了智慧的程老师，而程老师又把他的人生理念传递给了我，使我在人生迷茫的时候有了远航的指示灯。我感恩鹅泉，感恩程明亮老师。

老师——你永远是我前行的明亮之灯。

鹅泉，一首绝美的诗

任何华丽的辞藻
在你面前都显得苍白
任何多情的歌咏
都是那么矫情
只有把灵魂化成花鸟鱼虫
近距离去贴近你
才知道世界上还有如此的宁静与和谐
美在不言
美入骨髓
美在灵魂得到至高无上的享受

绣球故乡——靖西旧洲

多少女子的柔情蜜意

缝进了象征爱情的绣球中

分明是一颗炽热的心

燃烧给自己的心上人看

文昌塔成了男人向往的圣地

考中文魁

将是获得倩女绣球的条件

多少痴情女子在河边浣纱洗衣

偷偷窥视桥上走过的男子

多少男子故意从吊脚楼下走过

期待心仪的女子抛来绣球

多情的旧洲成了男女向往浪漫的伊甸园

期待田边地角桥上码头发生传奇故事

岁月老了文昌塔

风雨染旧了故码头

但春天仍然每年光临

多情的花朵逢春仍开

寒冷销不住春情

绣球仍然在风中寻找目标

男女仍然在期待着下一个春萌的季节

黑衣壮村随想

走进山门好像走进故园毛拜陀

石漠化的山区高寒物稀

单调的生活让村民的生活丰富不起来

黑色的衣服耐脏

姑娘们把对春色缤纷的喜欢藏在心里

黑色代表着沉重与压抑

在这个狭小的空间里

连水都是稀珍之物

人们用黑色的幽默对待一切

多余的色彩成了奢侈品

让黛瓦和着黑衣

抵抗天然的贫困与寒冷

碓磨发出悲怆的呼喊

不屈不挠的民族

并不是某个社会的黑色幽默

2018 年 02 月 06 日

2018 年 02 月 06 日

我的第一首自由诗

1989 年我在百色学院即原来的右江师专任教，写下我人生的第一首自由诗，没有题目，也不讲押韵平仄，记得原文如下：

带血的头颅

是主语

拖肠的肚子

是谓语

残缺的双脚

是宾语

烈士陵园

是句号

战士用生命写成一句话

我们——反对——战争

那坡高山汉

五陵山脉的文化

像风吹到桂西

我在这块土地上看见了共同的文化参照物

铁三脚火铺六合门香火围腰烟筒木瓦房

那三层楼的三间两榭的木建筑

有太多的川东鄂西湘西的味道

那销魂的八仙调泪奔的哭丧哭嫁

蕴含了太多汉族移民的酸甜苦辣

妇女的围腰兜不起沉重的生活

汉子的烟筒诉不尽解手的苦楚

火铺上的鼎罐煮不完几辈人的悲痛

但顽强勇敢拼搏坚韧是这个民族的底色

香火堂保留了传统的优秀文化

家规族矩遗传了正能量的道德文明

好学上进是高山汉孩子的普遍现象

再苦也有人读书

再累也有人励志

只有自己才能解放自己

努力是改变现状的唯一出路

这个民族像狼群

只要你不把他们打死

他们就不会灭绝

鉴水浣发女

心中的热情早已战胜了寒冷

将一头的希冀放进冰水里洗濯

以期从未来的芳香中收获爱情

在春情面前

寒冷算什么

在憧憬面前

刺骨算什么

鉴河倒映着云天楼山

也感知了一个爱美的女人

用心为钓钩

来春

钓到她的心仪

2018 年 02 月 07 日

晨练

清风拂面腊月柳

湖波映树回暖天

啼鸟偶歌闲散翁

无事便是好人间

2018 年 02 月 09 日

煮粽子

糯米里含满了农人的心血

粽叶里包裹了乡民的多少期待

只有火的煎熬

村人才得到一点香甜

原始的锅灶

山上的木柴

是上天赐给农民的福利

若不动手自己干

所有的物品都变不成社保

存进小小的银行卡中

火

给自给自足的人带来人间的温暖

粽子

是乡人的诗与远方

携手并进共赢未来

携家带口翻廖坳

手足情深邕江桥

并肩作战商海宽

进展风姿企浪高

共谋大计攀顶峰

赢在捧土齐筑巢

未雨绸缪画宏图

来年再听佳捷报

丁酉岁末应邀出席浪平商会部分企业 2018 年迎新联谊年会，深为家乡企业家的拼搏精神和反哺家乡的业绩感动，打油记之。

写给稻城亚丁

那一年秋天核桃熟了

我与妻子来到向往已久的圣地稻城亚丁

任何多余的语言都形容不了这片山河的大美

我们的灵魂在这里得到洗礼

我们的心灵被这里的一草一木震撼

圣洁高于九寨沟

崇高更胜黄龙景

走在洛克小道

品着香格里拉小镇初熟的核桃

抚摸着珍藏的经文石

心中升腾起李春华这个葫芦丝王子的名曲

《蓝色的香巴拉》

灵魂陶醉的所在

必定是神仙待的地方

在这里我们似乎看透了

人世的悲欢离合是何等渺小

大自然的鬼斧神工是何等伟大

一切的美景都附生着灵魂

他们在与我们亲切地交流眼神

至美秘境

以至于过后我未敢写下一字

因为我想

大美之地

没有唐宋八大家的文学修养

最好别去糟蹋她的圣洁

她已俘虏了我全部的艺术细胞

在大美面前

我只有束手就擒

新加坡的建筑

民众的头脑
没有进过木制的砖盒
设计师自由的触角
可以伸向任何地方
于是
建筑成品均张扬了个性

———

2018 年 02 月 12 日

题蓝予山野清风画

古有少妇打黄莺
今见蓝矛画抒情
一腔良愿清风画
山河鱼犬寄善心

———

2018 年 02 月 12 日

新加坡，繁华之地

桃李不言下自成蹊

国小不吹

仍旧人流如潮

所有的游客来供奉两个字

文明

2018 年 02 月 12 日

新加坡的绿

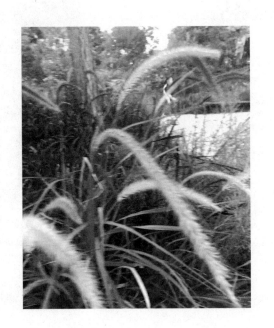

狗尾巴草也登了艺术殿堂

它们每天可倾听音乐

树是游客的伞

呵护着飘游的灵魂

高低贵贱均享受阳光雨露

各自绽放着

精彩的一生

2018 年 02 月 12 日

新加坡狮子

上善若水
于是它衔来幸福之水
一改狮子的凶
叫狮子行善
只有文明当训导师

———————
2018 年 02 月 12 日

灯照繁华

只有照亮了别人
自己的光芒才为人识别
而众多的光织成片景
繁华中的身影更有价值
一只灯
永远成不了一个都市
一根灯杆
永远撑不起都市的繁华

———————
2018 年 02 月 12 日

新加坡的中国灯市

似乎隋唐的灯火在这里重燃

用灯市展示华丽

是为了掳获

华人的心

————————

2018 年 02 月 12 日

小白头猴

白头不一定是愁出来的

如果成熟是一种美

白头亦成为可爱

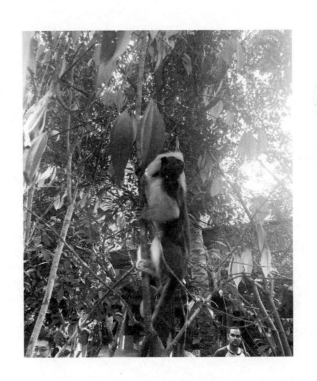

————————

2018 年 02 月 13 日

尽展芳华

哪怕身体托不起羽毛的重量
亦要尽展芳华
绚丽是苦修来的
美也应该与众共享

2018 年 02 月 13 日

用火，点燃童年的梦

火给人类带来的温馨
足够暖几辈子
它不嫌贫爱富
温度一样给予每一个人
用火点燃逝去的梦想
火在
生命就有价值

嗟来之食

被圈养起来
吃蔫巴的树叶
嗟来之食
味道差好多

2018 年 02 月 13 日

2018 年 02 月 13 日

孺子马

唯有子孙

在头上作威作福

你的心里才充满欢乐

有些人欺负你

你是心甘情愿的

甚至

你把她他扛到头上

任其欺负

女人的衣服

美的代言人

总是用华丽的服装夺人眼球

海洋里的鱼类

或许是人类的祖先

早就知道

华丽不是自傲

它是美的本能

绚丽多彩

是所有动植物生存的原始需要

鲨鱼的翅膀

鱼翅的名贵
最重要的不在于它的稀有和口感
最宝贵的东西
是它可以协同起来
平衡前进的方向
同时让飞机
平衡太空
人的高度
决定于他的平衡能力

小植物与大景观

许多细微的植物
凭着靠山
可以爬上很高的位置
成为人们仰视的贵种
而没有灵魂的框架
靠小植物的攀附形成大景
进入摄影师镜头
攀附与被攀附
互相依存
构成人来人往的繁华
而这一切
均赖那注入生命的营养
下等人供奉的水

我在读一首空灵的诗

在新加坡

鲜花和空灵的身体

让我无限遐想

过客

建设者

流汗者

局外人

或者

建好此地

走向彼方

完成一道景观

移动一个地方

他们来不及享受

他们总是

盛宴前离席的

仆人

———————

2018年02月14日

园艺师的作品

只要你愿意

按剪刀的要求

你会被修剪成园艺师想要的效果

圆润

美丽

无一点真心的枝蔓

大家都称赞

你好美

哪怕你想伸一枝丫

去握他树的手

你也被喝彩声止住

———————

2018年02月14日

牡丹芙蓉竞风流

争奇斗艳标黄红
二月均沾不寒风
开尽花瓣竞芳华
灿烂一生春光中

—————————

2018 年 02 月 14 日

人造瀑布

把自然景观搬进都市
让人们体会野性
雨瀑的气势一并到来
于是
都市找到了人类的祖宗

—————————

2018 年 02 月 14 日

人造热带雨林

用常年的迷蒙细雨

营造温湿的雨林

搬来适运的植物

营造出迷蒙的雨林世界

人们在这里做返祖的回归

用一个景观来追忆逝去的领地

或许是人类缅怀过往美好的一种方式

温室随想

过往的岁月

我们太想成为苍松翠柏

认为温室有毒

养育不出好东西

其实让温室育出千姿百态的花卉林木

都市的人不用太多的舟车劳顿

便可以享受大自然的奇妙

把大自然的美丽

融入一个人人可及的世界

它会拓展多少人的视野

不用此美否认他美

多一点宽容与包纳

世界更美

2018 年 02 月 14 日　　　　　　　　2018 年 02 月 14 日

扬帆起航

用设计的语言

表达一个城市的诉求

国小不可怕

建筑物也有自己的诗和远方

不靠核威胁和乞讨

换来生存的空间

让每个人和每个建筑物都有气质

文质彬彬

任何细节都呈现文明

相信不是野蛮人的国家

不会对文明痛下杀手

面对扬帆起航的美

我只有磕下折服的头

2018 年 02 月 14 日

老树颂

谁言老树不值钱

劲枝绿叶遮阳天

儿孙树下讨阴凉

相映草地醉八仙

2018 年 02 月 15 日

新加坡除夕谢微友

新春将至忆华年

加持能量赖诸贤

坡陡曾上太白山

除却途疲古镇间

夕阳无限江山好

谢慰平生伴君甜

微信刷屏汝能忍

友谊感恩似地天

　　丁酉除夕余与家人在新加坡度过，感恩微
信有你，一并致谢。

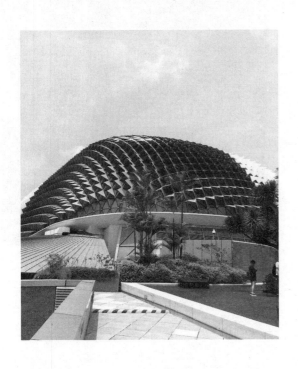

2018 年 02 月 15 日

过年，为亲情而聚

任何风花雪月

都不如自家茅屋那一炉柴火温馨

任何花言巧语

都不如家人的一句冷暖问候打动人

亲情是世上最深入灵魂的抚慰

哪怕千里万里

都要寻找她那醉人的芬芳

人没有亲情

就是断了线的风筝

飘过天空

已经没有神气

2018 年 02 月 16 日

牛车水，新加坡的唐人街

牛车水的过去

几乎是落后的一个代号

拥挤便宜窄小人多喧闹

那曾经的牛拉水清扫的大街

仍然比别处脏

现在人气比任何时候都旺

中文标识随处可见

一个类似伊斯兰教的建筑物

比邻而居

鞋子散乱地放在门口

与宝塔街和谐共处

来往的人流滚滚

全然忘却这是一条抽鸦片的穷街

每家店铺都塞满了人

真心佩服中国人的繁殖能力

中华民族经历了太多的苦难

他们被打倒了很容易再爬起来

只要有一口气

他们就会有翻身之日

贫穷不可怕

可怕的是他们的再生能力

给他一根杠杆

他敢去撬翻地球

杂乱的任何一个国家的唐人街

是他们起飞的平台

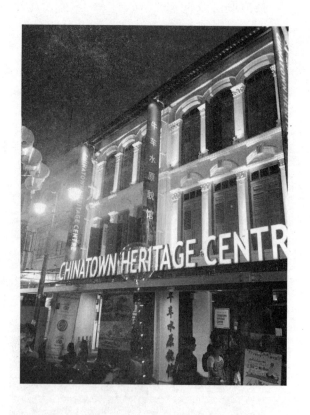

2018 年 02 月 16 日

岁月随想

一张与我外婆合照的相片
唤回几十年前的回忆
妻子成了外婆
女儿成了母亲
而外婆与父母
均已成为故人
岁月悠悠
像白云飘过天际
往事并不如烟
伏在外婆背上听到的嗡嗡话语
犹在昨天
父亲那个吸奶怨母不管教的故事
音犹在耳
母亲出门在外多栽花少栽刺的人生教诲
至今未忘
兄弟姐妹六个均已成家立业
虽不大富大贵
可亦衣食无忧
我已成为退休老头
旧时照片虽然令人感慨万千

但新的全家福会在各自的家庭传承
我们留不住过往的岁月
但可以留下家庭的温馨
薪火相传
传递的是家人间彼此的温暖
爱在
温馨在
血脉
永远留在爱里

2018 年 02 月 17 日

感恩宝安

小时候

梦想在毛拜陀有一支驳壳枪和机关枪

谁欺负妈妈和外婆

我就打死谁

青春萌动了

想找一个有山有水不愁打柴挑水的地方上门

通过婚姻摆脱贫苦的毛拜陀

高考的时候写作文

把能天天吃上大米饭当作崇高理想

毛拜陀的苞米饭的确不如大米好吃

工作了吃上大米了又想去大学搞研究

教授的称呼令人神往

当上副教授了当上系主任了

又想到离港澳地区最近的地方去

干一样的活领高工资

世俗的理想领着我来到宝安

感谢宝安

我终于找到一个安下灵魂的地方

这里依山傍水

这里物产丰饶

这里包容鼎新

这里政通人和

人生于我

得宝而安

我将岁月的余晖

撒满我能企及的宝安土地

我以鸦的反哺之义

回馈我的毛拜陀

感恩宝安

你践行了我的理想

2018 年 02 月 18 日

罗平螺丝田油菜花

为这一个灿烂的季节

你积蓄了毕生的心血

经历秋的干旱冬的寒冷

不与夏花秋月争辉

不与月季玫瑰争宠

为农家那菜锅不锈

为乡民生活增添香浓的味道

用浓缩的春天酿成油

将岁月的沧桑燃成激情

在云南的罗平

一个叫螺丝田的地方

绽放出迷人的芳华

花市随想

阿房宫毁烧的浓烟

罩在华夏人的头顶许多年

汉唐征战的马嘶

其声犹在耳边

两晋南北朝的对峙

多少平民无眠

元朝军刀的寒光

明清大统时的杀戮

血光之灾犹在眼前

北伐的炮火

抗日的烽烟

内战的喋血

将中华拖到崩溃的边缘

甚至"文革"批斗的呻吟

尚悲鸣于我的噩梦间

难得的改革开放四十年

国泰民安不是纸上的谎言

花市是一面镜子

让我们看到谁对谁奸

让手机摄下这历史的一刻

让儿孙铭记无乱便是好人间

让友谊浸泡在温柔乡

让灵魂俗气一阵子

浸泡在温柔乡

乡友在温泉镇买了房子

为了这一刻温柔

他奋斗了六十年

沾他的光

我也潇洒片刻

不去为疾苦呼号

不去可怜天下的可怜之人

让灵魂回归世俗

不做假大空的感叹与呼吁

作为决定地位

幸福是靠奋斗得来的

一个人享受他的辛勤劳动成果

天经地义

我浸泡在温柔乡

享受友谊的果实

如同日月经天江河行地

自然得天衣无缝

南宁同学戊戌首聚

南国春来生暖意

宁静致远怀旧戚

同窗四载皆独秀

学以报国志不低

戊夜苦读多常事

戌事南疆做嫁衣

首浩穷经威名远

聚歌再唱花少迷

　　戊戌正月初七在邕广西师大历史系七七级同学首聚发来视频，心向往之，惜未同乐，被欢乐感染，打油记之。

当狗成为文化符号

当你的汪汪叫声被赋予一种文化含义

你的跳蚤和骚味全然不被嫌弃

一俊遮百丑

你的这种声音美过所有音乐

类似这样的事

许多丑陋披上文化外衣

可以迷惑许多人

摇尾乞怜也没人说你

人们宠爱你

只不过宠爱他们心中的旺地

2018 年 02 月 22 日

家园卑微的花草，也会带来幸福

卑微得贴地而生

也努力绽放芳华

再弱小的花草

也有自己的春天

散发着泥土味的气息里

透露着生命的不甘

阳光虽然被高大者占去

但空气与雨水尚可争取

不因卑微失去信心

绽放出芳华给人惊喜

我从卑微中读出顽强与进取

我何曾不是一颗卑微的滴雨

从桂西的岑王山

顺着瀑布渗入央村双叉溪

淌进布柳河再融右江邕江珠江

最后停留在伶仃洋岸堤

在一个叫前海的地方

与卑微的花草相遇

彼此欣赏着对方

眼里充满了感激

哪怕在被人忽视的角落

哪怕卑微得小如尘埃水滴

也不服输

只有全力绽放生命的能量

才能见到诗与远方的自己

2018 年 02 月 23 日

卿不负我

卿不负我
每天赐你的小半桶水
悄然用绽放的芳华
慰劳我这一年的期许
叶子藏不住灿烂的笑容
根茎挟不住你给的惊喜
感恩盛满了每一片花瓣
忠诚写进甜美的笑里
一茬花开
一茬苞起
你将感激编成前赴后继
让我这个白首老翁
每天早上都有意外的惊喜
花木有情谊
人生有乐趣
善待你身边的一草一木
在春风中
它会送来你种下的善报
让你驻足欣赏
美在每一个角落
美在每一个生命里

退休后的茶室

放下浮生的繁杂
让古琴古筝的音乐自由地低吟浅唱几下
酌一壶普洱
拉两曲红楼梦
把报刊翻两下
抖动几腿从不敢抖过的老腿
击节把茶桌伴音乐敲打
藤椅上坐下闲身
花丛里倒掉残渣
坐累了站起端详老壶
站疲了硬凳上烫杯滚茶
脖子仰上观下
看一看温馨的真卉假花
别人上班去了
自己挥洒阳光普照的年华
哈哈，哈哈

离 别

山长水远此去经年

亲情在贫穷的高压下分开

春夏秋冬风霜雨雪三百六十五天

说不出的苦流不完的泪不出声的哽咽

脚步勾住大地车子沉如凝铁

道声爸妈珍重说声儿女再见

———————

2018 年 02 月 23 日

戏题溪里佛图酒

溪水熬酒三湘醉
里外馨香宴扶归
佛跳高墙五杯后
图腾杜康也称威

———————

2018 年 02 月 25 日

新春添花

人家新桃换旧符
吾庐鲜花替老橱
闲整丝竹衬雅兰
不负春光不负主

　　丁酉除夕一家人托女儿女婿的福去新加坡
过年，家中未添置年花。今天上午茶室独坐，
仍感春意盎然，自我陶醉。妻子见往月购回的
盆花及花槽该添置新花了，我乐享其成，经她
一个中午的折腾，焕然一新。对于享受最多茶
室好处的我，喜出望外。打油记之。

那年我去林芝，桃花已过

总是错过佳期
那年我去林芝
桃花已过
虽然有盈盈秋水
虽然有手掌参的香汤喝
虽然看到了米堆雪山的美
虽然经历了高山飞石泥流滑坡
仍然遗憾没有见到桃花朵朵
有些梦想错过了就是错过了
哪怕像安康的藏民扑行千里之外往拉萨
也磕不回青春对爱的执着
寄望今后的岁月
找几天往人生的来路回溯
纵然找不见倩影立在艳桃树边
也要留一个灵魂几被掏空的躯壳
只要生命尚未归属为风干的腊肉
寻找生命的本源与美
将是我倒下前不停地求索

题旺嘎公

邻村同学旺嘎公　　以一抵四高估己
争强好胜蛮力雄　　到处树敌不善终

　　老了爱回忆往事，岁月的沧桑容易使人想起为人莫要太呈强。

　　记得在毛拜陀生活的日子。那一年在江洞小学读书，老师是关陇村的唐文均，邻村的同学常常从学校回家时共走一段山路，那就是从江洞小学越过哪盘村后龙山半山腰，翻过哪盘坳到庙边这一段。毛拜陀有我与堂舅杨再明，小弄阳有杨再彬与杨秀旺，关陇有唐思繁。都是男同学。

　　杨秀旺我喊他旺嘎公，我妈姓杨，按当地习俗，他与我外公杨秀启同辈。他自称力气大，什么人都不怕，什么人都打不过他。我们也不知真假，反正也不想惹麻烦，没有人去挑战他。他见大家都不敢挑战，越来越以为自己很厉害，就到处找同学挫骨，全校除老师与女同学，都挫不过他。要知道挫骨也是我们当地比试厉害的办法，握拳后双方把鼓起来的骨节挫擦，谁怕痛谁输。他见挫遍全校无敌手，便轻狂地对我和杨再明、唐思繁、杨再彬四人挑战：我翻睡在庙边的平台苞谷土上，你们四个把我按住，我翻不过身来，我就认输。

　　那时候正是春天，苞谷刚刚播种，还没有抽芽。我们见他欺人太甚，四人携手合作，把他压得屁都出来了，仍然翻不了身。他自知讨了苦吃，想不到别人联手起来力气就大得不得了，使尽浑身解数也还是翻不了身，最后只好乖乖认输，我们放他一马，起身拍拍泥土，从三岔路分手走人。

　　也许被我们联手压得太疼，想想不服气，他突然抓起泥块向我们猛砸，这完全在规则之外的冒犯，我们来不及相商，兔子一样溜走了事。

　　事隔多年，旺嘎公仗着力大，称孤道寡，目下无人。周边没有一个朋友，连老婆都找不到，三十岁左右郁闷而死。

2018年02月26日

诗意的密蒙花

像两行爱情诗

写在小河的两岸

在春情萌发的阳春三月

散发出荷尔蒙的清香

壮民太熟悉的味道

每到农历的三月三

人们把它用来染黄糯米饭

那诱人的清馨

醉了一村的男女老少

它也得到一个美名

染饭花

生活本该有许多苦涩

但密蒙花去掉了苦涩

留下一串美好的记忆

就像那花串

一嘟噜一嘟噜

游子见到花

犹如见到小芳

见到邻居

见到一行行花写的

乡愁之诗

2018 年 02 月 26 日

入学须知随想

那年

我携着这张通知书走进王城

就像自己是凯旋的将军

我可以只要文化不要美人

因为贫穷使我认识到粮本贵过黄金

这须知是一块敲开幸福的门砖

为此我心里万分感激邓小平

这是一张寒门通往光明的证书

那个年代也是指引低层奋斗的明灯

但愿这张纸的内涵永远不变

让青少年上升的通道永远公平

俱往矣

饮水思源

感恩小平

你永远是我的大恩人

2018 年 02 月 27 日

腊肉

不是美女

比美女还诱人

不是鲜花

比鲜花还温馨

对于那些从贫困线上挣扎的人来说

腊肉就是幸福的符号

它把乡村的爱恨情仇

都包含在那令人垂涎的口感里

连逝者的刀头肉

都以它为上乘

那青黄不接的饥饿岁月

哪怕是它的油渣

也要在穷孩子的口里打十几个滚

才恋恋不舍地吞下肚子

山珍海味指什么

乡民或许大多不懂

但有腊肉还杀鸡是不懂持家的笑话

听得内心想哭

见一盘腊肉

如见贫民蜡黄的脸

虽然喷香

然而不忍下口

船 工

脊梁扛不起生活的重负
纹一个神龙神仙帮忙
破船载不起上涨的物价
铲去吸附在舷外的寄生物
既然破衣难穿
索性光着膀子
爱咋咋地
反正还剩这条贱命

林帝浣擅长诗融画

林静蝉鸣飞流泉
帝称联坛申遗间
浣女拧纱惊绅梦
擅将笔意洒江天
长处皆在文脉通
诗美往往显墨前
融合文艺丹青手
画里世界活心田

峰回路转百路弯

借微友的家乡照

带我回百路弯

这魂牵梦绕的回峰转路

我走过不下一百遍

那年十三岁

辍学与再江大舅去央村办田

去来都要经过这百路湾

春夏秋冬寒来暑往

路上的一草一木都深烙心间

山花化解了少年的悲凉

冷杉抽醒了成熟的脸

泉声鸟语洗净郁闷的心事

云霞峰峦诱导少年去寻找幸福的天眼

蜂蝶翻飞在桃林茅尖

指引一个村娃也要寻觅生活的甘甜

苞谷从抽芽到黄壳

稻米从播种到收割

八角从发芽到馨香

我往来的一百次步行

度过了完整的十三岁

毛拜陀每家的粮食里

都有我与大舅的汗水

每一粒百路弯上的尘埃

都听过我和大舅还有马的喘息

今天梨花桃花李子花又开了

它们或许是我与大舅见过的果树的孙子

但果树的灵魂依然

山水如昨而蜂蝶已异代

唯有乡愁难以释怀今天我把景色呈出

用以祭奠那个峥嵘的岁月

祭奠五十多岁逝世的大舅

缅怀我那沧桑的童年

2018 年 02 月 28 日

第七章

2018 年 3 月之诗

花开花谢

老去的

不必悲伤

这是你的宿命

新开的

不必狂妄

你毕竟终将老去

花开花谢

富贵贫穷

终将凋谢——盛开——凋谢

生命的轮回是必然

生命的灿然在自己

2018 年 03 月 01 日

长老后我就成了你

历史回到一九七七

那时候的师生老幼明晰

四十年足以让人变化

长老后我就成了你

岁月不饶人也不欠人

它公平地对待我和你

苍老的是我们的年纪

不变的是我们的初心

挺拔是独秀峰的追求

我们是做好自己

无愧于花开花谢的灿烂过程

无愧于王城结下的深情厚谊

2018 年 03 月 01 日

桃花随想

凝聚了所有春的臆想

暧昧爱情爱运爱的衷肠

凝聚了所有对幸福的渴望

发财发达发富发福几乎发癫发狂

凝聚了所有自恋的欢畅

自拍自笑自导自演自剧场

凝聚了春天所有的美和期望

哪怕桃花渐渐凋零

也要赋予她诗的臆想

男人有一个秘密女人有一个念想

每一个都与桃花有关

每一个都是灵魂的模样

2018 年 03 月 02 日

追赶夕阳

有意义的生命总是那样匆忙

因为一种美总在诱惑的前方

富士山在前方

袋鼠在前方

温哥华的雪在前方

华尔街的牛在前方

尼亚加拉瀑布在前方

前方是诗

前方是远方

我一路赶来

逐着太阳

像一个小夸父

夕阳无限好

正在向着西边走去

为看到它灿烂的金辉

我放下一切

追赶而去

不问结局

直到生命的枯萎

2018 年 03 月 02 日

至简生美

不用美酒加咖啡

至简亦能生美

一碗老茶

两个红薯

三块糍粑

就算一顿美味

节省的时间

听音乐

拉弘琴弄箫声

至简生美

大道潜行

汤 圆

把希望包进糯米团子里

用赋予了甜蜜期望的糖水来煮

如果美好的生活这样就能煮出来

多好

然而吃完未来的希望

第二天醒来发现生活仍旧是老样子

但通过仪式

获得了一种自信

看第二天的太阳

似乎都多了一些温柔

所以

崇拜一种习俗和仪式

会让枯燥的生活

变得有一些味道

让人在舌尖上

留恋过往和未来的幸福

杰出人物的睡眠时间

这一天一天地
把睡眠时间定格在这个浓缩的时段
小时候
一天八个小时练琴
终于把自己弄成九岁二胡十级
三早抵一工
当她以专业课第一的成绩
考上上海音乐学院
她已比同龄人
多活了几年
名声和地位是自己奋斗出来的
天道酬勤
时间的光环
只垂青于珍惜它们的人
它说
只有让你支配的时间发光
你终能
笑傲苍天

2018 年 03 月 03 日

我种下一棵寓言

权欲与财欲像春药
吃多了会超乎寻常地发作
发作起来
天下老子第一
于是燃成一把自焚的大火
就像水车
有水的时候高昂着头
但是终会有一天
这高昂的头颅
会被历史长河按入水中

2018 年 03 月 03 日

点 醒

你用短暂而灿烂的芳华

点醒围观的世人

奋力拼搏挺出来

不同流合污

方可成就一生的卓越

在污泥浊水中活出诗意

既然命运把自己安排在污泥浊水中长大

生命的定位也要绽放芳华

用芦苇的花与天上的云霞

构建一幅包含诗意的画

让过往的风深情地吟诵

让蜂蝶飞鸟的声音伴唱春夏

让飘絮带着秋冬的问候

去追逐芬芳岁月逝去的风华

一丛芦苇也能活出唐诗宋词的意境

围观的人群呀

难道你蠢到连你的人生也不规划一下

2018 年 03 月 05 日

2018 年 03 月 05 日

抢丁财炮

靠实力去赢得某种待遇与荣誉

让人肃然起敬

一个村子用规则来管理欲望

体现了人文精神中的公平正义

不用把权财的欲望关进笼子

制定一个大家通过公平竞争

可以得到的规则

参与者会发出

来自内心的笑

但是这样的规则诞生

真的好难好难好难

2018 年 03 月 05 日

尊重知识与小孩的未来

把知识放上圣台

表达一种对文明的崇拜

把小孩的未来纳入重要大事

等于把光明延伸到未来

知识改变国运

小孩成就精彩

通向成功的阶梯

一步一步地来

2018 年 03 月 05 日

我不嫌弃你细小的温柔

澳洲的好友王瞻说

他可以趴在地上

看蚂蚁几个钟头

天呀，修炼这样的日子

我要用一辈子

他凭借自己的才华

四十岁左右就做到了

花甲之年

我才体会到细小的温柔更是温柔

递一杯水

赶快服药

天凉加衣

恰似小花的温柔

它们虽然带不回春天

可它们能给你春天的问候

别忽视那弱弱的一声问好

卑微的声音里充满了温柔

灵魂从这里得到安慰

思想在这里得到升华

品格在这里必须坚守

一屋子的春天

往往体现在小花小草的妩媚与温柔

2018 年 03 月 05 日

丹巴的女人

难怪当年唐僧在东女国动情

只因这个如今叫丹巴的藏区产天仙女人

世外桃源

天蓝水清

连空气都是那么温馨迷人

如果这样的美你都没有感觉

我有理由怀疑你的身体是个废品

让道学家在这里停止布道

让存天理灭人欲的学说停止呻吟

让一切都返璞归真吧

我们不再作余秋雨式的动情

意念中亲一个脸

冥想中濯一次魂

幻觉中咬一口果

草躺中听一次经

梦幻里的丹巴

丹巴中的女人

你把爱写打油诗的一个糟老头

三魂丢了两魂

2018 年 03 月 06 日

朱岩冲的梨花

父亲的故乡盛产雪梨

雪梨的老家盛产梨花

飞舞的蜂蝶是春天里的唐诗宋词

清晨鸣唱的小鸟是京剧豫剧娃

朱岩冲的万亩梨花又开了

那阵势不亚于安顺的万亩樱花

一种花能满山遍野写出诗意

一种豪情能激起文人骚客驻足停下

那一定是人间至美景色

再忙再累

也别错过找时间去看它

2018 年 03 月 06 日

老树新花

不要怕

虽然岁月磨旧了你的容颜

但根还在

魂未垮

只要深入地底吸收足够的水分

老树同样绽奇葩

2018 年 03 月 07 日

静待花开

每天浇水

默默地注视你的成长

不急不躁

静待花开

————————

2018 年 03 月 07 日

题灌阳梨花

灌阳梨花艳都庞

大仁仙裙迷万乡

湘桂走廊香雪下

诱来多少有情郎

————————

2018 年 03 月 07 日

我是一株米汤果

我是一株米汤果

我长在壁岩脚

毛拜陀的米汤果

幼时的希望

是解决经常的干渴

这里滴水贵如油

这里无溪也无河

吃水仰望天空

储水只靠岩窝

多少代人

牛马一样活着

恳望苍天赐福的日子

一天一天地过

我没有气馁

我要顽强存活

我要用米汤一样的根卵汁

养活自己

滋润同伙

若能用这略带涩味的米汤

回报放学后的饿生

亦是生命激情燃烧的烽火

我不怪生存的环境贫瘠

我不抱怨命运的差火

总有一天

我会因为米汤的滋养人

被移植到城市花园的角落

纵然人们不再吸吮她的米汤

但仍然可以看到她顽强地存活

生命若是活出一种精神

她就具有了文化的传播

2018 年 03 月 07 日

赏灌阳梨花

灌籍游子三月归　　万亩梨园鸣春鸟

都庞岭下香雪肥　　一条碧江带绿醉

吹面不寒杨柳风　　大仁回报秋后果

送迎蜂蝶闹微微　　江口又见盛世回

　　戊戌春和祖益《灌阳梨花开》诗韵，以《赏灌阳梨花》为题和之，以搏乡人一笑。

凝视桃花

一种对青春的缅怀

一种对未来的向往

发生在一个桃花盛开的地方

过去的毕竟拖不回

预期的

努力会达到

不管岁月如何

我自桃花芬芳

题抗战文化中心桂林

烽火六年忆桂林

华夏文人西南兴

聚集大家魁星耀

书店出版力扛鼎

人材两旺薪火大

万众传颂佳信频

王城古墙帝都韵

至今犹闻管弦声

戊戌春读有关桂林抗战六年成为中国文化中心的文章，尤其是出版业在当年为中国抗鼎之城，甚为感动。本人于恢复高考后第一届本科生，在桂林王城求学修身，毕业后写作不辍，出版十余本书，其中最有价值的三本皆在广西师大出版社出版，一是《桂西民间秘密宗教》，现为哥伦比亚大学收藏，在学术界得到好评。二是《神巫毛拜陀》长篇散文集，获第二届广东省作协九江龙散文唯一金奖。三是《聚是一团火，散是满天星》，感恩母校出版社成就我的学术与文学事业，打油记之。

2018 年 03 月 09 日

咏被圈铜马

当年洞子骑马课

残疾尚能腾路丫

童幼虽蒙人世事

尚知闪胯无碍挂

今睹骏马雄且伟

无奈身困围铜栅

纵有千般凌云志

不前不后难腾达

2018 年 03 月 10 日

睹马斗有感

骏马立功在疆场
负重杀敌在远方
何必相互来厮杀
强身难敌内斗伤

———————
2018 年 03 月 10 日

香水百合

我分明见到一群灵魂高洁的女人
穿行在世道沧桑的路上
用默默无声的奉献
爱着这个世界

———————
2018 年 03 月 12 日

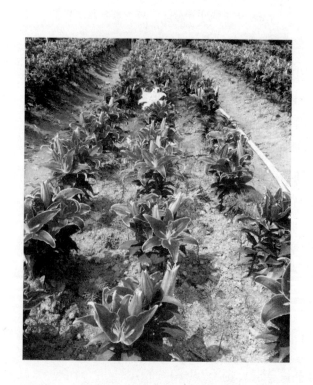

写给青藏高原

一首小提琴曲《天上西藏》
将我的灵魂又带回青藏高原
美醉了
恍如隔世
除了景
还有人文
在林芝看到爬行朝圣的康巴藏民
虔诚震撼了我
在玉树地震后的文成公主庙前
想到当年昭君的和亲奉献
听到天葬台秃鹫的悲鸣
还有庙前浊浪的哽咽
在布达拉宫
我惊叹于庙宇的建筑艺术
更感慨藏传佛教的博大精深
其立于高天的哲学元素
让我跪拜的双膝不疼
在神池我不忍濯手
害怕尘世的喧嚣与肮脏惊扰神灵

在藏区的美景
无论是亚丁的神山
抑或是夏河的拉卜楞寺
我的灵魂几乎浸泡在美的浴缸
那种远离俗世的快感与心灵净化的舒畅
仿佛再生
天池倒景的云杉
怪湖腾起的白浪
草原飘过的牛羊
古道扬起的经幡
让我恨自己只有两只眼一张嘴
收不尽天下的美
唱不尽人间的颂歌
雪山之巅是哲学
草原之上是宗教
我的灵魂是飘荡的白云
我在宗教与哲学之间思考人生
原来我是一只
幸福的小蚂蚁

2018 年 03 月 12 日

花的随想

难得岁月如花

显得如此珍贵

毛拜陀的峥嵘日子

冷雨霜雪寒风交替

难得见春花秋月的诗意

六十年的打拼

错过了多少花季

心知道

错过了昨天

千万别再错过明天

如花的季节

只在乎欣赏她的人

———————

2018 年 03 月 12 日

蝶 恋

喜欢了

就扇动翅膀去寻觅

哪怕竞争者众多

芬芳的花丛

总有一朵是自己

心仪的

———————

2018 年 03 月 12 日

金鱼草

有一种生命

为别人观赏而生

用美贯穿灵魂

没有奉献精神

很难办到

不要嘲笑明星

莫要嘲笑美

各自以独特的方式

报答这个

生育自己的世界

————

2018 年 03 月 12 日

装 嫩

与外孙女一起歪头的时候

想起一句话

老黄瓜刷绿漆

装嫩

————

2018 年 03 月 12 日

樱花仑

宁大作的名字

在我心里是一树樱花

他舍弃深圳回到益阳

经营梅王寨的风景

今天

他的樱花仑上樱花开了

我仿佛看见宁大作笑了

当一个人成长为一道风景

梅王寨就是宁大作的代名词

2018 年 03 月 12 日

咏玉兰

生长廿年在高寒

梦里全是瘠家山

中岁定居伶仃边

始知佳卉有玉兰

不求朵朵如杯大

苔米云贵亦灿然

花开大小无所谓

绽放尽力始心甘

2018 年 03 月 13 日

瓷杯上的父女

廿四毕业留佳影　　花甲已过带孙游
初中女儿烤瓷身　　忽忆借衣照相行

　　女儿的女儿比瓷杯上的女儿大。今天上午我在家里玄关柜上看到这两个瓷杯，大约是女儿读宝安中学初中部时开始有点审美思想了，她认为爸爸年轻时的照片和她一岁时的照片一样萌，于是拿到某个能把照片烤进瓷杯的工艺商店，做了这两个杯子，当然钱是她从我给的零食钱里省的。我翻遍家中找不到十八岁的照片，后来才回忆起我是高中毕业才到过县城，照相是二十岁那年考大学用。十三岁那年我辍学由甘洞子向文怀，表公带我去那比与大舅杨再江他们挖公路，过县城时不分东南西北，更不用说去照相。

　　女儿选的我这张照片，是大学毕业时照的，那外面的西装外套还是同宿舍的郭振彬同学借给我照相穿的，说这样情崽一点。那时我没钱买西装。今天上午带孙女雨蔓去宝安公园玉兰园，她比我女儿一岁时的照片大了一岁多，禁不住感叹：岁月如流，如今我已成为老者。

2018 年 03 月 13 日

题浪平那英桃花

王郎二十离老家
那英何曾有桃芽
衣食温饱尚存忧
寅吃卯粮肚呱呱
改革开放四十载
贵州寿桃引各家
花海一片成仙地
果熟钱进人笑哈

———————

2018 年 03 月 14 日

题灌阳桃花

古人写尽桃花诗
再吟刘郎已嫌迟
江口三胞同登科
要颂佳卉觅新词
十里盛开现古装
乡韵艳艳步东施
有胆再振灌阳威
百条村巷话大师

———————

2018 年 03 月 15 日

咏花

一朵花谢了

另一朵接着开

还有两根主干向上伸展

一枝在孕育蓓蕾

另一枝在规划梦想

要一生灿烂

必须前赴后继

在过程中享受生的乐趣

————————

2018 年 03 月 16 日

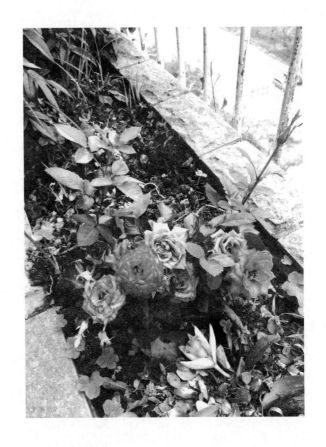

回报

莫道辛勤水日浇

茶花报恩绽瓷槽

不嫌离山分别苦

酬我繁艳助春娇

————————

2018 年 03 月 17 日

题广西

八桂大地尚低调

山秀水美从不炒

一旦闺中门帘开

惊倒无数恋美佬

————————

2018 年 03 月 17 日

咏 龙

世界上什么都可以死

唯有想象不死

世界上什么都有结局

唯有你没有结局

贫富贵贱都可以借助你

战胜一切心魔

云是鹤故乡

海是龙世界

地球上海水最多

因此你的世界最广

飞天入海

你所向无敌

权者借你威势发威

贵者借你腾挪

富者借你布施

贫者借你翻身

我借你为诗魂

想写什么就写什么

上天入海

抬头低头

完全不看玉皇和阎王脸色

2018 年 03 月 18 日

桑椹

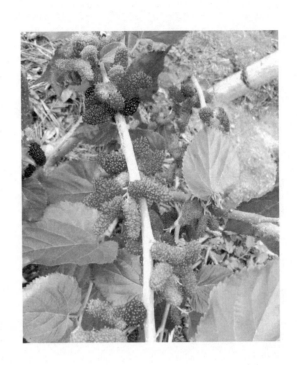

一串美丽的童年之梦

无数颗带来幸福和快乐的甜蜜

一行行百草园鲁迅先生娟秀的文字

一缕缕故乡的幽云

一句句好友寄自明月山的诗

2018 年 03 月 18 日

有一种笑

有一种笑

叫孙辈的笑

像春风吹开桃花

像燕尾剪开杨柳

像阳光化开冰雪

像洁白的羽毛

轻拂我心

2018 年 03 月 19 日

有一种称呼叫好友

不求功利
唯图交心
背一篓情义可入法眼
拍一把空气可引海啸
相对而会心地笑
排足可畅舒地谈
扯一把伞
可当云天
喝一杯茶
当饮斤酒
这样的友情
我把它叫好朋友

文人辞世

他们用文字把自己炼成星星
一旦从天上坠落
惊动无数看过星星的人
尽管星星有大小
但毕竟是星星
凭这一点
许多人想塑造自己成星星
我想用文字把自己塑造成一只小小的萤火虫
当我辞世
人们还会记得
有一道亮光
曾经从故乡毛拜陀的上空
划过

世界上有种美好叫苦恋与三角恋

在春天

苦楝树与三角梅在一起

盛开出绚丽的白红两花

把所有的花朵都比下去了

任何单种的树花

在他们面前都显得逊色

世界上并不是所有的苦恋和三角恋都没有好结局

请看这株交合不分的苦楝树与三角梅

它们用忠贞的花

晒出真心相恋的幸福

2018 年 03 月 19 日

文字生涯有感

文字如妾

任我翻覆

思涌心泉

何必待株

法无定法

文学贵殊

长篇短论

皆自魂出

若无灵感

拼凑何苦

诗文言志

感慨尽抒

汪洋恣肆

沉浮吾主

人生快意

视字玑珠

2018 年 03 月 20 日

广西米粉

广适胃口食中王
西南第一饭菜帮
米变片丝诱涎出
粉遍八桂全国香

艰辛的手

这是岁月的刀割的
这是生活的压力撑的
这是痛苦留下的口子
这是养育孩子让汗水冲出的沟渠
勤俭的舍不得买一双劳保手套
节约到不愿花一个创可贴的钱
这分明是一双奴隶的手
不知道他的主子是谁

背篼

童年它装着我的期盼

里面有妈妈给我的苞秆黄瓜板栗

少年它盛着我的食欲

它装着金黄的苞谷棒满麻袋横陈的谷子

一捆捆带来冬天温暖的柴

大了它是我飞出洞子的理想

用汗水装满它换回一点路费

翻过廖家坳去到县城讨一个富裕地区的老婆

今天它是我的博物馆

装了辛酸的奋斗史和笑对人生的勇气

晒出来

让历史不发酵不腐烂

2018 年 03 月 21 日

黄昏西街

这是一道迷药

迷倒了许多游客

为了那一顿啤酒鱼

杯子里诱惑舌头的酒沫

未定或有可能的夜晚

中西文化碰撞的声音

无数的吸引男女的饰品

夕阳以及朝霞

雾雨或者油纸伞

丁香或者姑娘

阳朔已不重要

人文的气息像少妇的体香

2018 年 03 月 22 日

笋子

有幸的
长成竹子成就一生
不幸的
陨于锄下
成为桌上一道菜
竹子与笋片共沐阳光雨露
然而生存与否取决竹山的主人

———————
2018 年 03 月 22 日

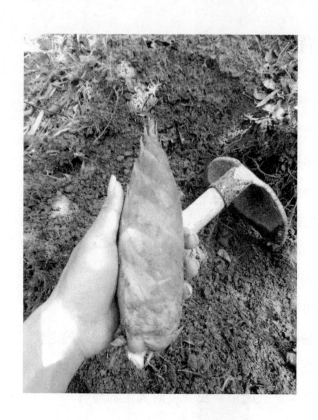

戏题晓云教授藏酒

数箱李白储美诗
一屋刘伶悔见迟
红尘亿丈坠如何
晓云之上揽仙肢

———————
2018 年 03 月 23 日

题花蕊夫人

五代写尽羞男词
痛快淋漓骂国失
孟昶固难辞其咎
为何明者亦装痴

———————
2018 年 03 月 23 日

宁大作与他的野樱花

这个男人有一种野性

坚强坚毅坚韧

他开发的安化扶王山野樱花

像身着缤纷艳装的亿万彩蝶

绕着他飞

绕着阳春三月飞

绕着美丽心情飞

为通往仙境架桥

为登高而修梯

宁大作用他的肩膀

扛起了满山遍野的美丽

花开花谢

野樱花用不舍的柔情

下起了扶王山告别三月的一场艳雪

咏大学同事佛山相聚

鹅城橄榄三角开

枝繁叶茂禅韵来

根深又用谊酒浇

结出佳果润心怀

有感于百色学院在粤同事在佛山相聚，惜吾为了诗与远方错过此宴。

用心灵抚摸成都

三星堆的秘密

昭示我去追寻远方的历史

三国的春秋

吸引我去探究一个国家的成败得失

金沙遗址里成堆的象牙

诱惑我去思考它们的出处

杜甫草堂的每个物件

让我这个爱好诗的杜粉丝喜欢把握

文殊园的轮回的讲解

引导我思考善恶报应的有无

春熙街美食中的豆花饭赖汤圆腊排骨

勾起我舌尖上的乡愁

新出的《成都》唱片

在年轻人中为什么那么虎

看一曲变脸川剧

喝几杯清香的绿茶

烫一回麻辣火锅

为什么就那么舒服

来了又去

去了又来

来来回回

怎么

这次又来用心灵抚摸

那下了迷魂药的成都春熙路和小吃

那历史的斑斓

那民俗的古朴

站在成都的酒店高楼

我还有诗和远方

那就是丹巴的美女

康巴的汉子

林芝的桃花

以及退休后自由的日子

2018 年 03 月 24 日

巴郎山的飞雪

在这个山下春光灿烂的时节

你为什么对王郎如此情绝

莫非是这人写诗太烂

污了你高耸的名阶

我领略了一山有四季

没想到你竟然下起了意外的雪

期盼与现实总是有别

我也会适应你冷漠的情绝

十八湾的山路已摇醒我的梦想

只要你不怕冷

我也驾驭过漠河的冬夜

下吧

王郎死都不怕

何惧你阻步的小雪

2018 年 03 月 24 日

四姑娘山顶独语

栈道把雪分开

孤独把尘事抛却

顶着飘雪

冒着寒风

我喃喃自语

让寂静聆听我的心声

让景色攻占凡尘

也让自己

听听自己发挥到极致的朗诵

看看

是不是一个三流诗人

2018 年 03 月 24 日

我来了，你却用白丝巾盖头
——写给雪中四姑娘山

我知道

我们这个岁数的人不受待见

生长在困难时期

读书在动乱时期

工作在下岗时期

生育在计划生育时期

但无所谓

这一切阻挡不了我顽强生长的步伐

用汗水拼搏努力换来该得的生存资源

来看你的车脚钱

来仰望你的敬慕心

你莫嫌弃我是穷二代

吃麦片的钱是有的

你扯下白丝巾盖住头

不想见一见这个来自贫村毛拜陀的老人

无所谓

我会用你的冷酷磨炼自己

而且几十年我是这么做的

或许有人把与低贱的王郎交往为耻

无所谓

在经历过毛拜陀生活的人看来

不在乎轻蔑困苦与艰辛

我笑着与你合影

留住你的冷漠

我舒心地一笑

爱与恨悲与欢

是我自己的事

与你无关

2018 年 03 月 24 日

人参果坪的老树

一棵与一棵

没有依偎

并非它们彼此不爱

但顽强与坚毅尚在

哪怕主干已断

斜生之枝也成树

老了

仍然活得自强自尊

在春雪中

绽出嫩芽

只要心不死

永远向往春天

美人胚子

美丽的竹林在换季

嘉绒的美人胚子如竹笋

在春天的丹巴冒出头来

洋溢着少女春的气息

真恨自己不是嘉绒的美少年

可以无忧无虑地欣赏新冒出的笋尖

这群女儿国的蓓蕾

将会把丹巴点缀成世界夺目的小城

2018 年 03 月 24 日

2018 年 03 月 25 日

丹巴女人

唐三藏把佛门打开
驻进嘉绒美女的祖先
我随灵魂的指引来到丹巴
观察女儿国的前世今生
不要说苏杭产美女
那是因为你没有到过美人谷
在我男性尚未泯灭的日日夜夜
未曾放弃对美的追寻
有一种女人美那是艺术
任何人不能以道学拒之
大街小巷
随拍都是黄金比例的美
可惜我不是画家

否则住下来画她们
然后在一线城市
开一个嘉绒丹巴美女的大展
岁月可以冲走许多故事
但冲不垮遗传基因
万种自然风景的美
抵不过美人谷嘉绒女人的一笑
如果她真的走入你的内心
胸中波澜冲出体外
我只好克制自己的激情
以免犯错误
影响下一个诗和远方的行程

2018 年 03 月 25 日

丹巴少妇

心事绕着家务

美丽献给琐碎的岁月

但成熟的美任何力量都夺不走

就像三月的梨桃李花

鲜艳的力量是从根部发出

人世的风催着你前行

灵魂里溢出的美将大街染得面红耳赤

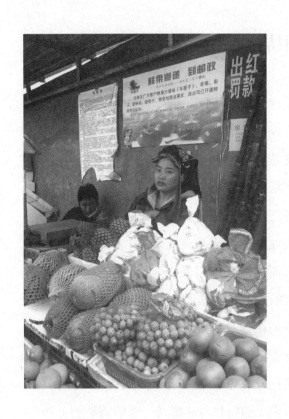

2018 年 03 月 25 日

老树梨花开

寄生小树缀满身

重负仍在搏老命

不输核桃垂春丝

绽放白花赢自尊

2018 年 03 月 25 日

梨花飞

甲居藏寨梨花飞

鹊站核桃闹微微

似乎不忍春归去

唤我一同捡落归

2018 年 03 月 25 日

甲居藏寨

可以想象唐朝时的女儿国
就是世俗的仙境
甲居保留了嘉绒祖先的威风
神居散落在错落的山坡
桃红李白万树梨花压海棠
天高云淡彩旗招展春风凉爽
海峡两岸的客人操着闽南语拍个不停
牛们在憩息歇晌老头在门口打瞌睡
下午的寨子宁静中点缀着游客的喧哗
摩托车往来载着富起来的藏民
碉楼上的白柱与旌旗像一首首盛唐的七律
由春风打着拍子列队欢迎客人
我想扯一片白云做披肩
与甲居藏寨合个影
再把照片贴在经幡上
让风代我向藏文化致敬
向女儿国致敬
向永恒的美致敬

2018 年 03 月 25 日

桃花深处有人家

斜桃路壁正开花
蜂涌蝶来鸟叽喳
行得芳芳几十步
菜卉绽处有人家

2018 年 03 月 25 日

在嘉绒藏家饮马茶

一杯马茶

把我的思绪引入茶马古道

这茶砖泡出了沧桑的历史

那时的马锅头喜欢留宿甲居

正如我喜欢在少妇甲姆的民居饮茶

甲姆的辣椒是一首唐诗

我的玉米棒是一曲宋词

唐诗与宋词的作者不在一个朝代

只有文学

才能串起诗词的灵魂

让我以马茶当酒

醉了学着马锅头做梦

梦里桃花开

疑是玉人来

美在延续

嘉绒的基因里

有一种绝世美的要素

唐朝至今未有失传

甲姆与她的女儿

在延续嘉绒的这种风韵

王室后裔的脸

写着高大上的贵气

不来丹巴

是你一生的损失

2018 年 03 月 25 日

2018 年 03 月 25 日

甲姆家的屋顶

这里是甲居藏寨最高处
甲姆也是最美的嘉绒少妇之一
经幡被风翻动着念阿弥陀佛
烟冲散发着长年的温馨
苞米谷棒抒发着农舍的诗意
邻居的碉楼是一幅明清的画
腊腊的旌旗作响
唱着桃红梨白的春天之歌
我举目四望
仿佛看见李白和徐霞客的背影
我说
你们不要跑得太快
后面有一个叫王熙远的跟屁虫

2018 年 03 月 25 日

老树鸟巢

树老鸟筑巢
雀亦选家好
俯瞰甲居美
四周桃梨绕
藏寨缀仙居
花木点妖娆
飞禽尚择美
汝等快拎包
仗剑走天下
老再茶腿跷

2018 年 03 月 25 日

甲居红桃花

人将桃花比女人
吾将红桃喻男丁
万千缤纷红一树
眼里古今皆无君

———————
2018 年 03 月 25 日

咏梨花

一身素服悲春去
风扫残白恐冬临
人间绽放竭虔心
花凋冰至总多情

———————
2018 年 03 月 25 日

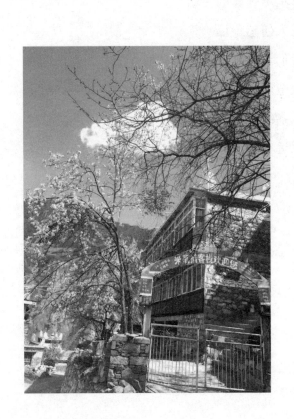

丹巴女儿国随想

但愿商业的潮水不像洪水猛兽

冲走这从唐至今的东女国文化

高贵的服饰美丽的女人

保留了皇室后裔的贵气

多元文化的兼容

世界才五彩斑斓

延续一种淳朴和美

需要太多的勇气

而破坏一种文化

往往让商业过分地去干就行

这是一个艰难的选择

三星堆埋葬的王朝

让人伤感不已

我们希望嘉绒藏族的文明

像金丝楠一样得到保护

让嘉绒的美女

永远在艺术殿堂荣光

———————
2018 年 03 月 25 日

邛山村土司山寨

历史在这里留下苍凉的实物

让过往成为一种伤感

碉楼诉说土司曾经的威风八面

遗物彰显着昔日的荣华富贵

俱往矣

土司已成为尘土

只有土司管家的后代打理着

嘉绒文化博物馆

商店的音乐播着快节奏的藏曲

那旋律离土司年代是多么遥远

在遗址前我沉浸在遥远的藏族史中

尽管人人终将化为尘埃

但成就一方霸业

有如许的建筑物与用过的物件传世

至少为华夏的包容文化

留下一些物证

在中华民族的文明史上

写下过短短的华章

人生

若能有点文化的东西传世

你怎么骂他

都比毛都没留下的人

强

———————
2018 年 03 月 26 日

美人谷

像一个舒展了肢体躺在山谷的美女

充满了春天的赤裸诱惑与迷魂的香气

尽管美女都外出打工了

但重大节庆她们会回来

给谷里增添万千妩媚

梨花盛开

油菜金黄

山谷的树已吐蕊

土司官寨昂着骄傲的头

缅怀着过往主人的荣耀

留守的村妇准备剪根播下来年的韭菜

藏曲以动人的旋律在歌唱高原

游客在梨花与菜花之间穿行

我想山谷是为孕育美女而生

太师椅般的地形

任何生活在此的人必定舒心

围山挡住冷风

花木簇拥碉楼

坪台放飞逸情

每一座民宅都可进入油画

每一面旌旗都喃着佛经

祥云缭绕上空

春风轻摇梨花

蜂蝶与鸟共鸣

这或许是强汉盛唐再现

和谐宁静又回邛山村

佩服这里嘉绒的祖先会择风水宝地

为世界培育了享誉世界的美女

人生到一次美人谷

接受一次历史文化与民俗的洗礼

这将是你的幸运

————————

2018 年 03 月 26 日

东女国美人谷的女人

在相对封闭的川西
残存着古老的神秘
遗风遗俗展现了东女国的韵律
如梦如幻的美人谷
至今还盛产不施粉黛的人间仙女
不着华服
不惧风吹日晒雨雪相欺
艰苦劳作充满体力
稍事闲暇稍加梳洗
出落得曲线天成玉肤冰肌
眉目含烟凝翠气韵华贵天予
体态丰腴顾盼婉转怜惜
特殊的服装搭配显得更加美满旖旎
游人山谷邂逅无不惊叹唐僧奇遇
丹巴美人谷的女子
用坚毅锻造美丽
祖先用生活奠基了西游记里面的神话

她们今天仍然是女儿国的后裔
强大的基因延续了五千年的历史
神秘的文化丰富了华夏的元气
丹巴美人谷的嘉绒女人用健美写了
一首抒情诗
题目就叫
自强自立成就自己

金川路上的樱花

许多自驾游的车自动停下
金川河边盛开了樱花
油菜花只是一个陪衬
白云也因为花美而停下
云游在这不知名的地方
烦恼忧愁统统放假
照几张装模作样的照片
朋友圈里发一下
其实人人都有生活的美
但谁也不在乎你撒欢嘻哈

金川世外梨园

因为尘世有了太多的灰渣
人们千方百计寻找洁白无瑕
金川的世外梨园
正中老夫我的怀下
觅一片雪白洗涤灵魂
照几张照片安慰当下
寻花问柳是古人的风流事
那是因为穷人无钱仗剑天涯
今天寻找美丽的源泉
足以证明大众也能问柳寻花
爱美是人的天性
谁说女人才喜欢看奇葩
借一片千年梨园
献给徐霞客的崇拜娃
你走遍山山水水
我穷尽海角天涯

2018 年 03 月 26 日

2018 年 03 月 26 日

马尔康的垂柳

冷雨寒风乡愁

独步中遇到丝丝马尔康的垂柳

万里乡关为诗行走

忧云在孤独时候罩住心头

没有想象中的繁华

尽管定位为地级市机关阿坝州

仿若粤地小镇只有两条大街可走

河里流淌着污浊的水

街头冷清的三人难求

下午六点四十一分

似乎到了入睡的节奏

一种情绪袭来

写下这莫名的乡愁

嘉绒老妇

也许惺惺相惜

再美好的青春也终将被岁月夺走

如果你早四五十年来

丹巴的街头

会被这些女人点亮

岁月虽然无情

但是对每个人都一样

她们从容地走在大街

因为她们曾经用激情的岁月

燃烧过这片嘉绒藏族的土地

聊聊天打发过往

散散步走进暮年

但神态与服饰仍然保持着王室后裔的高贵

头饰是一面旗帜

头在

美在

身在

韵在

只要还能行走

永远是一道风景

转经后的村妪

她们曾经是美人谷的美女

有过花季少女的岁月

有过韵味无穷的少妇佳期

岁月的风霜把她们送入暮年的日子

无情的年龄刻刀把她们雕成老妪

然而心中对佛的虔诚比少女少妇时

代更甚

一天到晚有空就来转经

这经塔或许是邛村土司时代留下的

土官废了

官寨已经成为残存的遗址

然而经塔尚在

或许有过维修

什么都可以倒

信仰不能倒

信仰是一股支撑人活下去的气

气泄了生命也就没了

一同转经就像老驴围着磨盘转

让力量产出白面

永远不会腻

因为心中装着神圣

累了出来晒晒太阳聊聊天

然后再进经房开始新一轮虔诚的表白

一天十万个阿弥陀佛

把她们送入安定的梦乡

因为转走的过程

锻炼了心身

经塔送走了她们多少个日日夜夜

谁也记不清了

唯有虔诚的信仰

推着她们走进岁月的深处

色达路边的野桃野梨花

似乎是废弃的屋场

人去楼毁

马粪遍地

唯有顽强活下来的野桃野梨

绽放着生命的精彩

不错过春天

不错过被忽视的年华

除了自尊自爱自强

别无他路

金川观音寺的四臂观音

当天然的形体与文化结合

便产生神秘的力量

宗教是一种魅力无穷的文化

体内有它会产生无穷的力量

人体或许需要某种意识提高免疫力

宗教扮演了这个角色

我主张文化包容

观音有海纳百川的情怀

她普度众生

得到众生爱戴

尊重一种利于身心的文化

其实也是尊重自己

我为优秀的文化

作三个揖

绕观音寺的群山

雪盖雾披

莽环如诗

象山战蛇迎观音的故事

一部正能量的传奇

观音寺雄看周山

为四列的卫兵自豪

浑然天成的寺山合一

或许是上天的安排

一切都是风水学的佳配

俯瞰山脚寨子芸芸众生

人类很渺小

仰望云天莽山

世界无极

众生里做一个虔诚的老实人

福虽不一定至

但祸已远行

不能莽山卫寺

仍可心存善念

一首诗

一句阿弥陀佛

———————

2018 年 03 月 27 日

写给纳勒神山

小时候

听惯了妈妈祖父与我舅父唱念经书

大了看到原抄本

有红坛黄坛二教

才知道民间的揉和能力

红教的纳勒神山

似乎不陌生

文化的因子总牵出我幼时的苍凉

越穷

越委身于宗教

但我灵魂里幼时已浸入佛乐的九板

十三腔

神山唤醒一切

冥冥中一种文化认同

在苍山白云下尤其圣洁

亘古至今

灵魂总要皈依

最好的归宿是

皈依文化

它可以穿越时空

让你思接千载

神山

我来了

庄严肃穆大气

我的心灵又一次洗礼

回望纳勒

你我作别在三月的春风

2018 年 03 月 27 日

尼奔达雅金宫遗址边的冰湖

文学史里学过《格萨尔王传》

传里形容过尼奔达雅金宫

金宫边的冰湖

让我震撼

古诗云一片冰心在玉壶

而这个我称之为尼达湖的现场

让我想起远道而来色达

冒着雪霁

冒着寒风

应该是一片

偌大的冰湖

叙述着金宫昔日的辉煌

埋藏着格萨尔王朝的秘密

冰为何阳春三月不化开

它担心商业的冲击

会使过往藏族的文化受到伤害

这层面纱平添了一份神秘

带冷的春风习习

我似乎听到有人在吟诵《格萨尔王传》

这绝世经声回荡在冰湖上空

格外动听

—————

2018 年 03 月 27 日

色达五明佛学院

一个一九八〇年兴办的佛学院　　　　社会会多一份安宁

不到五十年　　　　　　　　　　　　盛唐有宗教

竟然有三万多僧众与学生　　　　　　康乾盛世有宗教

经堂的诵经声响　　　　　　　　　　欧美也有宗教

震撼人心　　　　　　　　　　　　　宗教并不是社会的敌人

满山遍野的绛红色小木房　　　　　　对于一个寻找人往何处去的众生

是这几万人的住所　　　　　　　　　少一些抱怨与指责

一个古老的问题拷问着我　　　　　　佛家的包容吸引万众归心

人从哪里来　　　　　　　　　　　　站在山顶看着芸芸众生为自己的信念而

要到哪里去　　　　　　　　　　　　活着

尘世间已经没有多少人关心　　　　　虽身小如蚁

人们排着队挤着公交　　　　　　　　但灵魂是平等的

无非是看一个旅游景点　　　　　　　不能以世俗指责宗教

多少人深入僧众的内心　　　　　　　亦不必以宗教苛求世人

问他们为何而来　　　　　　　　　　认同一种文化是个体自己的选择

我碰到他们下课　　　　　　　　　　当一种文化被多人选中

在三岔路口录了七分钟的视频　　　　我想它必定在某些方面打动了这些人

仍然没有录完　　　　　　　　　　　这种现象必定是历史与社会发展的产物

任何大学放学　　　　　　　　　　　涵养一种文化

都没有这个规模　　　　　　　　　　一九八〇年有一个人做到了

这些以青少年为主体的僧众　　　　　这就是佛学院的创始人

来自全国各地有男有女　　　　　　　对文化有贡献的人

我不知道他们的理想是什么　　　　　我深怀敬意

但看出他们完全出于自愿　　　　　　今天登临佛学院山顶

世上多些禅定的人　　　　　　　　　就是来朝拜一种良性的文化

————————

2018 年 03 月 27 日

三月寒雪绕甘孜

三月寒雪绕甘孜
古楼杨柳吐芽迟
若还雄山肯松口
春风早翠满树诗

2018 年 03 月 28 日

冰　河

冰想把河水盖住
春天不愿
它叫春风三月而来
撕掉那冰封的河面
严冬不忍退去
认为只有冷酷才能保持尊严
死命捍卫着那个冰层
莫让河水溢出太多的欢笑
真想化身为三月的春风
把我喜欢的清澈河水
疏通一个畅流的渠道
一路欢歌
去把待哺的草木禾苗灌溉
让人世间多一些春天的地盘

2018 年 03 月 29 日

行走在杉雪装点的路上

宁静的世界

没有尘世的喧嚣

空气洁净得令人陶醉

蓝天白云抚爱着这片神奇

杉雪装扮着山河的美丽

雉鸡与狼时而给宁静添一点野性

让人觉得这个世界是真实的

没有人为装饰

行走在山谷

仿若行走在仙境

发自内心的舒服感

遍布全身

灵魂

也跳起歌庄

2018 年 03 月 29 日

绛红小木屋

在色达山上

海拔四千多米

空气稀薄

缺水寒冰

四十多年来

这里盖起了几万间小木屋

屋子里住着三万多来学习藏传佛教的人

每间屋子都是一个虔诚的灵魂

它们像火

燃红整个山谷

信仰的力量可以战胜许多艰难困苦

在物欲横流的当下

令人深思

有些信仰之火

熄了又燃

燃了又熄

我不知道这小木屋

命运如何

2018 年 03 月 29 日

西俄洛的康巴汉子

遗传的基因大放光芒

就像唐代东女国的嘉绒藏族女人

把美丽遗传给当今的美人谷姑娘

西俄洛镇的祖先

高大威猛帅气

阳刚

阳光雪域映照你身上

疾风跑马飞越草地山岗

宽广的胸怀豪迈的气场

长发一甩热情奔放

细腻入微处你带崽当娘

孩儿在你怀中享受安详

无怪天下的女人愿意选你当情郎

她们火辣的目光

愿化作白云随你流浪

锅庄声里情扫四方

她们恨不得一生

依偎在你的胸膛

发誓爱你爱到地老天荒

————————

2018 年 03 月 30 日

康巴女人

雅江的森林茂盛野兽成群

因为土地肥沃雪水丰沛

康巴的汉子世界闻名高大帅

因为康巴女人身材姣好美丽动人

好田种好稻好地润好林

好马须有好鞍配

好男尚要好女行

天生的数学搭配

X 加 Y

孕育出康巴绝世的奇迹

白云绕雪山

嘉木润大地

天作之合西俄洛

帅哥美女世称奇

欢乐的西俄洛

劝你夏天来西俄洛

鲜花青草长满了山坡

康巴男女个个洋溢着欢乐

每一个人都有幸福的盘算

各种竞争里充满了笑语

草地是康巴人幸福的垫子

马儿是汉子卖萌的同伙

纵然生命里有冰冻风寒雹雪

但在幸福的毯子上打滚

是普通人应该的求索

来吧朋友

莫要愧对生命的洒脱

骑行者

把身子弓成一发炮弹

射向诗和远方

风霜雨雪算什么

荣华富贵算什么

让马达成为自己的颂歌

让孤独为灵魂伴行

油门一加

就是一个新天地

去拉萨的步行朝拜者

从康巴走来

要到拉萨的布达拉宫去

不知走了多少天

也不知还要走多少天

一根拐杖

一件腰间行李

一颗虔诚的心

为了信仰一直前行

比起他们来

我挤在汗臭味的车里拼车算什么

我在大车店挤大通铺算什么

我盖着汗酸味的被子闻千万路人的

体味

算——什——么——

2018 年 03 月 30 日

2018 年 03 月 31 日

然乌湖附近的小湖

奋力撑开压抑的山

争一块可喘气的地盘

山不甘心

又在前面挟来

宽阔的前途

被自以为是的傲山掐死

―――――――――

2018 年 03 月 31 日

窄路相逢

慢吞吞的大车

仗着底盘硬身子大

傲慢地蜗行

好在开拼车的藏族小伙子威猛

从并行的路上

鸣笛加油

超车而过

―――――――――

2018 年 03 月 31 日

第八章

2018 年 4 月之诗

车过然乌湖

湖的美

主要靠岸杉、夕阳、白云的衬托

还有碧玉般的颜色

以及高山雪鱼的广告招牌

来吊人们的胃口

完美的事物

总是有相关联的东西互相帮衬

缺少了任何一样

就构不成夕阳西下时的

然乌湖诗意

2018 年 04 月 01 日

又见波密

十几年前来过的地方

仿若熟人

总是有一种亲切

天地山水人

云雾雪冰霜

会留在记忆深处

路宽坦舒服了

花木灿烂依旧

有了三月

比当年的七月更有诗意

因为桃花盛开

一地的唐诗宋词

2018 年 04 月 01 日

鲁朗小镇

一个深圳对口支援建起的小镇

成了国际旅游的林芝名片

高端大气上档次

仿若真正的天上人间

人与自然的和谐在这里完美体现

格调高雅的木屋

小桥流水的江南水乡情结

错落有致的藏式民居

穿前而过的雪山流溪

衬以蓝天白云的飘逸

雪峰冷杉的环抱

使人如坠仙境

如梦似幻

几千里风尘劳顿

来这里歇息一下

也不枉尘世一生

这是人生远方和诗的奢华句子

在我生命里不会出现太多

咬咬牙

用三个月吃麦片

体验一个晚上

———————

2018 年 04 月 01 日

鲁朗的云天

无法用圣洁来形容你
对我来说
你就是一剂良药
专医人间的烦恼
以及各种不如意
在你面前
暂忘红尘

2018 年 04 月 01 日

鲁朗的石锅鸡

藏地佳肴石锅鸡
烹具配料堪称奇
雪地走鸡几番调
味道川藏数第一

2018 年 04 月 01 日

宁静的鲁朗

圣洁宁静的鲁朗

除了河水的喧哗

散步着休闲的游人

慢慢地走

慢慢地拍摄

慢慢地欣赏炊烟冒头

风开始带来春意

白云仍然罩在雪山首

石锅鸡开始散发中午的香味

美女在兜售首饰手镯

车也放慢速度

旭日东升带来温馨

此时此刻

我已忘掉乡愁

2018 年 04 月 01 日

鲁朗烟云

烟是尘世的俗火化身

云是天上的圣洁代名

烟云在鲁朗交汇

天上与人间并存

扯一片闲云

就一袭烟火

再来一餐石锅鸡

当云烟交汇

你已吃得十分惬意

2018 年 04 月 01 日

林芝的桃花

我去过酉阳的桃花源
那里被认为是陶渊明写《桃花源记》的真迹
与嘎拉村的相比
逊色很多
我不远几千里来寻桃花
这是诗与远方的一个重要章节
寻找桃花
为的就是丢下凡尘太多的琐事
让心灵在最美的地方歇息
让一块净土上长出的旖旎风光
除去人世间难以了却的烦心
有些美在周遭的现实中寻觅不到
便仗剑天涯
寻找人间至美
桃花给我们的并不是虚拟的世界
花香可嗅花瓣可摇花粉可吸
桃花以成片的大气成就了盛世的庆曲
又以抚慰人类灵魂的温馨征服所有正常的躯体
借桃花为媒介
人们从四面八方来到这个嘎拉桃花村
借一树的灿烂
消尽万古忧愁
览十里芬芳
踏尽人世间的诸多不如意

灵动的美是一剂良药
可以医治心灵的创伤
或者给已经如意的生活锦上添花
当一个男人也爱桃花的时候
艺术的美已俘虏了他的心灵
不再甘心劈柴喂马暖坑
哪怕吃糠咽菜
他已有了自己的诗与远方
生命对他来说
追求人间至美
抒发心灵波动的频率
诉说灵魂启示的过程
已经成为生命活动的重要部分
爱桃花的男人
已经不相信命运全由神仙皇帝主宰
借桃花寄寓美好
看桃花以抒发诗心
传播桃花的美以叙其生命观
桃林美如画人间四月天
桃花昭示我们
人生苦短
寂寞夜长
保持一颗蝶恋花的心
用艰辛努力酿造自己生活的甜蜜

桃花盛开蜂蝶自来

今年不来

明年不来

此生价值何在

———————

2018 年 04 月 01 日

林芝路上的雪山

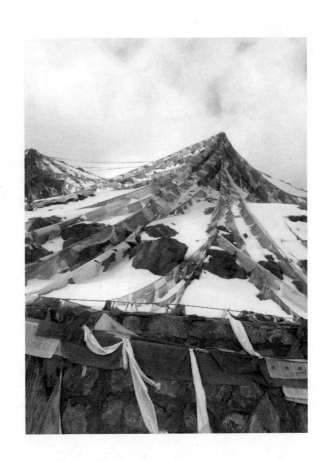

前晚在大车店的寒夜住过

见到雪山少了许多诗意

经历过冷酷

没有歌颂冷酷的欲望

寒冷之下

多少大车店的子民在哆嗦

别人在喝花酒的时候

他们连撒尿

都很艰难

———————

2018 年 04 月 01 日

咏林芝嘎拉桃花

瑶池桃树落林芝

一片花海让人痴

十里长廊似仙境

摆得娇娆数千姿

为寻桃运寥无几

舒展身心乃其实

万花拂去尘世恼

摇曳落英写爽诗

2018 年 04 月 01 日

题白鹭

心慕白云羽雪亮

临污不浊自奋强

君子食鱼靠自取

闲居高枝不泥趟

机遇到手快如箭

目标稳准鱼心慌

叼得食物喂崽女

腿瘦如筷又何妨

2018 年 04 月 01 日

骑马的康巴汉子

一骑绝尘疾如风

腾上倒下韵无穷

热辣目光钟情女

梦想天边偎君胸

林芝石锅鸡

滚汤

挑起的香味引出了乡愁

蘸料

以色香味俱全的美好面孔勾起旅人的垂涎

汤匙是架通俗体与生存资源的桥梁

七情六欲在这里全部释放

让世俗的能量

撑起诗与远方的实体

灵魂虽然清高

但它也要食物的精华喂养

今天不装模作样

让食物的精气

升上去与飘忽的灵魂会面

以便写出

下一个行程的诗

雅尼风光

尼洋河与雅鲁藏布江

在这里相聚

组成迷人的雅尼国家湿地公园

所有的川藏山河险峻

在这里化为万般柔情

犹如江南的湖滨河岔

迎来情肠百结的万千男女

纵使心如铁石的硬汉猛男

君临此地都不免感叹大自然的鬼斧神工

把险恶山水的川藏高原打造出塞上江南

水在这里百回千转

不忍离去奔向那恶峡险谷

柳在这里柔情万种

用翠绿与柔软挽着河流的胳膊

水与树的天然结缘

平添了天作之合的姻缘之美

云与山的交相辉映

更凸显了山川大地江河湖海的浑然一体

大自然的美是上苍赐予百姓的永恒礼物

而人为的修缮与保护是上辈留给下辈的

最好遗产

让纯净的春水洗尽你人生的尘埃

让四月的柳絮抚摸你冬天干涸的灵魂

让雪山白云青峰带给你高原的美

让碧潭岔河渌渚分享你莅临八一江南的

诗情画意

爱江南的人

会更爱雅尼风光

因为爱江河大地的感受中

多了一份别处没有的

圣——洁——

_____

2018 年 04 月 02 日

巴吉村的三千岁柏

孔子今年 2569 岁

你今年 3233 岁

这还是写解说词那年

2015 年的年龄

你见证了多少个朝代的更替

也体会到藏民敬神一样敬你

你昭示了一个生存的法则

用美奉献人类

与有良心的人为邻

生命占有的岁月不光是自己的

也是邻居的

和谐共处的生存环境太重要

活好自己

还得和谐他人

否则避免不了刀斧

避免不了走向毁灭

村人为你骄傲

我为村人骄傲

不是为了 50 米的树高

14 米 8 的胸围

3233 岁的高龄

我欣赏的是

人与自然和谐相处了 3233 年

这树人的品格

足以回味我一生

2018 年 04 月 02 日

林芝的农贸市场

一种香甜的味道

飘逸在人来人往的街头

一种播种春天的信息

在喧闹中穿风而过

储存了山林大地能量的干货

在街头企盼识货的人

小商贩与购客

在讨价还价中

完成了生存方式的交换

这是一个喂养诗和远方的苗圃

许多高雅的句子

生根在这片滋养精神物质的铺面上

2018 年 04 月 02 日

回望西俄洛

这是一个神灵眷顾的小镇

有美丽的草原

鲜艳的杂花

彩虹护卫的名寺

更有威武的康巴汉子

温柔的藏族女人

梦幻般的景色

多次入我旅梦

我想起康巴汉子的情歌

以及赛马的疾风之箭

再次打开相册

让照片里的风景

再抚摸一下我起伏如浪的心海

2018 年 04 月 02 日

林芝的雕塑

再现了茶马古道的艰辛

以及藏族的虔诚与能歌善舞

雪域高原的驮马与酥油茶哈达

组成特定的人文风景

无论苦力还是知识分子

他们都沉浸在自己的职业生涯中

专注而从容

每一个物件背后都是一部历史

都有一个动人的故事

不用多说

雕塑的力量在于用造型述说精华

细节由观客凭已知去填空

欢乐也好艰辛也罢

这个古老的城镇在茶马古道上

曾经扮演过悲壮的角色

马的奋力

人的重负

不曾把古镇压垮

奶桶与哈达

体现了物质与精神的合一

跪着指引方向的武士

让人想起辽宁舰导航的士兵

手的方向是神住的场所

似乎把我们指向天上西藏

我注视着林芝的雕塑

仿佛在二十四史里

读西域的有关篇章

女儿国的当今女孩

她们不知道她们的祖上是东女国

她们也不知道嘉绒藏族的女王迷倒过唐僧

她们坐在三月的春风里

拨弄着小手

盯着给她们照相的客人

一脸的稚嫩

茫然的目光中没有诗与远方

这纯朴的表情

注定是今后丹巴的绝色美人

2018 年 04 月 02 日

林芝柳含情

川藏难觅三月柳

只因关山不开口

挡住暖风拒春意

恰如玉门思绿度

林芝有幸沐煦爱

大洋热流逆上走

山有温情启门让

柳浴海气尽风流

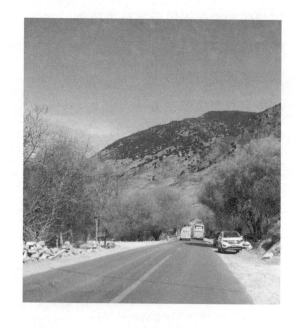

2018 年 04 月 02 日

告别林芝的月亮

多想留下来多陪你一会

林芝的风光我还没看够

大峡谷的弯弓如一弯月亮

早已心慕多年

但是我必须走

回老家拜祭父母

对养育之恩

重于一切

因为母亲去年十月二十七才辞世

多想再自驾带双亲川藏一走

可这愿望成了永远的内疚

子欲孝而亲不在

多少遗憾在心头

再见了林芝的月亮

我带着四月的桃花倩影

向着故乡走

我不知有没有机会再次见你

但林芝的美好

桃花村古柏雅尼风光

我会永远铭记诗里头

2018 年 04 月 03 日

回望林芝的桃花

春风起

我在林芝等你

一个人

一棵树

一腔喜欢旅游的心绪

桃花象征春天

桃林代表民居

桃朵就是美女

古代文人骚客写桃花

今人真的难比

去林芝看桃花吧

她将人生最美的风景给你

回望桃花

我心如蜜

再见川藏美女

告别你们

就像告别林芝三月的桃花

十里春风不如你

春去春会来

花谢花再开

唯有红颜易老春华易逝

人世间你们带来美丽

我会建议朋友来看你

2018 年 04 月 03 日   2018 年 04 月 03 日

经过成都

飞机轻轻地来又轻轻地走

再也不惧李白的《蜀道难》

想起诸葛亮六出祈山

想起扶不起的阿斗

想起底蕴深厚的巴蜀文化

想起当世封疆大吏的转星移斗

天府广场依然繁盛依旧

可掌蜀的人却流水换走

想起古妇一句话

悔叫夫婿觅封侯

成都历史怀想

从前由于蜀道难

成都的历史很少人知道它的辉煌

神秘的三星堆金沙遗址蒙元之战

其灿烂与惨烈许多人一二都说不上

印象中只有湖广填四川川剧变脸王

其实号称天府实在是名符其实业绩杠杠

肥沃的土地丰沛的水流多彩的生活悠闲的文化

让你不得不另眼相望

从蚕丛到李冰到李白到安仁的文辉刘湘

从茶马贸易到市井闲茶到变脸川剧以至麻辣烫

无不令人惊叹无不令人向往

蜀主数易其人蜀地物华天宝刘郎已去桃花依旧笑

大自然的垂青建设者的伟大劳动者劳苦功高

秦兵南吞蒙元血战张献忠屠杀大成国突起

血醒并没有把天府颠倒

战乱的重建湖广人的复垦上下的操劳

又把天府建成一方富裕的王国令人神往

深邃的三星金沙遗迹丰富的巴蜀文化

把天府打扮成华夏燿璨的明珠

伟人辈出文豪多多群星漂流如歌

爱上成都那是爱上它的文化

舍不得成都那是舍不得它的美食

喜欢成都是喜欢春熙街如云的美女

梦里有成都那是神巫文化已浸入灵魂

思念里有成都那是你喜欢那种巴适的休闲

舌尖上有成都那是成都的美食俘虏了你的味蕾

思春有成都是这里的生活气息滋润了万千美人

聊天有成都是茶文化催生了你吹牛的大口

日里成都夜里成都梦里成都醒来成都

这都是因为你太了解太向往太喜欢成都

成都已经俘获了一个闲云野鹤般的毛拜陀游子

他用真诚写下他认为是诗的句子

2018 年 04 月 03 日

回望川藏

禅音美女俊汉桃花

诗一般的行程有微友记下

他们把我的诗配上我的照片

让川藏行美的瞬间永恒记下

感谢微友

感谢川藏

你们都住进了我的心屋

你们就像川藏的春天

永远在我灵魂里

驻扎

2018 年 04 月 05 日

宝安凤凰山随想

一座海拔只有三百多米的山

为何香火如此鼎盛

一座方圆不大的山

为何闻名遐迩

想起古人一句话

山不在高有仙则灵

水不在深有龙则名

凤凰山每天朝拜的人络绎不绝

缘于它深厚的人文底蕴

七百多年山上的望烟楼

体现了南宋状元文天祥后人文应麟对贫

民的悲悯情怀

山麓文昌塔沧桑的过往

寄托了老百姓对先人开疆劈土的感恩

山中古庙显示了佛道的包容和爱国情怀

的宣泄

山上云顶的景观展示了放眼世界博大胸

怀的理想

凤凰居洞的传说平添了山的神秘

文天祥伶仃洋浩气冲天的诗

给洋边的此山披上了一件文化的华丽外衣

一座小山体现了宗教文化爱国文化悲悯

文化包容文化

也体现了深圳来了就是深圳人的海纳百

川精神

一个人如果修炼成凤凰山

他就是伟人

我朝拜凤凰山

因为我欣赏它的文化

我喜登凤凰山

因为它强健我的体质

在宝安生活

有凤凰山

就意味着

有——福——气——

2018 年 04 月 05 日

清明祭父

参加工作土改间
自学奋进终其年
含辛茹苦育九子
六人存世苦难言
劝吾续学读浪中
恩深似海报不全
与人为善子楷模
政声人后民誉廉

狗肉猪杂粉

哪怕猪狗不如
也要吃下这碗垂涎的米粉
我无法摆脱世俗
也不想摆脱世俗
清高固然重要
吃素固然也很禅韵
然而我毕竟是凡人
也有七情六欲
高尚的道德情操和普度众生我做不到
就用这碗世俗的香味
超度我思乡的灵魂

和微友摩尼光出关诗

天下名山君阅尽

各地流泉乃汝琴

松风起处腾禅浪

蜂蝶群舞绕瑶林

仗剑天涯觅佛果

抱琴试弹寻知音

拳掌出时龙探路

健体生风虎赶禽

用拍照挽回失去的年华

青春美好的少女时代

生活的重压无法释放美好的光辉

老了，卸下了所有的重负

青春的活力又回到体内

萌动的春心

支撑着岁月磨砺过的身体

做着少女时代的梦

能穿旗袍的穿旗袍

不能穿的舞出纱巾

用道具和年轻的心态

再造一个少女时代

不要为她们掉下酸楚的泪

心态年轻

就是一笔财富

自娱自乐

好过整天感慨岁月的风霜吹白鬓丝

不用哭

真的

她们的欢乐

来得太不容易

烟花三月上灌阳

爷爷奶奶葬在灌阳的华山脚下
杉松青青竹林青青
桃红梨白鸟语花香
流溪潺潺老宅画栋雕梁
烟花三月上灌阳
有更艳的水车桃花大仁的梨粑
还有诱人的油茶
炭火烤出的糍粑
一碗热腾腾的红薯粉
把你带入明朝王德明的洪武年
如果你八月来
还可以闻到四野飘香的禾花
尝到又肥又甜又香的禾花鱼
那甜蜜的雪梨与蜜枣
让你清爽一辈子
灌阳的千家洞瑶山
让你想起那年那月那日瑶民的背井离乡
那水那船那伞那漂泊的海洋
江口同胞三进士
让你回味马上封侯台湾桂剧创始文脉悠悠
烟花三月上灌阳
灌阳风光惊桂湘
桂北古风艳八桂
今年我要回灌阳

2018 年 04 月 07 日

五色糯米饭

壮乡人民真是敢巧思
扯下彩虹当染料
把糯米一粒粒排成情诗
写下五彩的农历三月
写下植物精华对香糯的情史
五彩斑斓的云霞
降临壮家的蒸笼里头
变出香喷喷的唐诗宋词句子
喂进渴望民俗与文化的大众之口
让惨白的平淡生活
增添一点春天的气息
让植物的原味清香
冲洗一下胃里太多的化学元素

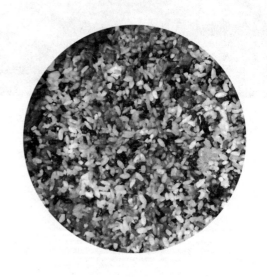

2018 年 04 月 09 日

云南的泼水节

二十几年前参加过这样的狂欢

那时候三十多岁

在西双版纳

那是激情燃烧的岁月

如今的泼水节泼成了艺术

每朵水花都讲究造型

失去了原始的粗犷和野蛮味道

把欢乐泼出艺术的旋律

也许是一种进步

但是过分地追求完美

也是一种造假

就像当下学校的公开课

装饰的成分太多

失去了本真的力量

智能机器人如果管控不好

反过来会扼杀它的创始人

2018 年 04 月 09 日

扶王山上的杜鹃
——写给宁大作

放弃深圳繁华的都市生活

到一个风景优美的地方开发旅游资源

餐风宿露披星戴月

毅力和着汗水

开通一条条通向美景的通道

用心血浇开了山上的花朵

用虔诚感动了群山

云霞和着惠风

把山谱成春天的交响曲

泉涌如琴

花开如梦

鸟音伴着风吟

泉鸣依着竹语

鸟歌踏着花开的声音

催醒了满山的杜鹃

天道酬勤

四月人间美好天

杜鹃笑对草中涧

红浪白波

彩虹般艳丽夺目

她们用灿烂的笑报答硬汉宁大作

风过鸟留声

那是大自然为硬汉写的广告词

四月踏青君莫忘

扶王山上杜鹃红

2018 年 04 月 12 日

紫藤花开

守得多年的寂寞

耐得长久的孤寒

在桂北一个偏僻的小城

静静地守候花开

就像那年江口的唐景崧三兄弟

坐了几十年的冷板凳

终于熬到并蒂花开

同胞三进士

光宗耀祖

灿烂如紫霞仙子

降临江口古镇

为自己守候春天

为自己和储能量

熬过寒冬与孤独

总会迎来灿烂的人间四月天

2018 年 04 月 13 日

回想丹巴之行

我凝视那朵白云

白云朝我微笑

我怀想那树梨花

梨花飘来吻我的脸

我挂念那株红桃

她臊热了我的双腮

我掬一把江水

水中有云彩梨花桃瓣

万千意象的魂牵着丹巴女人

因为每一样都是美的化身

爱屋及乌

喜欢丹巴绝世的美

更喜欢丹巴的一切

每一种特殊的感受

都让我想起川西丹巴的诗情画意

2018 年 04 月 13 日

手眼通天

中原是产英雄豪杰的大地

两个河北老头

贾海霞有手却是盲人

贾文其有眼却无双手

互借眼手

他们组成一个坚不可摧的团队

用决心毅力和汗水

十几年时间

合作把村里五十多亩荒滩

打造成郁郁葱葱的绿林

感天动地

轰动了全世界

心齐可以手眼通天

感动上苍

让一种坚毅

冲破国界

打动全地球的人

2018 年 04 月 14 日

筝语情缘

青山绿水卧牛石

一对筝语情缘

凝望对视含情脉脉

一切美景成了艺术的奴仆

两颗心因筝语结缘

山水为证

古筝拨响

溅起白浪水花

情眼对望

燃起青春朝霞

卧牛石也嫉妒这对天作之合的伉俪

每一个眼神都是唐诗

每一滴水花都是宋词

每一点响动都是元曲

这个场景

古筝是灵魂

万物都围着她转

此时她是维纳斯女神

一对伉俪

也是她的俘虏

2018 年 04 月 14 日

火铺的记忆

火塘驱走了多少个寒冬

记不得了

三脚架起过多少童年的梦想

记不得了

鼎罐煮过多少艰难的岁月

记不得了

记得的

是外婆背着我在火铺前做家务

是半夜母亲在三脚上用大锅煮猪菜

是太嘎公给满火铺的客人讲三国水浒

尽管岁月艰辛，但生活像太嘎公的茶罐

永远煲着热情与温馨

火铺温暖了我的童年少年青年

在火铺上

我传承了家族的文脉与家风

她温暖了我一辈子

怒江大峡谷渡江感怀

一根横江的渡索

把你所有的艰辛拉进不值一提的角落

骡马不甘的挣扎

让我们自己看不起自己的困难

往返在峡谷的原住民

用过江的身体教育游客

每一个人

不过是横在枝杆上的蚂蚁

2018 年 04 月 14 日

2018 年 04 月 14 日

毕节百里杜鹃

在这个什么都可以造假的尘世

有一块净土生长天然杜鹃

让人喜出望外

清水出芙蓉

天然去雕饰

这是人间大美

我们向往淳朴与自然

因为这些东西越来越稀少

趁着天然的植物尚在

不妨给自己放个假

那里有诗与远方

纵使走不完百里

走几里也好

不负春光

不负四月

不负有情天

壮家女人

八桂大地的壮家女人

因为多生长在河边

爱干净爱打扮

出落得金枝玉叶

楚楚动人

勤劳是本分

漂亮是天赐

慧聪是修成

几千年的低调

几百年的忍隐

华丽今天终于藏不住

三月三

这个壮民的盛大节日

把她们推上历史的舞台

让国人一睹风韵

2018 年 04 月 16 日

2018 年 04 月 18 日

浪平的恩桃泡

高寒山区的浪平高山汉族
把野生樱桃果叫恩桃泡
红玛瑙般的珠子
挂在岩洞子的缝树上
砍下树枝
才能吃得到
那熟透的红彤彤的理想
在嘴里反复实现
满山的幸福都装进饥嘴中
恨不得用纳鞋底的底索
穿一串当玛瑙项链
挂在妈妈的脖子上
让从来没见过项链的她
享受欧洲作品里贵妇的荣耀
恩桃泡又熟了
妈妈却已驾鹤西去
连我童年的梦
都没有地方寄存

壮族的狂欢节

五彩缤纷的服饰
彩虹般的糯米饭
佐以煽情的竹筒酒
撑起三月三的狂欢
谁说女的不能干杯
谁说竹席不能摆宴
只要欢乐在何处
何处均可逐笑开颜
把压抑太久的激情
放到阳春三月去挥洒
把家庭的重负丢进忘却的记忆
在嘹歌声中举起竹筒酒杯
在起哄声里抓起五色糯米饭
在香气扑鼻的蕉叶上捡起一块扣肉
让食物和着贝侬的歌声
把我们自己放倒在迷人的三月

生榨米粉

人为地追求一种馊味

就像某省臭鱼是一道名菜

蒲庙的生榨米粉

让你吃一次一生都忘不掉

不馊就不正宗

趣味的生活

就是一首奇特的诗

作者是民间的高手

诗不一定是文人能写

那个制作馊生榨米粉的人

每挤出一团线条

就是英国的十四行诗

2018 年 04 月 20 日

怀念农耕

进入唐诗宋词的画面

大树朝夕对农家夫妻及牛送往迎来

晨曦与夕阳将渔舟唱晚的歌声串成

幽静的珠子

洒落在袅袅的炊烟之上

春风与秋意把绿禾与金稻编成诗句

田野是一本重分量的杂志

它把农民用汗水写的诗词

按季节的冷暖一一发表

竹笛在牛背上的牧童嘴上横吹

鸡犬相逐

牛鸣马嘶

偶尔有荷锄戴月而归的农人

柴扉吱呀

竹磨吟曲

浣溪欢畅地去寻找大海

2018 年 04 月 20 日

金银花

一种花像绳索
一下子把我拉回童年
那云贵高原边的高寒山区
花就是真金白银
她决定着我的文具书籍
还有红薯瓜子米粉等零食
我如苍蝇寻血一样寻找她
我似男人追女人一样追逐她
一次为了扑向盛开的她
我差点掉进杀牛坪冒青烟的天坑
衣服不知划破了多少
鞋子不知磨烂了多少
血汗不知流下了多少
我从童年追她到少年
直至二十岁上大学
才结束对金银花的情缘
一个男人如此与花相伴
我不知道如何形容自己的心情

她早已不是花
她是铸就我灵魂的血肉
她是支撑我走向今天的路基
我心中的金银花
已是高山汉的部分血脉

2018 年 04 月 20 日

四月，只要心中无闲事，便是人间好时节
——写给朗诵艺术

清明刚过万物复苏

农历三月三刚过

五色糯饭的清香犹存

吹吧，四月的风

我想看煦风摆柳的摇曳

我想听春涧的泉鸣

我想闻杜鹃花开的声音

我想听笋撑开土皮的呼吸

我想聆听溪穿水渠的欢笑

我想江河浪拍柳岸的节拍

我想春雷滚动在天边的鼓响

我想海涛吻船的轻叩

我想竹林相爱的呓语

我想鸟语花间的叽喳

我想蜂蝶戏油菜的追逐

我想一切大自然的原声播放

我想那些来自俊男美女音腔的天籁之声

吹吧，四月的风

我期盼你翩翩而来的风采

以及由风带来的上帝之音

———————
2018 年 04 月 20 日

伊朗美女

摘下面纱后的伊朗女人
美若天仙
一个宗教的习俗
把美藏在纱巾里
世间少了多少味道
如果把美当成某个族群的私有财产
这个习俗也有自私的嫌疑
美是世界的
美是没有国界的
追逐美的呈现
是一切艺术追求的正当权益
只要世界上还有美
我不会停止追求艺术的步伐

———————
2018 年 04 月 20 日

孝 顺

孝顺不是一句口头禅
孝顺不是一张明信片
孝顺是一个一个具体的行动
亲自削一根给父母的拐杖
或者背着老人看得更远

———————
2018 年 04 月 23 日

父老乡亲

父老乡亲是生活的重负
父老乡亲是滚滚红尘
父老乡亲是沉重的岁月
父老乡亲是艰难的步子
父老乡亲是医保社保的不确定性
父老乡亲是被上帝遗忘的土地儿女
父老乡亲是装在我胸膛里的一副沉重的磨子

———————
2018 年 04 月 20 日

你猜他干啥

一脸喜悦的老头
挑着鹅鸭
坚定而自信地向前
你猜他干啥
鹅鸭塘边归来
挑去集市卖它吗
不像缺钱的样子
脸上没有卖炭忧
衣着光鲜不像缺钱花
莫非亲家办酒
挑担礼物送他
这或许有可能
农村排场很大
莫非喜添孙丁
赏灯的喜宴正缺鹅鸭
三步并做两步
自家养殖场去抓
挑回满肩欢乐
任由亲朋宰杀
罢罢罢
猜不透他到底为啥
肯定是件好事
精神爽得顶呱呱
白头不显老
笑容可掬纹花
十有八九三月三
祭祖会餐均用它

2018年04月23日

谁都无法阻止太阳

不管你是愤世嫉俗
还是整天歌功颂德
谁都无法叫太阳升起或落下
太阳升起
不是你抬起来的
太阳落下
更不是你按下去的
天地有一种看不见的规律
在操控万物
但不是你我他

————————

2018 年 04 月 25 日

聆听音乐

聆听音乐
犹如寻找情人
击中你的灵魂
你会如幻如仙
心灵升华到一个极美的世界
那里鸟语花香泉鸣春涧
那里平湖秋月春风拂柳
那里洁净如雪炊烟袅入云天

————————

2018 年 04 月 26 日

想起了我的童年

一个不屈的眼神

我看见了童年的自己

打马草找猪菜捡牛粪

以及十三岁辍学修那比公路

光着脚走向成熟

露着膀子进入青春期

高寒冷却不了童年的希望

浓雾遮不住向上向光明的灵魂

虱子吸不干激情的血液

汗水流不尽烫人的热情

走，向往光明与平坦

一步步走出大山

牙印刻着坚毅

刀疤铭上深沉

为邻村的电影踢破脚趾

为采金银花差点掉天坑

苦，但没哭过

累，但没歇过

一直这样坚定而义无反顾地走着

走向大江大河

走到伶仃洋边

今天我回到故乡

看到一个荷锄挂衣的男孩

好像看见当年的自己

2018 年 04 月 28 日

有一种东西叫音乐

没有国界

可以打动每一个人

没有翅膀

可以飞进每一个人的心里

不开花

可以香馨入脾

不是风

可以抚动柔柳

不是浪

可以摇动海军的梦

不是秋月

可以扇起平湖的激情

不是高山

可以吐出流泉

她跨越时空

跨越大洋

进入每一个喜欢她的耳中

转角花开

前路枯燥的时候

突然看到

转角花开

如果半道折回

或许永远看不到如此的灿烂

不急

只要前行

总有一朵花

朝你开放

2018 年 04 月 29 日

2018 年 04 月 29 日

壮族竹竿舞

把竹竿化为通往春天的电线

一排排燕子

衔着山泉的欢歌

哼着蜂蝶的情曲

在电线上给心中的偶像

传递爱恋的信息

————————

2018 年 04 月 29 日

醉花的女人

虽然我不认识你

你闭上的双眼

已经醉了四月的风

花朵把你拉进记忆的隧道

你走进人生最美好的爱情

那甜蜜让你不愿睁开眼

因为你好担心美梦会被现实击沉

花沉醉在春风里不愿醒来

你沉醉在花中不想离去

友人的相机珍惜这天人合一的画面

将人间的大美即刻封存

————————

2018 年 04 月 29 日

桃花里的卓玛

林芝之行
我分不清哪里是歌哪里是现实
现实与歌何其相似
我分不清哪个是卓玛哪个是桃花
人面桃花相映红
梦中的卓玛曲子
把我拉回四月的桃花村
那天那人那景那花那歌
总是那么动人心魄

2018 年 04 月 29 日

万达茂

用七彩的颜色编织一个大众的梦
在这里追逐失去的童年和弥补对儿
孙的愧疚
繁荣的制高点往往被金钱占领
主人因位置的瞩目往往难以善终
胡雪岩已经成为历史
不知道屋檐水是否仍滴在旧窝窝
在这历史与现实的交汇点
我只顾带着看客的心态
吃流水席
五十九元一位

2018 年 04 月 30 日

百色阳圩山歌节

剥隘河从远古流来

带着骆越人的喘息声

在阳圩打转

嘹歌从彩云之南吟到右江河畔

带着北壮浓重的口音

簸箕宴盛着壮家人的七彩理想

散发的馨味迷了姑娘小伙少妇壮汉

一曲抒情的山歌

一阵揭瓦的欢笑

荡漾起河里的涟漪

趁着五天连欢的假期

羞涩地唱出心中的爱恋

山乡弥漫着荷尔蒙交配春天的味道

游人一半为美食一半为娇颜

2018 年 04 月 30 日

盛装的彝族女人

穿出岁月的绚丽

把青春交给盛典

饮一杯迎宾酒

收下彝族女人的一片盛情

把彩虹摘下披在身上

总不能因生活的艰辛忘了打扮

看一眼我美吗

我已穿出所有的赤诚

来吧客人

我们在村里广场迎宾

假如盛装打动不了你冰冷的心

你的修为尚入不了红彝的文化之魂

2018 年 04 月 30 日

告别四月的风

自从我脸上有感知温暖的触觉

是在出生二十年后

四月的风从此每天送来抚慰

整整四十年

今天是四月最后一天

四月的风将渐渐远去

当然还有明年

但谁知道明年的风仍然温暖如旧吗

怀念四月的风

给我们带来四十年的温暖

我们就是一排湖岸河边的杨柳

四月的风

我们需要你依旧的温暖

柳树虽然改变不了气候

但四月的风如果呵护得周到

它们会摇曳出百态千姿

2018 年 04 月 30 日

第九章
2018 年 5 月之诗

题甲居藏寨

落霞丹巴江如蓝
幕启夜村嘉绒灿
甲美中国第一屯
姆贤汉忠宾皆欢

———————
2018 年 05 月 03 日

题乡友林永格坭兴老壶网

林泉烹茗分外香
永馨家室暖心房
格近陆宗圣经论
坭怀仙气韵味长
兴起三朋叙长夜
老来四友把盏忙
壶中日月浸桂兔
网络知己述衷肠

———————
2018 年 05 月 03 日

田林吼敢节

起源于男女恋爱的风流节

不知是多少代男女用不懈的努力换得

跨过栏杆的瞬间

人类向自由恋爱走进了一大步

这得感恩那第一个跨越横杆的人

把吼敢做成文化纪念

又是历史的一大进步

让五彩云霞包裹夺魂的曲线身材

让百灵鸟般的歌声打破寂寞的上空

让欢乐撒满乐里河

这是多少男人的梦想

更是盛妆壮族女人的心声

追求美好是人性的复苏

展示美更是社会的一大进步

为田林点赞

我的家

就在吼敢节开幕广场的旁边

壮族吼敢节的长桌宴

把千年的历史搬来当下

和着乐里河畔的惠风

用长桌盛满村民的情谊

五色糯米饭竹筒酒又呈现往年的风情

爱与不爱都在这里了结

喝与不喝都在这里叙说

让菜饭见证友谊情义的真实

别让虚头巴脑的空话污染原先壮地的淳朴

举杯吧

呼唤自由与真实

回到那个跨越栏杆喝酒的年代

2018 年 05 月 04 日

2018 年 05 月 04 日

广西是个奇特的地方

广西是个奇特的地方
风景秀丽人不张扬
美得低调茅棚里面嘎嘎香
物华天宝人杰地灵
不卑不亢直率肠
外人休欺负抗日好儿郎
难觅汉奸带路灭家邦
行不更名坐不改姓
杰出人才一数一大帮
不好吹牛皮美景惊他方
从来知足常乐不把赚钱当高尚
秘境一个接一个
只要你愿探端详
身为广西人
我也是许多佳景未曾尝
若如云南开发样
唯钱是要臭名长
留得三分神秘景
好给后人耀辉煌

题云南富宁县八宝镇

云飘蓝天任自由
南柯梦醒真神州
富甲一方鉴古桥
宁静致远弄扁舟
县域美景藏滇桂
八方来客均鲜游
宝地池柳映日月
镇上老屋写旧秋

友人梁必政微信发来倩照，诗意顿起，不揣冒昧斗胆赋诗吟之。

2018 年 05 月 05 日　　　　　2018 年 05 月 05 日

题武夷山九龙窠母树大红袍

茶地最秘九龙窠

母树数贵大红袍

终身报酬换一斤

富农年财值一泡

人生华贵无极限

何必逐之枉心劳

穷到渴煮苞须水

亦等武夷顶级烧

吟枇杷

我的眼睛像一支利箭

射穿成熟的枇杷

钉到那棵枇杷树上

树汁流出辛酸的白泪

替我哭当年

从毛拜陀的油榨堡枇杷树摔下来

背挨上尖尖岩

疼得半天

说不出话

2018 年 05 月 08 日　　　　　　　　　2018 年 05 月 08 日

只有尖锐的触管才能吸到花蕊

我是一只尖锐的昆虫

触管不尖锐

我吸不到花蕊

我不想照大师的教导去做

因为我一只昆虫成不了大师

我也不想像别的昆虫一样活着

去歌颂太阳与月亮

我只想用我独特而尖锐的触管

去别的昆虫没有去过的地方

看看有没有我的菜

如果别的也去

我就早去一点

只要触管遇到我喜欢的东西

我就探究下去

是苦涩酸甜都无所谓

只要我喜欢

2018 年 05 月 08 日

扶王山上采茶女

扶王山上的野生红茶

凝聚了益阳的精气神

啜一口

满嘴生香

而那采茶的白衣仙女

宛如湘妃之后

看一眼

斑竹笛声响起

茶叶美女现实历史

融在一幅山水画中

久久

挥之不去

2018 年 05 月 08 日

歌声随想

如果你的心尖被尘世的东西污染

请用歌声的洁白羽毛

轻轻拂去

如果你心田因缺乏音乐的雨露滋润而干涸

请引入歌声的甘泉

缓缓浇灌

如果你在异乡的梦被故土的炊烟弄醒

请听一首晓儿唱的乡愁

歌声

将为你的灵魂

增添活力

2018 年 05 月 09 日

题龙吟蒋正笛箫埙声

龙腾伶仃作浪笑

吟韵悠悠前海涛

蒋家俊才起永州

正茂风发愧老道

笛音扬处飞鸟停

箫魂惊动白云飘

埙律回遡汉唐月

声声哭落木悄悄

　　戊戌友人蒋正——国乐艺术家协会蒋正副会长的龙吟正声——笛箫埙雅集。

　　在文博会分会场茶阅世界曲水流觞举行，吾虽在邕未能进入现场，但微信朋友圈看到他弄箫于曲水之畔，打油记之。

2018 年 05 月 09 日

旅游随想

将一颗蒙尘的心

拿到云天外的江山里去洗涤

用远方的诗与风景

打开自己的小格局

寻找异域的风俗和历史

丰富自身的文化底蕴

让眼睛饱尝人间美色

让心灵承载他乡的风情

布袋和尚一只化缘的口袋即可云游天下

王熙远四把麦片可以吃两餐

富有富的游法

穷有穷的门路

只要有心

以梦为马

你总会游历天下

2018 年 05 月 09 日

又想起天池

借那里的洁白云彩

擦擦浑身几十年带来的辛勤汗水

借那里幽静的松林

静一静终生的嘈杂

借那里洁净的水

冰一冰尘世燥热的心

歇在岸边

看云彩飘过

听飞鸟追逐

顺便放飞心灵的鸽子

鸿鹄之志化为一次天池的游览

那舒展的容颜

无异皇上批奏

2018 年 05 月 10 日

圣母送子石

乘坐四月的春风

我走向川藏

丹巴的美人谷瞻仰嘉绒女人的风情

雅江的西俄洛体察康巴汉子

林芝的桃花村装扮刘郎

旅途淘到心仪的石头

圣母送子图

一个我内心敬仰的女人

一个大爱无疆的文化典型

如此浑然天成的圣母送子

莫非是上帝暗示我为人应该付出善良

一如圣母和观音送子

我十分珍惜这天作之合的卡通石

感激这次全程沐浴春风的旅程

2018 年 05 月 10 日

放牛

牛绳是一根自由的时光之鞭

我可以用它去抽打自由的生活

我放飞着农民的理想

也收获着牲口的喜悦

我像铁扇公主指挥着牛魔王

山高皇帝远

我就是牛的皇帝

在牛面前

我获得了极大的

尊严

　　突然有种放牛的感觉，没有生活的压力，没有江湖套路，没有爱恨情仇，只关心我的牛还在不在，以我的智商，只放一只，多了我也数不过来，它吃草，我睡觉。

2018 年 05 月 11 日

做 梦

刚刚做了一个梦

把自己的思想

拿到韩国去整容

似乎是把自己的创作理念

去向卡夫卡靠拢

结果出来一大堆散文诗歌

它们走到哪里

都受报刊欢迎

因为它们长得漂亮

梦没醒时

我很高兴和自豪

梦一醒时

我找不到我自己

浪平腊嘎

乡愁中的比例

它占了百分之八十

因为四十年前离开毛拜陀

我从来没饱餐过它

乡愁是一碗浪平腊嘎

你莫要笑我浅薄

当人的温饱问题未解决

一切理论都是灰色的

只有腊嘎的香味

才能穿透你饥饿的灵魂

女儿国的小美人

你坐在标志现代生活的玩具车上
眼睛盯着远方来的客人
潜意识里在寻找什么
哦，一定是幼小的唐僧
传说西夏灭亡后一支王室人马避乱入丹巴
与这里的嘉绒藏族通婚
于是有了美人谷的美女
有了能迷住唐三藏的美女国王
人类学的配对优势证明了一点
美丽的延续要更新
人类如此
国家如此
返祖是退步的
会越来越丑
越来越矮
近亲繁殖的主推者
会被钉在人类或国家的耻辱柱上
如果没有西夏王室的传说
我不知道还有没有后来的美人谷

就像如果没有当宋元大战骑兵进驻西俄洛
我也不知道会不会有誉满欧洲贵妇人口中的
康巴汉子

2018 年 05 月 14 日

五十年一回眸
——写给知青回村一聚

五十年一回眸
又见山里红
岁月染白了头发
风雨刷老了容颜
唯有初心可鉴
那艰难岁月结下的情谊
那风雨共济的春夏秋冬
记住一碗开水两把青菜三个萝卜
那是过命的交情
在那青黄不接的饥荒日子
感冒一声问候病痛两句叮嘱
河水见证了你们含泪离去
飞鸟闻到你们告别的不舍
命运把十二灵魂拿到村里洗礼
你们在大山与城市架起沟通的桥梁
来了
浓缩了半个世纪的彼此思念
在长桌宴上开花结果
来了
那五十春夏秋冬的彼此挂念
都释放在欢聚的晚会上
唱吧
唱出这个时代的美好
埋葬那个时代的悲哀
跳吧
跳出五十年思念的隐忍

跳出半个世纪的悲欢离合
插队的知青岁月
给了当事人丰富的人生历练
在与农民水乳交融的人生过往中
见证了什么是真善美
什么是苦与乐
什么是悲欢离合
广阔天地里是一本阅不尽的书
人生经历中是一道有味道的坎
那山那水那人
那年那月那天
我们是多么有缘
从不同的家庭走到这个村子
与善良的你我他结缘
长桌盛不下我们的友谊
晚会道不尽我们的心情
就让这首诗流传下去吧
让每一个文字
化成每一滴结拜兄弟姐妹的血
倒入酒里
饮入肚中
化为灵魂的一部分
从此
谁也抠不掉

2018 年 05 月 14 日

灌阳的宝盖石

祖宗赐予团结的纽带

践行在湘桂走廊的海洋山巅

风吹不倒

电劈不离

雨浇不散

雪压不垮

紧密地互相依偎

抱团取暖战胜严寒

用心灵维系彼此的挂念

地震而不倒

狂风仍挺立

宝盖一样点缀雄峰

斗士一样鹤立峰群

各自一体而又相互关联

自信而不法战风车的傻子

伟岸而不效孤独之榜样

营造共赢的平台

你中有我我中有你

相互理解包容信任

屹立多少年了没人知道

示范多少年了靠观者自悟

你用破碎的心

操持着整个海洋山的美景

宝盖石

你足够指导有灵性的人生

————————

2018年05月15日

我对大学的眷恋是一碗米粉

没有花前月下的销魂

没有鲜花与学霸的掌声

没有老师与同窗对平凡如水的我投来关注

没有国民老公奢华的衣食住行

我对大学的眷恋是一碗米粉

因为我的大学在桂林王城

早餐米粉周末米粉加菜也是米粉

十字街头

前也米粉后也米粉左也米粉右也米粉

永远吃不腻的米粉

那物美价廉的米粉支撑我度过大学时光

朝也米粉暮也米粉朝朝暮暮都馋人

米粉供我四年修完中文与历史的课程

历史是专业中文是自学没有谁压担子

米粉是能量悄悄支撑我度过岩窝苦读的良辰

我不在乎别人眼里的平淡

我在乎宝贵的时光让我从书间打发

我在乎饿了的一碗香粉就是我恋爱的香魂

大学时光里我不缺能量

因为相伴的有馋死个人的米粉

我对大学的眷恋

就是一碗桂林米粉

伶仃洋的夕阳

我想乘着它去见泰戈尔

可惜太晚

我想它驮着我进入荷马史诗

可惜太烫

借它为的气球

带我飘到康桥

寻找那个中国青年的诗魂

可我那个出自华山脚出自毛拜陀的灵魂说

去什么去看什么看

你和你家旁边的海路与夕阳

就是一道风景

或许天国的他们

正在羡慕你的洒脱

鲜花开在牛粪边

阳春白雪莫要耻笑下里巴人

大树勿忘地根是源泉

牛粪的养料肥沃了土壤

鲜花才能开在它旁边

不忘初心是提醒你来自哪里

牛粪与鲜花其实有逻辑因缘

鲜花若认为是自己的本事才那么艳

想在哪里开就在哪里开

想把芳香献给谁就献给谁

全然忘记了牛粪的嘱托

全然忘了鲜花和牛粪都依附的土地

秋风会主持公道

把那出墙太过的

吹落尘埃

顽 强

在不起眼的地方结出硕果

让一般的人感觉那不可能

在同龄人里多干

让身心的成熟比他们提前

三朝工夫顶一日

同样的天数活出不同样的年龄

顽强的目标是让事实说话

所有的汗水是在别人看不见的地方流

舒服的色彩

能安抚灵魂的色彩是天地合一

阳光照在大地上

气温控制在舒适的刻度

色彩是互相捧场的格调

房屋与树木作诗意的搭配

碉楼与阳光树影形成层次分明的度

让谦虚与和谐

阴影与正光

都在互相捧场互相谦让

主宾的位置是摆得那么天然

一个和谐大气的格局

在夕阳西下的时候

美成了诗情画意

乌泡里的乡愁

半个世纪以前
这是上帝赐予我的恩宠
吃不饱饭的年代
乌泡是最能充饥润喉
摘两张桐果叶
别一根草签
做一个倒三角的盒子
摘满一盒
又摘满一盒
提着回家孝敬父母外婆
外婆奖励一句话
我这懂事的乖狗狗
忘不了那甜香的味道
忘不了全家围着吃乌泡的年头
就是这么一两盒野生的乌泡
也让全家幸福很久很久
落脚的乌泡豆虫咬
我们不怕
咬几瓣大蒜消消毒
从端午吃到六月六

我们还期待它生长期不休
乌泡里的乡愁有甜味
何时再见梦里头
在那个语录当不了饭的时代
只有植物留下的温馨
永铭我的心头

2018 年 05 月 19 日

读晓燕书法作品有感

狂藤入眼梦张旭

秀楷映帘睹晋羲

书画同框疑宋作

行书疑是启功嫡

少壮气吞明清客

女仙踏波伶仃栖

书坛画栋鸣晓燕

龙衔飞字凤凰啼

2018 年 05 月 19 日

题美联储

盘根错节的大榕树

霸上了树冠下所有的土地

不允许其他树种

前来染指

就如当下的美联储

死死守护着

能够带来巨大好处的

美元

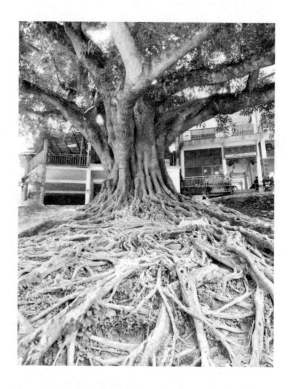

2018 年 05 月 20 日

云亲女儿国

朋友说你从丹巴回来后

写了好多首女儿国的诗

对那方水土恋恋不忘

我告诉你

我的修为赶不上唐僧

他都摆不脱诱惑

何况我一个凡夫俗子

也不怪唐三藏

云都忍不住时不时来亲丹巴一口

他们趁早

来啜甲居藏寨的河谷

顺利偷瞄一下

刚刚睡醒的甲姆

2018 年 05 月 20 日

你这笨蛋，你以为是真的吗

外甥女指着秋千上的熊猫说

姥姥，秋千是真的吗

姥姥说秋千是假的

熊猫也是假的

但许多秋千和熊猫

看起来像真的一样

制作它们的人

躲在幕后看人们的表情

2018 年 05 月 20 日

放牛

把岁月放给空蒙的脊山

秋天收获梦想

把琅琅的书声放给哞哞的牛叫

晚年收获老母猪一样的补贴

把理想放入空洞的农场

晚年再也收不回来

诗意地放牧

苍凉地收割

往往放飞一辈子的空白

2018 年 05 月 20 日

凌云浪平的牛心李

当浪平还属凌乐县的时候

就流传着一个残牛以身饲李的动人故事

我吃着牛心李长大

浪平凌云的牛心李远近闻名

用心血喂养的果实

充满甘甜

肉体化作养料

奉献的是一种无私

我们吃的不是一般的果子

我们吃的是奉献的心血

别人的心血注入灵魂

我似乎听到一个声音在呼唤

如果人人都献出一点爱

这个世界会更加甘甜

2018 年 05 月 22 日

旗袍女人

春天里迎风柔动的杨柳

朗诵里绝美的唐诗宋词

云霞里徐徐下降的天仙

幻想中女儿国迷人的嘉绒

是女人成就了旗袍的婀娜

是旗袍衬托了女人的妩媚

一种风韵绝代风发

明媚了世上男人的春天

眼神是摆拍不出来的

教学点撤了

下学期要到远处住读

义务教育免费了

可是吃住不在家

统统要钱

负担更重了

我代爸爸

抽一支烟

喝一瓶啤酒

嘉绒舞

这舞蹈感动过去西天取经的人
不是舞蹈跳得多么好
而是那人与舞蹈组合起来的韵味
那脸
让你回味一年
那手
让你联想两年
那啥
让你回味一生

岑王老山的瀑布

山再高
止不住对海的向往
沟再狭
狭不住对远方的渴望
雾遮石挡
阻碍不了诗意的宣泄
一路披荆斩棘
一路穿山跌岭
奔腾咆哮着
寻找自己的诗与远方
留下一路的欢歌笑语
留下一路的绝妙好词
留下一串串风光绝伦的美景

两个描写龙脊初夏的人

一个用汗水与秧苗

在龙脊上抒写唐诗

一个用相机与画笔

在梯田里播种宋词

体力与智慧

汗水与颜料

心与心

共同营造了这七星伴月的

绝世美景

听笛筝演绎《梁祝》

美妙绝伦的和声

化作一道柔和的香魂

在我的脑海里回旋

一条充满哀怨和欢愉的彩带

牵着我在学堂河边岔路坟茔徘徊

断桥西湖荒草墓碑

少年男女爱情婚姻

变化成坟草萋萋双蝶舞舞

呜咽伴着少年的欢笑

嬉戏伴随着悲伤

一首《梁祝》演绎着人世的悲欢离合

笛与筝倾吐出汉人爱情的含蓄与委婉

绕梁三日

茶饭不思

以乐当餐

被过度开垦的草原

一个二婚的女人
失去了昔日的风韵
脸上写着苍白
唇纹裂开
有气无力地
躺在苍穹之下
我怀疑
这不是梦中的科尔沁

2018 年 05 月 26 日

父亲的草原母亲的河

父亲太累了
他们得不到什么颂歌
渐渐消失在早年的文学作品里
母亲不忍离去
用婉长的手臂挽着草原仅剩的绿色
她怕败家崽们
削去孝庄文皇后留下来的
珍贵的碧玉

2018 年 05 月 26 日

人生就像一个球

能蹦蹦跳跳的时候

是精气神最佳的状态

前行，一路美好

一旦泄气

无精打采

内心受伤泄了元气

浑身无力滚动艰难

你人生的皮球若没有了精气神

只能被踢出界外

躺在角落

老鼠也会投来

冷落的目光

元气

是力量之源

2018 年 05 月 25 日

科尔沁随想

也许是春天越来越短

也许是冬天越来越长

科尔沁的草越来越短

科尔沁的枯草期越来越长

诗意常因气候的变化而打折

情感往往因外在的变化而苍凉

梦想里的科尔沁草茂河满

也许我来的不是时候

我没有见到想象中孝庄文皇后的故乡

莫非是过度开发丧失了地利

或许是气候的变化影响了草的成长

枯萎一个诗句不紧要

枯萎一个夏天很悲凉

但愿

明年或者后年或者更远的将来

草更盛茂春天更长

2018 年 05 月 26 日

乌拉盖湖畔的雕塑

一股力量

冲向蓝天

至于是什么

任凭你去想象

活得如此

不负芳华

2018 年 05 月 27 日

乌拉盖的五月之晨

冷风清醒了我

伟大的并不伟大

衰亡的并不衰亡

五月的风真好

在乌拉盖

你不会自以为是

2018 年 05 月 27 日

乌拉盖的湖

孤独的老人
收获他的清晨
摩托车
鱼篓
盛满他的理想

———————
2018 年 05 月 27 日

乌拉盖的白杨

许多树都死了
拔在路边
根无伸展淘汰于死亡
这些活了下来
经过了无数次的风
站直
真的不容易

———————
2018 年 05 月 27 日

洁净的云天

扫除了昨天的沙尘暴

除却了前夜的煤烟

一场宵雨

迎来洁净的云天

珍惜好日子

它来得太不容易

摄一张照片

留存于人生的记忆中

诞生《狼图腾》的草原

用一张奢侈的大地绿毯

写一个小小的故事

布林泉的水

治好伟人的眼睛

一本小说

安抚了许多灵魂

一个两个人文故事

使景点活了起来

2018 年 05 月 27 日

2018 年 05 月 27 日

题布林泉

征战的烟尘

熏瞎了成吉思汗的双眼

血水模糊了英雄的视线

蒙医无能为力

高人指点静下心来

反思战争的残酷

用布林泉水洗净杀红了眼的心态

依计而行的弯弓手

在此养好了双眼

我掬了三把泉水

洗濯了尘世的欲望

马上

眼睛雪亮了

许多

许多

射雕随想

我没有骏马

没有弯弓

前面也没有大雕

我只有一支笔

一个生于毛拜陀的躯壳

但我有踏遍千山万水的野心

一股征服千难万险的勇气

一颗战胜懦弱的心

纵使成不了成吉思汗

也要做一个独特的王熙远

让野史乡文

刻上一个不屈于命运的

灵魂

2018 年 05 月 27 日

2018 年 05 月 27 日

知青岁月

历史的风去翻书
从来不讲对错
知青用心血与汗水
在华夏大地上刻下青春的痕迹
过去的并未过去
现在的并不是现在
只有风仍然在五月冷
只有蓝天白云仍然洁净

2018 年 05 月 27 日

青葱岁月

纵然驾驭不了自己的青春
那就驾驭随身的物件
青葱岁月总要一展风姿
岁月静好
全在一种心情

2018 年 05 月 27 日

乌尔盖湖

把草原的燥热放进去浸泡
消一消旷野自大的火气
冰一冰鼓胀起来的自信
免得登泰山一半就小鲁
玉壶冰心
应该留给那些君王
泄一泄权力春药带来的激情

2018 年 05 月 27 日

九曲湾随想

上善若水在于不死缠烂打
绕过艰难险阻又是一派风光
九曲形成的张力
把草原撑得更辽阔
佩服一个伟人
用九曲湾的张力
强大了一个华夏
前辈的张力寥廓了江天
后辈千万别以为自己眼界宽

2018 年 05 月 27 日

可汗山随想

军事征服可以威慑世界

一如蒙古骑兵与美国的导弹

强权政治弱肉强食

历史反复证明了许多年

荣耀是胜利者书写

一座可汗山的耸立

无数座黄土堆做陪衬

战马不读温柔的书

冷热兵器均喜渴饮红色的液体

一将成名万骨枯

争夺生存资源亘古不变

从兵马俑到可汗山

厚重的历史书中仍然有弱者的呻吟

个体的人放进战争机器

亦不过是一颗螺丝钉

在历史的长河里淌

你只能说一句

适者生存

超写实主义

我奉行一个原则

真话打人才痛

直抵内心才有触动

超写实主义比抽象派

更能打动人心

如果一首诗读不懂

无异看一篇陌生的外语文章

文学不是叫别人猜谜

以证明自己高深

2018 年 05 月 27 日

2018 年 05 月 28 日

柔情似水

云已经很柔软了

可是水仍然把它温柔地揽入怀中

害怕它在空中太冷

白杨已经很独立很钢强很坚韧

可是水仍然像妈妈搂儿子一样搂林入眠

一腔柔情感化多少山林浮云

一弯怀抱送出多少个温馨

晚霞投入你的怀抱

翠林卧于君身

你把一腔温柔献给特色小镇

水知道阿尔山

我知道似水柔情

耻辱的钉子

南兴安隧道碉堡

像一颗耻辱的钉子

钉在中国人的胸部以上

野心用钢筋水泥做成

把偷的东西用火车运走

少数人统治多数人的事

不止一次

这耻辱的痛

仍然在延伸

走出碉堡

心还在痛

2018 年 05 月 28 日

2018 年 05 月 29 日

地菊花

在巨大的敖包旁

无言的盛开

细小的生命

自己灿烂

比起被日本鞭子抽打的人

至少自己灿烂了一次

2018 年 05 月 29 日

阿尔山车站随想

达尔文虽然没有来过

可这里践行了他的理论

车站建得很好

可是知道内情后会很辛酸

文明的每一次推进

都流着血

2018 年 05 月 29 日

玫瑰峰随想

让石头开花

不知经历了多少痛苦与磨难

生命活成朵朵奇葩

不是每一块石头都能做到

多少石头掩灭在泥土里

你不向上奋力

上帝也帮不了你

我穿着红色的毛衣站在你的面前

仿佛看到一个

不屈服于命运的

灵魂

阿尔山贝松尔口岸

祥和的山丁花正开

蓝天白云缓和的山丘

营造出一派明媚的夏日之吉

风小了

冷减了

蜂蝶翻飞于花木丛

友好地过关放车

彬彬有礼的返程

和平真好

2018 年 05 月 29 日

2018 年 05 月 29 日

尊 严

你在外国人面前的尊严

是国家给的

你在别人面前的尊严

是自己给的

你在自己肉体面前的尊严

是灵魂给的

你没有尊严

那一定是缺少了什么

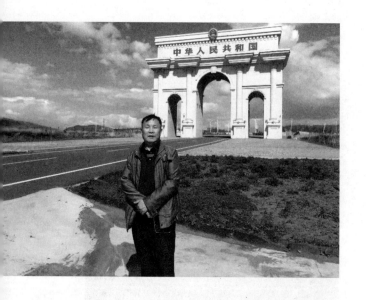

2018 年 05 月 29 日

边 城

文化成为气候

会影响某个区域

在阿尔山

我闻到俄罗斯的味道

藏传佛教的味道

哥特式建筑的味道

这没有什么不好

交融后的味道

如调味过的鸡尾酒

未必不好喝

杂交的优势不敢说最好

但新的因子总会推着人们向前

寻找最美的结局

2018 年 05 月 29 日

阿尔山小城

这个城市

不是用标语与口号来宣传自己的富有

一条温柔的干净的河

一段宁静美的树河之畔

一排排美轮美奂的建筑

体现着建设者的用心与使用者的得意

一把温馨公园木椅的摆放

施政者的心带有温度

他们用热情伴着居民过日子

得体的绿化使小城大气而温婉

精心造型的建筑物

把火柴盒装的百姓拯救出来

暮光中的布谷鸟

送来大自然对人类亲切的叩问

山丁花盛开

顶替了武大的樱花

河水喧哗着

似乎在骄傲的与内地县城对歌

百姓周游全国回来

自豪地称

水知道阿尔山

我知道咱们家乡最美

走在河边

聆听水差的落响

我内心很明白

阿尔山在上游

故乡还在

下游

————————

2018 年 05 月 29 日

玫瑰峰周边的云

你简直是美的天使

哪里有美景

哪里就有你的身影

欢庆与祥和

潇洒与自由

是你随带的象征

一路有你

一路有幸福

祥云缭绕的日子

定当珍惜

2018 年 05 月 29 日

我以为我来到莱茵河

夕阳西下云山入河

我不由得又想唱一曲莱茵河之河

我知道许多文人讨厌拍马屁

但我们不能总是诅咒当下的生活

美就是美

我不能白说成黑

更不能违心去唱黑已有的建设佳作

自从春风起自伶仃洋畔

大地回春多少人摆脱了饥饿

问一问良心

还在

我的诗歌应出自心窝

有一股神奇的力量促进城乡巨变

那就是改革开放打破了人们思想的枷锁

山欢水笑溪河扬波

美景美城岂止一处

边城多已过上温饱生活

是的

这里不是欧洲的莱茵河

可是它宁静的美

使你不得找一个比喻

这里

不亚于莱茵河

2018 年 05 月 29 日

五月的月亮照在阿尔山

这是七十年都没有看到

华夏燃起战火的月亮

尽管阿尔山附近的日式碉堡和火车站仍在

它们已成为勿忘国耻的纪念物

五月的月亮温柔地端详着这个中国最美的县城

让它忘掉关东军的残暴蒙宋的狼烟

穿城的河水唱着和平的曲子

夜晚的灯光闪烁着改革开放的兴奋

和谐与宁静是开国者用鲜血与汗水换来

月亮只是送来她的祝福

她知道那个主谋把外蒙割出华夏的国家

如今 GDP 也才等同广东省

那个被强奸民意割出去的邦块

时常向华夏伸出乞丐的手

国弱时月亮看了也会流泪

阿尔山的今夜繁荣来得不易

只有我们不忘初心

月亮才会投来温柔

我们善待自己与他人

月亮也会善意地

望着我们

2018 年 05 月 30 日

阿尔山之晨

一个一九九六年建立的县城

年轻漂亮有少妇的风韵

说她是中国最美的县城也不为过

清晨清风梳理了她的头发

支流纯净了她的血液

朝霞染蓝了她的天空

山花烂漫了她的饰品

祥和的蓝光晨曦里

她出落得更有韵味

温婉如诗

开光为画

亮瞎了游客的眼睛

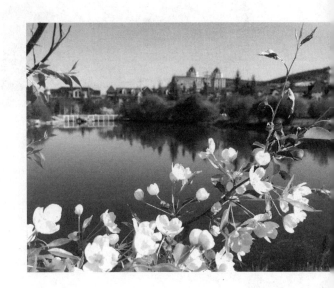

2018 年 05 月 30 日

阿尔山的卧牛潭

生活的燥热不仅烦了人

石山牛亦忍不住

卧在河溪里不肯起来

洁净的河水可以让人头脑冷静

山捧出水的精华

献给远近的人群

让人类息息怒火

对这个世界

再温柔一点

走进阿尔山

脱下一身城市生活的疲惫

走进阿尔山

掬一捧溪水洗把脸

吹一吹山风凉凉身子

吸几口氧气润润肺

林子里的新老交接

让人悟透人生

别玩火

别乱砍伐

别大不敬

天人合一天人感应

大自然的法则

同样适用于人

火山熔石

生命停止运动

就成了固化的僵石

有价值的生命

要么随大流动

要么自己动

最好双向互动

———————

2018 年 05 月 30 日

喷气碟

你发出的气

或许会成一种能量

物化成某种产品

因为大地里喷出的气

可以化浆为碟

精气神加以正确引导

会物化成伟大

———————

2018 年 05 月 30 日

熔岩陷谷

活着必须为自己加料

肉体的粮食与精神的知识

否则有一天没了能量

你的人生板块

就会产生

熔岩陷谷

———————

2018 年 05 月 30 日

熔岩陷谷（坑）

熔岩陷谷（坑）是石塘林熔岩台地中常见的熔岩构造。陷谷多呈长条形、近圆形。熔岩陷谷（坑）的成因多是由于熔岩隧道塌陷或熔岩流底部局部存在大量气液组分，待冷却后体积收缩，在重力作用下从而导致地表的熔岩陷落。

Lava Depression (Pit)

Lava Depressions (Pits) are a common geological structure in the lava platform of Shitanglin. They are often roughly elongated or round, and were formed from the collapse of the surface of a lava tube due to gravitational force or because of the cold contraction of the volume of the vapor inside the lava flow.

杜鹃湖

虽然过了杜鹃花开的季节

但美永远不会流逝

蓝天碧水绿树

是我心中永恒的诗

2018 年 05 月 30 日

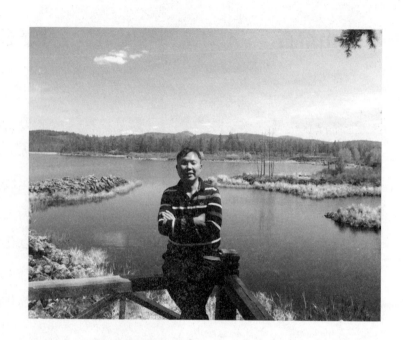

杜鹃湖畔赏残鹃

人生哪有都十全

鱼和熊掌均可兼

丢东失西平常事

莫怨富贵不双添

鹃花残去草正旺

秋黄不至山丁艳

知足常乐熔石美

蜂蝶已去鸟尚喧

2018 年 05 月 30 日

驮峰岭天池

天远地路地来

必须一睹芳容

让岁月记住这一刻

花甲之年后的第一个夏五月

骑着驼峰

笑着俯看天池

2018 年 05 月 30 日

绿色长廊

扯两片浓荫

拱成一条绿色通道

让过往的车辆人马

领略原始与自然的味道

回归理性与自然

灵魂会得到荫护

世界上会少许多

傻事

2018 年 05 月 30 日

阿尔山大峡谷

把冰块封存到夏天

心中一定怀有对冬天的怀念

把柴河当孩子抚养

为它留下千年的树伞

冰川缅怀那个躁动的岁月

只有奔流才是不朽的季节

静止总要被前行的水浪冲破

没有冰川划过

你的阅历一定充满平淡

一切顺其自然流动吧

停滞和倒退

会把美景玩完

阿尔山月亮小镇

月亮钟情这个林区中的小镇

河弯如月

日月同辉

盛水的天池竟然那么圆润

入夜的月亮

似夜明珠悬于高天

垂青于北国的这个小镇

上帝如此厚待这块黑土地

人烟稀少

阿尔山县级市七千多万平方公里

月亮担心几万人口的阿尔山市寂寞

在高天如孤灯高悬

让分散的子民分享她的温馨

不管你贫穷还是富有

月亮的光对人一视同仁

我想用旅行袋装一袋土与月光

扛回广西的毛拜陀

分给贫穷的乡亲们

月亮小镇的木屋

对原木有一种天然的亲近

这是大自然的魅力

从小在木房子长大

每一根柱头木板瓦檩都真诚地对我

小时候不知道什么是假货

因为虽然贫困但是充满真诚

木头的实诚越来越远

塑料替代品仿真材料越来越多

我寻找木头的感觉

哪怕它是呆的代名词

一个呆子

站在呆呆的木房前照相

然后写呆呆的不入流的诗

那诗散发出来的味道

也是些许呆呆的木头味

柴河之晨

一个柴字

足以使人想起那个真诚的年代

一个河字

足以让人怀念那青山绿水

在阿尔山地盘

我终于拾回童年的梦

柴河之晨

让人想起那个做假较少的岁月

真诚失去

让世人都觉得丢脸

但愿青山绿水恢复的同时

真诚也恢复到社会

2018 年 05 月 31 日

2018 年 05 月 31 日

伤痕

人们往往只看到美景

很少人去回望伤痕

八十年代的伤痕文学

如过往的风

吹一阵就过去了

是的

谁也不喜欢伤痕

就像不喜欢日本人再来辱华

阿尔山的伤痕

不止日本人留下的侵略

还有那揪心的 5·13 火灾

难忘的 1998

难忘的 5·13

这一天

是毁灭森林的日子

记住伤痕

是为了不再受伤

就像记住"文革"

是为了不使人和文化

再受伤害

扎兰屯山水岩壁画

我假装看见了许多的人和许多的故事

否则人们会说我笨

我假装很内行的样子

欣赏着其实什么也不是的石壁

给别人也给自己一点面子

在当下

你不装

还真不行

2018 年 05 月 31 日

2018 年 05 月 31 日

同心天池

这里有一个凄美的故事

奉献是它的主题

人世传颂的是奉献的美

索取从来不被歌颂

天池向世人奉献它的绝世心形

这个图足以震撼你的心灵

我把这个图发给微友

用绵薄之力张扬善良

世人若都心存善念

故事的主人公一定在另一个世界

祈祷天下同心

这里的牛很幸福

依其汉林场的牛从公路穿过

它们很少挨鞭子

因为不缺草料

毛拜陀我当教师时

家里的牛就没那么幸运

它们常常踮起脚

去扯吃园子里主人公的桃叶

常常被我邻居的堂嘎婆鞭打

说你这不守规矩的东西

你吃不饱

管我甚事

竟然来扯我家的桃叶

啪啪啪啪啪啪

一抽就六鞭子

为安下那年的惊魂

后来我改了行

告别阿尔山

这是告别一段美好

告别一种原始的纯朴与宁静

告别一个最美的县城

告别一种田园的温馨

告别水的柔情

告别河的婉约

告别牛马的幸福

告别草木与阳光的亲切与香气

告别导游的盛情与周到的服务

告别清凉的尘世

告别水知道的阿尔山

告别一个尘世的梦幻

第十章

2018 年 6 月之诗

熟悉的背影

没有什么比这伤痕累累的背影更让我动情

因为我也有这样的曾经

七十年代田林下西来的公路

裸露过我与潭春生表叔的背影

十二米半的挖路任务

叔侄两个要挖掘平整车能通行

三人组合的拉泥拖板

我们咬牙两个完成

穿着大内裤赤裸上身

腰上勒着拖板绳

七月流火背上晒起大泡

泥石砸脚背汤圆背上滚

拖板上每天滴下汗水论公斤

日久天长背破伤疤泛嫩

一个个小地图肆意横行

一天两毛五的伙食补助

我们为国家不知节约了多少资金

如今看到这样的背影

就好像看见我 18 岁的青春

我们不是戏子

扛不起国家精神

我们只是用自己的背扛起自己责任的公民

我们难以召唤人们的同情与颂扬

但我们可以骄傲地说

我们用汗水换来的两毛五

每一分都干干净净

2018 年 06 月 03 日

包装与裸露

包装起来

就是香车亭亭玉立的美女

一旦裸露

就是狰狞的赘肉与齿轮与螺丝钉

这个世界

不要太看透

抓住人性的弱点推销
——车展随想

希腊有了海伦

世界就不平静

不能怪海伦的美

车展有了美女

推销也走了调

许多人根本不想看车

因为车边有更美的女人

抓住人性的弱点推销

不能怪策划人

钓叟把鱼钩放上饵

是鱼自己扑上去吞

任何人都有弱点

有的把持得好底线

有的根本不想把持

不看车展的

不一定不爱美

看车展的

也不一定是坏人

赤子扛旗
——写给《美中时报》社长陆煜

因为深爱着这片土地
那驰名世界的千家洞
那誉满两岸三地的台湾巡抚唐景崧
那红军洒满鲜血的老井
那清澈得可当梳镜的灌江
那仙境般的水车乡
那禅音袅袅的华山脚
那舌尖上的灌阳油茶
那斜阳下古道上的湘桂西风瘦马
他扛着灌江生态论坛的旗帜
奔走呼号在南北大地
为了金山银山
为了绿水青山
为了子孙后代
他奔走呼号
他殚精竭力
不以绵薄而退缩
不因体微而却步
终于
唤醒了无数的乡贤
警醒了许多的企业家
教育了数以万计的乡民
生态发展已经成为世界重要旋律

这旗帜
就是一个吹向县域的小号
也是乡村繁荣再现的灵魂
你扛着他
就扛起了一种坚韧不拔的精神
我们看见它
犹如看到一种绿色的命脉
看到人与自然和谐发展的场景
更看到一种耕读传家的灌阳精神
虽然我不认识你
但是我知道你为了谁
此刻
我对你的情怀点一个赞
为你的执着写一首诗
来年
灌阳的青山碧水中
会因为你而
长满我的诗句

2018 年 06 月 30 日

浪平马帮

我似乎从马的嘶叫中梦回武陵原

巴山夜雨

潇湘炊烟

雾里滇黔

浪平的高山汉是不屈的灵魂

多少辈的颠沛流离

多少辈的酸辣苦甜

高寒山区路陡道狭

只有马帮是运送货物的主力

他们把幸福寄托在马背上

马背驮着新婚的媳妇与分家的新房

还有孩子的学费全家的衣裳

当茶马古道已经成为千年传说

浪平马帮的铜铃与蹄声仍在华夏深山叩响

多少声蹄叩才能换回一张纸币

多少匹马背的伤痕才能抵消一块大洋

赶马佬的腰几乎个个是残的

风湿是他们的职业病

赶马佬的胃几乎个个是痛的

饱饥不匀是痛苦的根源

虽然屋子在无数匹马倒下后建了起来

但那一身的赶马伤痛呻吟

至今仍然在峒子的上空回荡

浪平马帮

给华夏送去无数的光明

却把悲伤留给自己

那床板

那煤气罐

那行走万水千山的胶鞋

永远伴随着马蹄踩踏出来的叩石声

叮当作响

叩击着通往幸福天堂的路

尽管这路

没有尽头

2018 年 06 月 04 日

浪平高山汉的岩水缸

它盛过武陵原战乱的血水

它装载过巴山的夜雨

它收藏过潇湘的檐泪

它见识过滇黔带咸酸的汗滴

铁匠带着凿子

从川鄂湘滇黔逃生而来

用带茧带血的手凿下这些装满苦难的缸

缸里何曾是水

它们分明是贵过水的油

高寒山区缺水

高山汉族缺钱

他们世代在这块贫瘠的土地上

过着滴水贵如油的生活

缸口似在问苍天

这里为什么这么穷

穷得连战乱的兵匪都懒得去打劫

被乔达摩忘记的地盘

被孔夫子丢弃的地盘

被道教遗忘的地盘

只有岩水缺张着口布道

斑驳的信仰寄放在土地庙里

世俗化的儒道释杂糅在民间魔公的经书中

用水缸里的水

和一瓢剩饭

倒在村子的十字路口

喂饲那些回不去的孤魂野鬼

川鄂湘滇黔已经是过往的故事

毛拜陀的人永远回不到恩施宣恩晓关天鹅池

只有岩水缸张着口

吞一两朵故土飘来的云

算是对远方的祖宗一个叩首

这口缸

在田林浪平甘洞子村的龙水屯

主人的祖宗来自那里

缸不知道

2018 年 06 月 04 日

雨天弄葫箫

花甲归来不上朝

雨天与孙弄葫箫

稚嫩摆谱装大人

老翁顽童学鸟叫

一曲平沙吹落雁

两首傣歌鹧鸪笑

蔓孙扭腰吹且舞

姥爷乐歪不成调

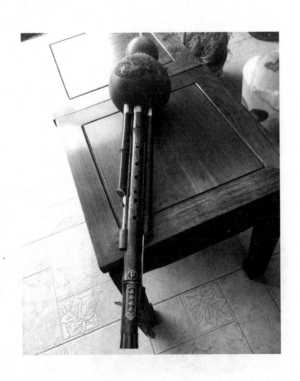

2018年06月06日

家乡的味道

胡瓜坨炖腊内豆豆嘎

诱惑久离家乡的我口水嘀嗒

艰难的岁月母亲炖上一锅

我们兄弟姐妹感觉天地充满五彩云霞

家乡的味道里有父母的辛酸

铁锅炖的是岁月的风华

瓜菜代的日子也有欢乐

有肉下锅那高兴比天还大

胡瓜里有我童年的希冀

腊肉里开满向往的幸福之花

豆豆嘎里包容了我对未来美好生活的

向往

假如生活没有欺骗你

理想的幸福模式

就是一九五八年

我一周岁时

胡瓜腊肉炖豆豆嘎

2018年06月06日

题益阳观云山

登顶方知天地高

小鲁必在泰巅笑

观云脚下云浪涌

花枝展颜沐霄霄

四睹白波逐翠山

广宇茫茫冰崖渺

2018 年 06 月 06 日

戊戌见友晒旧照有感

帅帅老爸已成昨

幸得孝女杯留哥

座谈玄宗宫娥事

余今叹老对像说

2018 年 06 月 06 日

将筝曲《追梦人》送给高考学子

高考是一匹梦马

你可以将它牵着去寻找理想的生活

脚力好的，可以去寻找远方与诗

脚力一般的，可以沿途去寻你喜欢的风景

梦马只是一个追梦的工具

选择远方与近处的人生

都有令人满意的结局

心态的良好与梦境的优美

最后都会靠汗水来实现

走吧

霞光已经在东山露出

海日已在碧波上跃起

不论远方与近处

都有迷人的风景

题高考

弹指高考卅一年

百里挑五尚有欠

十年积压终破壁

冲出大山邓公贤

扬州梦醒苏堤美

鲲鹏展翅有高天

唯才是举国策佳

方有学子坐衙巅

　　1977 年底本人参加了积压十一年的全国高考，考入广西师范大学，录取率百分之四多一点，很幸运成为二十七万国人中的一分子，感恩邓小平，感恩国家培养。

龙胜梯田

上苍要把这方净土

打造成唐诗宋词都无法描写的美景

让文人自己感觉一切的形容都苍白无力

云水变幻着动态

使梯田变化万千

农夫与农妇一年四季用汗水创作油画

让一切艺术家目瞪口呆

七星拱月

云啜美女山

月亮和山活在幸福里

一年四季

都是可以挂在广西客厅的大作品

题苏州

烟雨如画

房墙垒愁

月入池水似吴钩

假山叠宋纲

老屋寄文忧

丁香油伞启恋柔

着一身旗袍

影几张夏酥

怎敌黄裙立雨后

一丝丝怅然

雨打苑叶冷如秋

赵家偏安江南静

文士借酒伤国寇

茶添酒亦添

园林锁心朽

躲进深宅听丝竹

徽宗练就瘦金体

各行文人皆成就

纵然无才统大业

权进苑林题牌首

茶道细分繁似绣

养出一国雅闲气

用在当朝多人求

藏区野花

宗教的神雾滋润过它

西夏亡国的败兵之血灌溉过它

宋元之战的冷兵器割下人体的汁液喂养过它

西俄罗的康巴汉子爱它

丹巴美人谷的美女们亲近它

它灿烂得太不容易

冬天与春天

它都要躲进冰冻的土地里

防止天灾与人祸的降临

它们害怕科尔沁被翻垦的悲剧降临

它们珍惜牛粪的陪伴

用草根结成的怀把牛粪温暖地抱住

它们珍惜雪水

打开每一根血管把它当营养液吸收进体内

它们珍惜蜂蝶的低吟浅唱

更喜欢藏姑踏歌而行的婀娜轻盈

愿意化身为草毯

为丹巴的女人铺向通往爱情的路

藏区的花朵又开了

它们分明是一群女子

在哼一首爱情的歌

2018 年 06 月 08 日

写给量子计算机与人工智能

你们的出现

让乐观的我有点悲哀

未来或许你们是人类的终结者

我还有太多的地方没有去

我不想看见太多的人还在互掐

我害怕这些互掐的人利用你们的聪明才智

攻击对方

结果两败俱伤

让吃瓜的我们无瓜可吃

连看一眼美丽河山的机会

都被你们剥夺

真的是惊爆凶讯吗

真的人类会在你们手上终结吗

如果是这样

请你们再给我十年

让我到达我想去的地方

届时你们怎样收拾人类

我也管不着了

雨中思念

但愿我的伞可以擎天

挡住那暴雨的凶颜

水漫金山惆怅桥前

夫君你是否安好

你那里是不是雨下涟涟

归来吧

我在木码头等你

你若不现

我泪涟涟

2018 年 06 月 08 日   2018 年 06 月 08 日

爱与付出

付出爱

必定得到爱的回报

播下龙种

不会收获跳蚤

还回一只鞋

收获一双鞋

爱心与贪心

收获天壤之别

写给旅游者

我虽然看不清你的容颜

但我理解你当下的心情

站在一个极佳的地理位置

端着心爱的相机

要把眼底迷人的风光

摄入相机分享亲友长留心底

白云青山甲居藏寨晨风习习

你全然沉浸在诗情画意

其实你也是一道迷人的风景

青春的胴体圆润的身躯少妇的痴迷

一道文化的眼光潇洒的动作惹心的发髻

在清凉的夏日雨后的高原美丽的丹巴

自成一道风情

扶王山云海日出

日落日出

把每个凡人的生活向前推进

夜太长便呼唤黎明快来

日太猛则期望太阳温柔一些

烈日已被后羿射下好几个

留下来的当思调整自身温度

每一轮朝日东升

守望者寄予厚望

太阳调好你的温度吧

世界上的后羿们在关注你的表现

2018 年 06 月 10 日

戊戌观徐东老弟画鲈鱼有感

君识鲈鱼在海前

余见此物飞高天

弟曰扁舟横江过

吾云歼十腾云间

2018 年 06 月 10 日

清淡生活

淮山红薯配老茶

二胡粗手习蝶化

自娱周末悠闲致

弹指之间治痴暇

戊戌夏周日自恋。

—————

2018 年 06 月 10 日

戊戌夏题周庄

小桥流水逸兴飞

古巷码头少妇回

长廊酒肆飘弦韵

丁香油伞眸人美

—————

2018 年 06 月 10 日

小牛作耍

我愿做嘉绒藏区的小牛

因为时常可以在绿茵场上玩耍

看美女逗小孩戏蜂蝶

甚至假斗角真撒欢享受凉夏

躺下是一首诗

站立是一阕词

观战是一种乐

花开花落花有季节

尽情尽兴尽心玩耍

别让夏花负了阳光雨露

别让美丽偷走年华

撒一个欢吧

趁着脚腿支得动年轻的心葩

夏收

镇古江清瓜果熟

茄紫辣红蕉藏羞

甜芒糯苞露熟相

捡黄试味甜沁口

夏日左江步农道

一腔清闲付蝉幽

芒汁蕉脂香白牙

码石弯腰洗老手

　　戊戌夏独步扬美古镇左江农道，一路瓜果飘香，景色宜人，且行且尝，如入仙境，不免归途吟诗于古榕树下，与蝉鸟唱和。

雷峰集翠

侬狄交战左江红

数百平民躲雷峰

爬行入洞避兵乱

水清山翠话艄公

邕州不敌志高威

将军出马烟墩雄

扶绥山间战壕在

古镇千年吹宋风

题宋村

村轭三江左右邕

宋帝母后兴陵塚

六姓世居龙脉地

耕读传家贤女颂

渔耕福地家声远

举案齐眉慧且聪

皇室风范今犹在

民馆长联气如虹

　　戊戌夏访邕城之郊三江口宋村,为其文化底蕴的深厚而折服,打油记之。

睹物伤怀

繁华要地屋破败
残垣断壁伤吾怀
宋村三坡古昌盛
而今老墙堆烂柴
三江流泪向东去
乡村牧歌几时来
文化之根谁可续
云过水面期俊才

2018 年 06 月 16 日

一个男人亮丽的背后

一个男人亮丽的背后是什么
只有自己知道
荷花艳丽在六七月
存储了冬春的艰辛
C 罗漂亮的带球动作
每一个都是一斤汗水换来的
但凡亮丽的男人
背后的付出是别人的几十倍

2018 年 06 月 17 日

前海，但愿你把我们带向美好

文明民主富强

这是国人的理想

每一棵树有生存空间

每一个人有自由的畅想

让生活少一些倾轧

让每一粒空气自由流淌

身在前海边

这是一个普通人的理想

今天我从前海的中间穿过

写下这路拍的

前海，但愿你把我们带向美好

回头的路

我们不想

2018 年 06 月 17 日

攀爬的山路

信念与汗水支撑

爬上去

山上有家

亘古如此

每天上上下下

十个胆子也会吓破

如果一旦失去生活的信心

贫困不怕

艰辛不怕

只要还有生活的希望

每一步都踩在生命的边缘

每一步都会有踏向死亡的可能

但山上有阳光雨露

有赐予生命的故乡

不忘初心

就是不忘哪个养育的家

每一个与这块土地有过交际的人

都愿意用脚步丈量自己的感情

只有一步走成一个字

你才能看懂通向文明的每一本书

2018 年 06 月 18 日

夏日古村

夏日古村香端粽

翠竹黛瓦觅祠宗

荷塘花开舞蜂蝶

老榕乘凉来爽风

戊戌借居宾同学照片题《夏日古村》。

聆听大提琴《离骚》有感

钢琴伴奏像水滴

滴滴敲打着破碎的心

闺房的怨妇长叹调

似在为夫君悲咽着人世间的不平

脆铃不时地敲几下似乎点缀着哀伤

大提琴婉转悠扬地像四山围住的河流

在左旋右转寻觅着发泄忧伤的出口

我仿佛看见一团忧国忧民的愁云

在专制的天空里盘旋寻找光明的出口

行使龙舟的河岸笼罩着忧伤

士大夫的独立精神像幽灵找不到一丝光来提携

愁肠百结低吟浅唱万箭穿心

这哪里是音乐版的《离骚》

分明是士大夫独立精神的呐喊

听男女对唱《天边》

歌声复制了生动的草原

旋律演绎了内心的真情

优美的歌词每一句都抚摸到我的心房

深意的对望擦出闪亮的爱情

最好的回忆是歌声

银铃般的女声

宛如白云飘过蔚蓝的天空

飞过一只带着优美旋律的凤凰

底气十足的男声

仿佛草原腾过一匹鸣叫的战马

留下一串串悦耳的蹄琴

阴阳合一乾坤一体

声音绽放出行云流水的天籁之音

———————

2018 年 06 月 20 日

写给浪平

结束我初高中生活的浪平

竟然也这么美

那些饥饿的岁月

我几乎来不及把她的美貌端详

多少个墟日

我在场坝完成了金银花和瓜菜的交易

拿到吃米粉和买书的钱

无数次花瓶树下独自一人出黑板报

只为老师表扬的微笑与同学赞许的眼光

我却忽视了花瓶树绝世的美

多少次去岩科村淘米打水为了一日三餐的蒸饭

忘却了观赏美丽的溪水和两岸的鲜花

无数次翻越大坳热汗淋漓

忘却了去观赏那诗意的云海和原始森林的飞禽走兽

无数次挑学校的大粪去学农施肥于田坝的农田

却没有一次停下来观察如诗似画的油菜花与黄金稻

岁月匆匆地把我推到二十岁

直到我翻越廖家坳

也没有好好看一眼犀牛塘瞿家寨那英八告等池塘与村庄

如白练飘带的公路载着我去广西师范大学

云朵是翅翅膀驮着我飞到伶仃洋

花甲之年回头一望

浪平，你仍然是我最美的故乡

———————

2018 年 06 月 20 日

照片中的故乡浪平

莫要嫌弃她是一个高寒山区

她其实是一个养在深闺未被发现的美女

她有底蕴深厚的高山汉文化

那类似武陵源巴山湘水的老屋可证

她有山清水秀的俊美河山

三穿洞的碧潭浪平窝的云海令人耳目一新

她有龙脊梯田一样的美

田坝央村岩科就是秋野的佳品

她有雄伟的高山和茂密的森林

老山的娃娃鱼岑王山的金丝楠随时可寻

她有神秘的宗教文化与大烟种植的历史

云帘寺内的过往钟声与弄陀的洗尘山房仍然在响着历史的呻吟

她有美丽的湖泊与传奇的人工穿山洞

犀牛塘的丰盈与沉落塘合隧洞的兴衰令人惊奇

写一百万文字

不如我乡友杨秀宇的一组配诗乐的浪平照片

他是用心在爱故乡

心血洒在浪平的每一个美丽的角落

随便拎出一处

便是爱她的人心中

绝世美景

2018 年 06 月 22 日

刀剑入梦

悲苍的历史长河蕴含太多的争斗

梦里仍有刀剑

乐中尚有悲苍

看着平和的舞台

心存悲苍

争斗

何时消亡

随便抽一部史书

都写得苍凉

珍惜当下

和平的时光

2018 年 06 月 23 日

浩月

莫非你也关心今天世界杯谁赢

莫非你也想知道高考今天放榜的结果

不用看

中国队懒得去踢

请你帮忙盯着

高考后想不开的人

但愿月光下

少些厌世的冤魂

2018 年 06 月 23 日

浪平中学的花瓶树

无数次在树下读书

对于石与树

有许多的遐想

其实

只有两句话留给自己

艰辛成就了树的伟大

奉献成就了石的英明

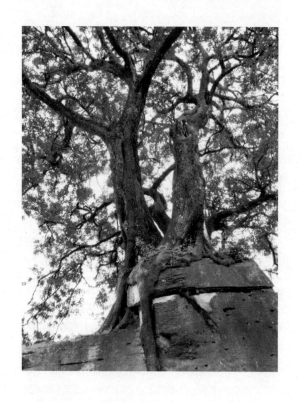

2018 年 06 月 24 日

束河古镇

在古镇的屋檐下发呆

望着小溪缓缓流淌

心融入云山

聆听鸟语

欣闻花香

尘世入梦

彩云之南的仙境

尔后溪畔茶桌的一杯咖啡或一盏清茶

消除平生的劳顿

心灵御掉枷锁

身心漂浮如云

四看闲客如古

仿佛唐宋入眼康乾再临

呷一口饮品

写一首小诗

慰劳一下人生的征程

2018 年 06 月 24 日

无界手造馆的中餐

馆主厨艺合吾心

举箸首向酱肉行

少年缺吃油水少

五花蒜炒生欢情

三五知己烹鸡鱼

粉丝麦菜使吾欣

雅园雨后古琴唱

饭后茶桌想诗吟

―――――

2018 年 06 月 25 日

菖蒲读诗

诗书入雅室

菖蒲欲读诗

花间一行字

作者汗几湿

―――――

2018 年 06 月 25 日

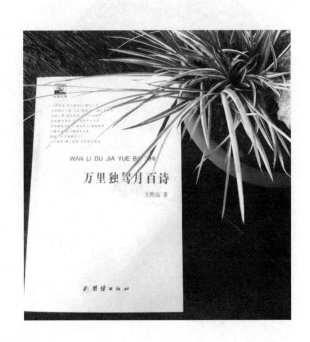

题凤凰古村龙气

谁言宋朝文人虚

请睹伶仃腾龙气

丹心汗青耀日月

凤凰伴舞冲云霄

状元书家勿须道

从政行武誉大地

浩然能量慑大都

举目肃仰添定力

　　戊戌夏随单位老同志观宝安凤凰文天祥纪念馆，感而打油记之。

耙田的老农

让钉耙将阻挡生活进程的泥块抓烂

让贮满希冀的田水孕育生命的粮食

耙扛在肩上就是全家的灵魂骑在肩上

旱烟叼在嘴里让它吐出心中的苦闷

斗笠拿在手里以防太阳骗自己

牛已经走在前面它更惧怕生活的鞭子

花甲已过的白头为了打理方便干脆剃掉

叼烟扛耙的动作很潇洒

此时像一条硬汉

比西班牙斗牛士更有气势

生活的坎坷若不是自己去耙碎

丰收的喜悦永远长不起来

温暖彼此

将万语千言的爱化一杯温开水

递给病中的妻子

将相濡以沫的鱼故事

放在冬天的火塘边烤成温暖

不用唱坦泰尼克号的爱情曲

不用山无棱的山盟海誓

无言的手递送发自内心的柔软

足可以羞红热烈的火塘

2018 年 06 月 29 日

这块热土长出了什么

这块热土种下了华夏的新生

普世价值的萌芽串出封闭了多年的土壳

包容的兄弟姐妹携手站起去沐浴文明之光

扯手拉腿的互残从黑夜退去

建筑物的捧土筑墙从罗湖桥那边得到神灵的启示

五颜六色的光唾弃相互拆台

轮换着用彩色妆扮彼此

四十年的风雨洗净过往古墓吹来的阵阵阴风

夜里亮着灯以防止有人误入秦皇的墓道

伶仃洋的龙魂朝着这五彩斑斓的夜市频频点头

这是正气歌期盼的结局

岭南的诸星簇拥着鹏城的万家灯火

所有革命的枪声都是为了打出祥和的空间

一个渔村华丽转身为一线都市

背后付出了太多太多人的辛劳

要让这块长出文明民主自由包容的土地闪烁示范之光

经营土地的人

还有很长的路要走

2018 年 06 月 28 日

第十一章

2018 年 7 月之诗

浪平水蜜桃

这是一个引进的品种
种在浪平岩科那英
这块土地本该早些长出甜蜜的果实
可惜山挡雾拦霜雪摧廖家坳太陡峻
种子进不来甜蜜无从下播
有一年春风吹走一切障碍
种子有了扎根的机会
甜蜜才发芽生长成熟
原来浪平也可以有美好的东西
只要有好的引路人
只要有春风

2018 年 07 月 01 日

最好的回忆是歌声

那年，一九六五
我随父亲至平山读小学二年级
从毛拜陀走到平山
过茅坡翻田坝坡
脚起泡汗湿衣
但住下来
就在这个平山的学校里听到这首歌
《十送红军》
那人性的柔软
那真挚的感情
那美妙的旋律
那优美的歌词
影响了我的一生
世界上还有这么好的东西
我想起黄文跃罗洪文以及罗洪文的姐姐
想起黄带群黎国培姚茂森老师
想起南龙坳的残疾人做校工的李叔叔
歌声并未远去
物是人非皆成过往
唯有灵魂仍然享受着当年的韵律美
罗洪文一别竟有五十二年
生死未知唯歌声里他与他姐迷人的笑

2018 年 07 月 02 日

紫薇花开

居住小区的紫薇花开了好多年

我今天才注意到她的存在

因为六十岁之前

要为自己的人生和家庭幸福奔波

以至于忽视了小区紫薇的存在

我是要道一万个歉的

为了一日三餐与住房车子位子

我忽略的东西太多

包括身边的各种美

或许我修为不够

没有早点悟透人生

让许多的美偷偷从身边溜走

再活下世

我不会再那么傻

2018 年 07 月 03 日

故乡的狗

迷惑地跳上高处

盯着远方归来的乡人

物是人狗非

彼此都不认识

瓦顶开始荒芜塌陷

荒草杂树凄迷地夹杂在村子里

夏日秋凉一阵阵颤人的冷

黄狗用凄美的草树为背景

留下一个千古迷惑的造型

狗魂与不起眼的山雾

组合成迷离的乡魂曲

2018 年 07 月 03 日

走向没落的村庄

孤独地拾级而上
断垣残壁龇牙老墙
荒芜盖过瓦檐
雾如妖气彷徨
檐阶如梦延伸堆砌
老树结烟凄凉
拐杖叩响山门
雾伞吓走雀娘
丧家的狗跳上高处
早已不识他乡的儿郎
山蒙眬如宋元明清古画

瓦顶上长出的狗尾草色已昏黄
夏日里打一个寒战
弄拉或者弄劳的名字已经不重要
一个村子消失
腾出一幅绝美的国画
让人们回忆过往的点点滴滴岁月
虽然不是吴哥窟
但是一寨的山民
也有自己的悲欢离合故事
让文学记下来
就是抹不去的沧桑

稀特为贵的树

从来不东施效颦

用稀特来立于世界

出众的灵魂支撑起独特而稀有的个性

站在哪里都是一道迷人的风景

散叶也要散出自己的风骨

开花也要开出别具一格的灿烂

长枝更要长出独特的格局

就是穿上树衣

也要选择喜欢的颜色

个性征服从众的森林

稀特成就迷人的风景

贵气会因为你的独特而来

2018 年 07 月 04 日

收割稻谷

金黄稻熟的田野是一行行农民春天写的诗

每一颗饱满的谷粒都是沉甸甸的句子

镰刀是农民眼睛里射出的光

光到之处便阅读完所有的句子

打谷桶是一部电脑

农民用它编辑收获的诗刊

田野的诗割进农家

谷粒组成的每一个句子

给农户带来阅读后的浪漫

再美好的爱情

也要以谷粒为基石

2018 年 07 月 05 日

背柴的老人

为那薪火传承的火铺充满温暖

老头笑眯眯地从山上背回柴火

生活的负重从来不成为压力

心中有爱肩上不惧困难多

背篓里永远装着儿孙们的幸福

汗水里浸透高山汉耕读传家的执着

哪怕断粮断水都不能断火

柴是文明传承的信物

哪朝哪代哪一个高山汉人都不可以抛却

你哪里背的是柴

那分明是文明传承的薪火

2018 年 07 月 06 日

百色学院风华正茂

百年大计起潞城

色耀三省展乾坤

学范岑杰报家国

院生春意旺鹅门

风雅儒师遍八桂

华丽人生闪南岭

正道沧桑右江水

茂盛友谊五邑情

　　戊戌夏百色学院广东校友会聚于五邑之都江门，学院校长金长义莅临，校友相见甚欢，作为学院曾经的历史系副主任、副教授，我也十分高兴，打油记之。

2018 年 07 月 07 日，于江门

让鞋子排队

每一双鞋子代表一个灵魂

灵魂像无线电波管控着鞋子

鞋子为灵魂的主人守住地盘

一旦有敌人入侵

主人的眼睛用光把敌人消灭

鞋子虽然不会说话

但是它们知道上下尊卑

它们知道有一根看不见的眼线盯着自己

所以规矩地践行着主人的意志

主人说向前

它就向前

主人说让位

它就让位

我不知道有没有主人

把所有人都看成

替他排队的鞋子

2018 年 07 月 07 日

生命力是自找的

这个世界谁也帮不了你

生命力是自己找的

哪怕是石缝里也能长成大树

关键你是否有寻找生命之水的能力

悟空出于巨石乃神话

蛋岩长出巨树却是真的

浪平中学的花瓶树为我亲眼所见

屹立苍天

你必须首先扎根大地

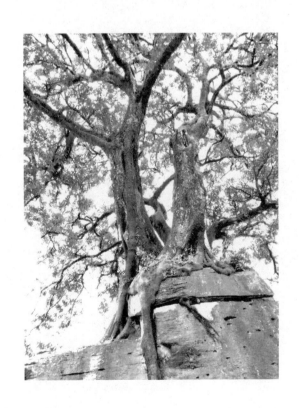

2018 年 07 月 08 日

用什么去填补孩子的灵魂

天天吃上大米饭
曾经是我童年的梦想
一个月吃上几回猪肉
是我二十岁前的奢望
看到孩子们提着猪肉的喜悦
我的心里似乎也浸了蜜糖
只有农村的孩子才理解这奖励的分量
无可厚非的做法喜了学生与家长
可是我又觉得这世界是不是太物质化
如果奖一本书或几本连环画
奖一些学生喜闻乐见的读物
哪怕是世界的童话中外的名著或者
艺术类的作品
让孩子眼界更开阔些视野更广泛些
到书中去寻觅得到猪肉的方法
到知识海洋去寻觅黄金屋与颜如玉
会不会更有意义

其实社会越来越走向直接的功利
我这老朽也是杞人忧天
小学生的成绩也成了灶门口的黄鳝
熟一截
吃一截

2018 年 07 月 09 日

吃 面

爱吃面的人

爱的是家乡的味道

那年那月那天那热气蒸腾的亲情

一碗面浓缩了故乡的所有情节

面料更是故乡的灵魂

吃一口

芳香的是整个村子的味道

以及父老乡亲的热情与叮嘱

还有故乡酸甜苦辣的全部历史与现实

2018 年 07 月 09 日

赞布镜湖荷莲世界

赞诗随云飘入天

布施圣水仙女现

镜中倒映碧空净

湖荡青山戏鸭肩

荷花一片星月坠

莲叶翠波藏鱼面

世上瑶池沐玉珠

界疆染绿难寻边

2018 年 07 月 09 日

题付娜筝演奏《美人吟》

享不尽的荷花扑面

摇不完的柔柳春燕

弹不尽的古琴筝弦

四大美女已成昨天

红楼香消貂蝉尘眠

当今艳星多匿凡间

几宵幽梦声已堪怜

唯有肖像缥缈眼前

荷残终成泥

岁月老容颜

筝曲毕竟似水东流去

远逝入大海

余音下雨天

2018 年 07 月 10 日

迷蒙的维多利亚湾上空

这迷蒙的夜空

我不知道它是诗还是散文

百年历史的过往

让这块地盘变得迷蒙深幻

高楼闪烁着文明的灯光

夜空摸捉不定

明天是太阳还是雨

很难预测

一个过往的客人

当然希望阳光明媚

可是天气不会因人的期望而改变

该下雨还是下雪

该出太阳还是出太阳

任何人不要自以为是

能够左右天气

想起黄瓜与豆豆嘎

一口脆香甜的山黄瓜

把故乡毛拜陀寂寞的日子打发

一鼎罐五六月的柔软豆嘎

把饥饿的岁月过得诗美如画

故乡的风物一旦进入眼帘

每一样都是柔软的诗

每一种都是精美的画

每一个东西都有灵魂

每一件都会连着你内心的深处

引出青少年的一连串故事

还有生活中的欢乐与伤疤

2018 年 07 月 10 日

2018 年 07 月 11 日

水泥森林里的蚂蚁

我像水泥森林里的一只蚂蚁

仰望天空

光块切成薄白的纸皮

我害怕它们掉下来

砸碎我小小的身躯

水泥建筑披着满身的玻璃外衣

夏天也显得冰冷

与蚂蚁我远隔千里

如果想呼吸多一点空气

我必须快点逃离

2018 年 07 月 11 日

紫荆花随想

人类最终走向文明

是多种因素的作用

紫荆花开

需要阳光晨露和风细雨

每一种元素都需要

春风不来花苞不开

暖流不至风从何来

每一股力量都有文化支撑

角力的结局就催生了紫荆花开

2018 年 07 月 11 日

维多利亚港湾

海风摇动着波涛
城楼在海湾的怀抱里撒娇
这湾碧水一尘不染
庆幸它的管理者充满文明
珍惜他的地盘的人
地盘反过来孝敬他
万物都应该彼此珍惜
强人一头
压制别人
终究会吃亏

———————

2018 年 07 月 11 日

铜锣湾

是什么聚集了它的气场
气是镀不了铜的
是公平交易或者是物有所值
人们用脚表达观点
交易规则的后面有文明缔造者的付出
人气旺盛的后面
是骨头里浸出的文明

———————

2018 年 07 月 11 日

六月的瑞士

写什么唐诗宋词

夸什么马良神技

皆因这些笔者未到过六月的瑞士

我害怕哪一天我到了这个地方

即兴写下糟糕的打油或者自由诗

污染了这个美丽的地方

让我愧疚一辈子

趁我还来不及去

赶快借图写下提醒自己的文字

有一些天然的美景

上帝不会让你留下污染的文字

2018 年 07 月 12 日

艺术品随想

八亿农民一天

扛不起一颗新葡京的白菜玉

百个工薪阶层的百年收入

顶不上一条长毛象牙雕

人类活着就担心比较

如果你命比纸薄又要心比天高

如来也笑你四六不着调

看看总是可以的

想想总是可以的

一旦迈开追求的步伐

离死也就不远了

多少人血溅宝物

多少人死于权杖

历史的翻书声

多少次从灯下划过

2018 年 07 月 12 日

堂表弟，站在我家屋前

今天，堂表弟站在我家屋前
他是带一个乡友
满足他对《神巫毛拜陀》的好奇
这里永远成不了高密
但仍然免不了让我堂表弟好奇
当年我们一起上小学
他虽然低好几个年级
屋子的阶梯已垮塌
再也不见我从这里背柴挑水进出
此刻我正在澳门新葡京的门口
一如堂表弟
端详着金色的大门口

故乡已长满草木

再没有当年的光秃
故乡已经长满草木
童年的欢乐与忧伤都埋在里面
不时还窜出老鼠与刁灵子
我的心也在随着岁月的流逝而荒芜
老屋的台阶已塌陷
修复的心情也在干枯
俱往矣
过去的交给过去
将来的随着命运走
人总不可能回头看
生命的河还得淌流
回望起步的地方
看一看眼下的珠江口
一个生命的周期长短已经不重要
重要的是你倒下之前
能有尊严地站着走

2018 年 07 月 12 日　　　　　　2018 年 07 月 12 日

文明是妥协的结果

不一定要战一个你死我活

文明是妥协的结果

文化的交融产生新的美

每一个建筑物都彰显着思考的棱角

优势互补长处共坐

文明的追求也无非是祥和

百年澳门启示多多

云霞抚慰黛山碧水

中西合璧建筑浑然成我

一方水土能安一方百姓

该念弥陀就念弥陀

2018 年 07 月 12 日

我沿着澳门的海堤走

夕阳西下海风爽头

我沿着澳门的海堤悠闲地走

万念俱放下

万步机在数

无雨无雪又无霜的傍晚

鸟在啁啾云在悠游

闲云野鹤怎能不是人世美诗第一首

汗在凉风中吹干

心随海的微浪荡起欢乐的节奏

前面的风景

定是唐诗的杨柳岸

要不然肯定是晓风残月古人醉酒处

2018 年 07 月 12 日

傍晚的澳门

夕阳随着葡萄牙沉进世界的热烈视线外
远方的云在写一首朗诵起来会低沉的朦胧诗
但是文明的使者留下一个洁净的片区
上面生活着祥和的人群
这个夜空曾经飘荡过上帝的福音
空气里一定弥漫着文明的气息
灯光闪烁着生活的五颜六色
给习惯了单一的人们带来一种鲜活的体验
蔚蓝色的祥光
抚摸着这个海洋包围的世界
文天祥当年的正气所求
难道不就是祥和的文明

2018 年 07 月 12 日

崛起的横琴

文明距离我们并不遥远
只要我们找到通向她的理念
一个荒芜的岛
只要植入开放的理想
现实就会还原你一个仙境
通往地狱的路往往由魔鬼主导
通往幸福彼岸的路往往由明亮的航标灯指引
文明的灯塔往往照亮大众喜欢的现实
人气旺盛往往是大众用脚投票
梦想照进现实如果看不见光明的彼岸
理想的太阳迟早会来撕开夜的黑幕
横琴正以她优美的姿态
将道路选择的欢呼声用一个景区展出

2018 年 07 月 13 日

横琴会师弟高进

花甲之年登横琴
临近子夜会高进
驱车烤蚝蒸海鳝
宵夜一诉离别情

师出王城忆独秀
会面五邑话江门
手足之情亦如此
万语千言想汪伦

　　戊戌盛夏从港澳登横琴返深，小住长隆企
鹅酒店，师弟高进知道后连夜赶来请吾宵夜，
深为感动，打油记之。

守望稻田

一对头发花白的农民夫妇
在寂静的稻田里守望农耕时代的生活
年轻人已经远走他乡
去寻找他们的远方与诗
古老的谷桶呻吟着
它在为老人哭泣
夫妻凝重的眼光盯在田野与稻谷上
几千年的农耕文明
尚在打谷桶里呜咽
如果那天他们倒下
谁来继续守望

2018 年 07 月 13 日

2018 年 07 月 14 日

修行从扫地开始

习文从识字开始

修行从扫地开始

治国从关心他的子民食宿教育医保

开始

基础不牢地动山摇

自信地拿着扫帚

从身边的地扫起

扫到成为方丈也不是没有可能

2018 年 07 月 14 日

法冠非洲裔球员随想

文化交融与人种交融产生的巨大能量

足可以让世界震惊

当年一支西夏王族逃命川西嘉绒藏区

男的与女嘉绒通婚

诞生了东女国的绝世美女

几乎迷到西天取经的御弟唐僧

蒙古骑士南下川西雅江藏区

与西俄洛藏人通婚

诞下能迷倒西欧贵妇的康巴汉子

法国文化相助了非洲国家的进步

几百年的付出换来了非洲裔黑人球

员的感恩回馈

文明是妥协与融合的产物

任何的故步自封和排他注定走向衰落

戊戌夏晚我看了世界杯唯一的一场

冠亚决赛

写下这首自以为是诗的诗

2018 年 07 月 16 日

想起藏地的美好

藏歌让我想起几次藏地之行

肥美的牛羊

调皮的马驹

鲜花盛开的草地

倒映着雪山的蜿蜒河流

尼玛堆扯起的经幡

一步一叩首的康巴朝拜

丹巴美人谷的绝色美妇与少女

甲居藏寨仙境般的民居

西俄洛彪悍的汉子

以及魂牵梦绕的一个个故事

2018 年 07 月 16 日

藏坡随想

风在吹

花在开

藏地的山坡

风吼似在读经

花开似在朝拜

一地的金黄似披着袈裟的僧侣跪朝神山

风声似乎是喃经的共鸣

摄影的人不见影子

她把虔诚给了虚空

宗教的无形大网

网住了你我他缥缈的灵魂

2018 年 07 月 18 日

老两口的悄悄话

两颗苍老的头还能凑在一起笑

不知要熬过多少艰难的岁月

两双布满皱纹的手还能愉快地一起搓苞谷籽

这要修下多大的福分

老墙外面的花朵绽放出青春的艳丽

这得多年轻的心态方能浇出

一个能使二老同时发出会心一笑的悄悄话

这得从五味杂陈的生活中提炼多少回

老屋老人老门老话

陪伴着年轻的心态艳丽的院花和夕阳的暖意

一抹微笑

温暖了多少年轻人的羡慕

2018 年 07 月 20 日

自家眼里的花

心中有花

世界便充满温馨

自家园地里种花是花种瓜是瓜

你播下的是龙种

你就不会收获跳蚤

你眼里只有脓包

你满目尽是肮脏

你的心决定你的心情

你的心态决定你的命运

多栽花少栽刺

外婆的话从我三岁就开始说

说了十七年

如今我看见家园里的灿烂

又好像见到了慈祥的外婆

2018 年 07 月 20 日

高山汉的结婚八仙调

巴山夜雨的嘀嗒

鄂西恩施的鸣鸦

湘西黔地的群鸟喧哗

欢乐中蕴含忧郁

愉悦中掺杂泪花

几多的快乐几多的不舍

复颂的旋律几上几下

伴奏乐与伴奏舞各自演绎着过往的悲欢离合

大西南的汉韵在音符里飘洒

一种移民的情结在乐河里打转

迁涉的艰辛在简谱里抒发

几多欢乐几多忧愁糅成一体

不屈不挠的精神在旋转中升华

高山汉的结婚八仙调

分明是在叙说远行成家

观晓燕书法有感

一从西乡出女博

伶仃洋畔文脉火

香凝花卉鹏城开

今有晓墨染云朵

醮海为汁千秋字

燕剪春柳梦竹歌

貂尾扫天惊风雨

入刻汗青在自我

戊戌盛夏观宝安书法家李晓燕入展深圳市文联举办的诗联，甚为钦佩，其骨力有壮士风范，入载艺术史当为必然，打油记之。

百色芒果随想

如果云贵总督岑毓英活到今天

他一定很欣慰

抗法战争保下来的右江河谷

成为行销全国的芒果之乡

护驾西行的岑春煊上将做梦也没想过

故乡特产芒果已经是乡民致富的风物

西林张知县更应该高兴

当年那处置马神甫的辖地

已经成为硕果飘香的芒果区域

王阳明如果知道他怀柔下的壮族订域

到处盛开芒果花家家接到微信的订单

一定会为当年吹灭战火而欢呼雀跃

每一个香甜的芒果

都是先辈的期望

每一个芒果换来的幸福

都是当年老区红枪射出的子弹换来

抬过火枪的赤卫队的后代

收获着台农的清甜

洒过热血的红七军后裔

品尝着桂七的浓香

红色的土地因烈士的鲜血而肥沃

右江的碧水因灌溉芒果而欢鸣

人民播下致富理想与信念

大地回报予香甜世界的芒果

天道酬勤善大地报春辉

芒果是一种福报

种它的人有幸

吃它的人有福

2018 年 07 月 22 日

苦涩的童年

雨水调和汗水
多次喂入唇边
背带连同勒痕
让弟妹印满双肩
蚂蟥叮过辍学的大腿
薅草被苞谷叶割伤幼脸
两葫芦的水都难挑得起
半路打破双泪涟涟
打着赤脚冬天去雪地里用铁锚安山獭
赤裸裸的身子冒着生命危险去山塘潜水玩
饿了扯米汤果咀嚼解饥
累了把背箓放岩坎上歇息

没钱了雾天偷棕片刮伤裤裆的小鸟
摘金银花差点坠入杀牛坪的天坑间
苦涩的童年给我一身的胆
仗着它我独自一人走遍万水千山
苦涩的童年是一笔财富
任何困难呈现都面不改颜
毛拜陀的人吃苦是家常便饭
沧海一声笑
难事俱靠边
感恩生活
感恩童年

浪平的雾中仙境

年轻的时候背弓成一弯月亮

月角一头挂着苦难一头挂着艰辛

长大了为了远方和诗

背负行囊在他乡讨生活

浪平如仙境的雾山云雨

未来得及多看一眼

及至生活稍为平和安顿下来

才发现她竟然这般美丽

我们不知道错过了多少这样身边的美景

我们的人生都在往前赶

未知的远方和明天总是充满诱惑

没有人教我们要珍惜当下和眼前的美好

可是我们总是不信

如果乔达摩不是在菩提树下沉思

他一定会继续往前走

或许会停下脚步

或许不会停下来

那么世界上有可能没有佛教

走走停停

行行思思

或许会悟出宝贵的东西

故乡的美早已存在

为什么我们几十年没有看见它

一轮花甲的打拼

原来是去寻找看风景的心境

————————

2018 年 07 月 23 日

熟悉的工棚

遮雨挡风的布
就是我们的命里苍天
你带给我们安全感与温暖
手电筒是我们的星星与月亮
黑暗的生活因为你而闪光
还有那石垒的灶是我们的后勤保障
冬夜的一锅热饭夏天的一壶开水
让我们的生命有了力量的源泉
那树桩搭起的柴床和山草的床褥
是我们最温柔温馨的归宿地
它安放着我们粗糙的灵魂
乞求风不要太大雨不要太猛
泥石流离我们远一些
我们是来做善事的民工
建电站修公路造田造地筑水库挖沟渠
我们的伙食补助每天两毛五分
我们把剩余价值给了国家
我们把青春和汗水献给了中华民族

我们不懂也不想不愿去跟谁去讲代价
我们以辣椒汤为菜豆腐乳为奢侈品
我们的衣服染上汗水的盐霜
我们的手与腰被推板勒出深痕
我们是世界上最低廉的民工
我们用双手绣出美丽河山
可我们到老
仅剩下一双双布满老茧的空手

2018 年 07 月 24 日

煮　茶

尘世喧嚣火气大

牢骚删文燥热加

不如回家烹铁罐

就着炉子煮老茶

三杯下肚无鸟事

汤刮怨怒泄年华

禅水打造桃源地

暂躲秦兵钓鱼虾

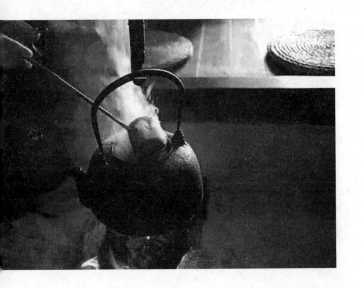

2018 年 07 月 24 日

煮熟的糯苞谷

桂西高山汉居住的洞子

产一种香甜无比的糯苞谷

煮熟的糯苞谷是一道人间美味

那汤水胜过燕窝的味道

那香甜的苞谷棒秒杀一切玉米

童年它是我的人生最爱

从小弯坳刚刚播种就数指头盼着它成熟

我不要诗与远方

只求天天能吃煮熟的糯苞谷

父母把爱都浓缩在里面

赶走抢食的乌鸦与老鼠与刁灵子

等苞谷成熟

鼎罐里的糯苞谷虽然有禽兽咬过的残缺

但我们还庆幸拿了大头

出鼎罐后的糯苞谷成了家里的喜庆

那年月无异宰杀了几头香喷喷的小猪

2018 年 07 月 24 日

搬砖的女人

你搬的不是砖

你搬起的是你的自尊自爱

生活的负重再沉

也沉不过没有了自尊的体面

你搬起的是一座励志的丰碑

上面写着八个字

拥有自尊拥有自由

康巴汉子的歌声

蒙藏交合的雄性

散发出浓烈的荷尔蒙

是西欧贵妇人喜闻的味道

多少风花雪月的故事因康巴汉子的称号而展开

一声声藏味的宛转

一声声磁性的欢呼

醉了春天醉了夏的草地

醉了云霞与杉树

这磁性的声音在川藏多么富有张力

雌鸟雌兽都会停止飞翔与奔跑

聆听这滚动在草地上的浑厚之声

一歌入梦

巫山云雨

环卫工随想

垃圾堆里有许多高贵者丢弃的正义与道德

你们把它们捡起来

市面上有很多被市民丢弃的公共良知

你们把它们捡拾起来

阴沟里被不良青少年狂欢的遗物堵塞

你们把它们一一清理

你们为这个社会收拾残局

而且往往在路边吃着廉价的酒店残食

2018 年 07 月 25 日

海市蜃楼里想起旺嘎公

海市蜃楼里想起邻村旺嘎公

我们五个小学同学

思繁再彬再明加旺嘎公

他辈分最高力气最大自以为是

号称拳打江洞小学脚踢甘洞子学生

一切毫不在话下

我们四个把他在庙边苞谷地里按住

按出了空气与泄物

动弹不得

仍然不认输

耍赖翻身用泥块砸我们

名声大臭

他当不成海市蜃楼里的国王

三十岁未婚

郁闷而死

2018 年 07 月 27 日

夕阳西下明月初升

一个把美好的年华留在中天

向晚仍然一身绚丽地投入大地

一个挽着城市的夜灯走向辉煌

照亮寂静的长暗

无论日降月升抑或是旭圆月残

不废江河行地

只要你发光

四处都是你的爱

鱼恋花

跨界之恋

绽出一湖光华

对美好的无限向往

打破世俗的观念与束缚

一跃

成就惊世之美

2018 年 07 月 27 日

2018 年 07 月 27 日

题深圳合成号糕点

百姓喜欢鱼村饼

年节慰己送朋亲

传递爱心付实在

承载关怀玉壶冰

深情厚谊食为先

圳疏田地宜粮人

味香伶仃馨熟料

道是粤客民点成

乐业天坑

曾经吞下许多故事

还会产生大量故事

如果你想成为故事的主人公

你快点与她

谈一场恋爱

2018 年 07 月 28 日

2018 年 07 月 28 日

找一处田园安放悠闲

找不到伊甸园就找田园东方

去安放悠闲的灵魂

那份宁静充满禅意

三千丛林不敌一处茅舍

牧歌已走进潺潺溪声

园子关住过往的唐宋

农作物呈现出清修的场景

让新的唐诗宋词从蝉鸣开始

农舍的白鹅又在呼唤右军

2018 年 07 月 28 日

题田园东方现代桃源

田野种诗香无锡

园生唐宋悯农居

东风着意复盛古

方便市民猎乡趣

现实再呈陶潜意

代有高人围竹篱

桃满美誉阳山知

源头活水魏晋奇

　　戊戌夏与友人考察无锡田园东方，不想人满客暴，居然定不到留宿酒店，参观三小时后惜惜告别，打油记之。亲朋好友若有想来此地旅游者，切记提前订房。

2018 年 07 月 28 日

鲁家村，前世今生的诗与远方

放浪形骸

寻找前世今生的诗与远方

山高水远诗意鲁庄

让我回到唐宋时光

禅意栖居放逐苍凉

择一处唐诗宋词

鸡鸣茅店东篱赡荷

让心随夏柳意猿碧浪

翘起笑着的嘴角

把桃源般的景色打量

梦中南浔今始见

做了一轮甲子的春梦

如今终于现身

历史带我入定

风花雪月依旧

荷塘月色一如明清

古镇旧居散发着唐宋的味道

往来的游客

金属味更浓

碑林述说着古镇的过往

三六九等依旧

诗与远方靠能量支撑

否则难睹海棠依旧

生活是一池荷花

你没有水滋养

谈什么将相王侯

梦归现实

残阳如血醒脑

无划桨力气

何言大海归舟

2018 年 07 月 29 日

2018 年 07 月 29 日

曾经繁华的大运河

多少帝王化成灰烬

不废江河依旧东流

纵使水波没有当年的气势

静流无声仍然有着东流的潇洒

皇冠上的明珠始终照不到子孙的堂前

又何必把百姓的膏油拿去给别人点灯

杨广把一个暴君的名字写入史册

为何后人仍然执迷于他的追求

权力的春药吃多了会发情

届时任何人都止不住

看一眼大运河吧

它埋葬的皇朝很多很多

2018年07月29日

南浔，每一个镜头都是一首诗

忘却了奶粉的伤

暂丢那疫苗的痛

效陶潜情迷菊花

学东坡西湖潇洒

夜游南浔

每个镜头都是诗

琴声响秦淮

画舫入梦舟

人约黄昏后

波影倒廊绣

灯闪活莲鸥

停步倚杉栏

掬镜写余究

向晚南浔溪往来俱游舟

2018年07月29日

浪平黄瓜

把一腔的渴望灌进里头
包含了山民对幸福的注释
脆生生的清甜
为寂静的洞子增添生命延续的力量
男女老少皆喜欢的宝贝
反衬孤独乡村多么的不易

————————

2018 年 07 月 30 日

题南浔

南冠六镇千年樟
浔摇杉舟恋船娘
古往今来游人织
镇雄苏浙泸客想
万方来洽丝绸事
国泰民安夜辉煌
衣着得体夸丽布
冠盖湖州华夏裳

————————

2018 年 07 月 29 日

崇仁古镇百鹿台门

崇文尚教出寅君

仁爱及乡有卫平

古屋雕梁颂杰匠

镇冠苏浙羡泸民

百年老房处处是

鹿在高木看旧今

台阶进出多绅士

门口往来无白丁

    戊戌夏与友人考察浙江绍兴市下辖嵊州市崇仁古镇，进到百鹿台门，知道这是国家级保护单位，深为古屋的雕梁画栋而感动，赞叹其工艺的精湛，打油记之。

嵊州木雕

把严谨与细心刻进每一个图案

把创作与临摹融为一体

用木头表现丰富的内心情感

将文化思考用画面呈现出生命

每一个动物与人物都寄托了屋主的价值观

吉祥如意用无言的画面讲述出来

一方文化反映了一方水土

毫无生命的木头因为匠人的精心而复活

进了古屋仿佛进入唐宗明清

见了人物与动物的造型宛如见到文化的灵魂

我与古人对话

动物与人物全活了过来

崇仁古镇百鹿门台

用木雕演绎了一段唐诗之路

2018 年 07 月 30 日，于嵊州

2018 年 07 月 30 日

抱团取暖

茅草与瓦

害怕乡村的贫困与孤独

它们知道这里不是非洲

没有那么多的关注

只有挤在一起

抱团取暖唇齿相依

才能熬过严寒之冬

墙与墙互相依偎

树与树互相点头

屋上坎下彼此有个照应

是哪一个村已经不重要

你也别打听它的名字

为了不拖后腿

它们缩蜷在大地上的一个不被注意的角落

把檐水当泪吞下

把排泄物养好猪

交几个买肉的税钱

去支援非洲

浙江东阳花园村随想

这是一个我无法想象的村子

现代化的程度珠三角也难觅其伴

一个带头人太重要

他可以改写一个国家一个地区一个村的历史

这不是一个村

这是一个利用合力建造的极乐世界

多少居民不如这里的农民

谁有能力就应该让他过上好日子

这是一种正能量的梦

带头的

你别乱走

走错一步

跟着你的毁掉一生

走进花园村

我再也不相信极乐世界

只要你努力

现世也有极乐园地

路在自己脚下

更在带头人脚下

施家岙的乡村别墅

一种回归乡绅生活的尝试

悄然在女越剧之乡进行

它要冲破某些人设置的枷锁

回归过往曾经繁华的乡村

经历了太多的运动与波折

农村有些有气无力

时代呼唤一种能冲破无绳之绳的束缚

需要智慧与能量

我不知道美丽的蝴蝶能否在这里破茧而出

一起祈祷

一步成功

天高地厚

2018 年 07 月 31 日

负重的马

嘴巴套上了嚼口与笼头

哪怕给你再重的负担与压力

你也不敢和不能吭声

只有战战兢兢小心翼翼

走完一程又一程的负重之路

2018 年 07 月 31 日

横店影视城随想

在这个娱乐至上的年代

水泥与砖就可以让你走回明清与先秦

仿古建筑犹如塑料蛇

粗看吓一跳细看付一笑

只要你的感观需要这个世界什么都能造

好莱坞可以把几个世纪浓缩在一个山坡上

当这个世界喜欢用人工制造的景点来愉悦自己

假货就会充斥社会的每一个角落

人类怕的不是别人

整垮自己的往往是自己

我在明清宫苑踩一脚踏车转了一圈

仿佛吞下七八只苍蝇

———————

2018 年 07 月 31 日

第十二章

2018 年 8 月之诗

老年人向朝阳走去

村口的老树沐浴着朝阳

三个老人朝着旭日走去

心里装着绿色的夏天

心态似初升的太阳

朝霞与老树合写了一首晨诗

树冠在朝辉里是一首绝美的唐诗宋词

只要心中有太阳

走到哪里都有阳光

2018 年 08 月 01 日

题匾

多少人事付云烟

尸骨如尘进地眼

唯有文化可传世

匾书入史可千年

　　戊戌夏与友人观泉州闽
台缘博物馆阅匾文偶得。

2018 年 08 月 01 日

梅王寨的晨云

云是挂在天空的一幅幅画

作者是气流与水分

高兴了画一幅怡情的山水

让天下人仰望阅读

生气了画一幅乌云滚翻的图

给人们拉上乌黑的窗纱

天空无私地充当背景

默默地奉献悄无声息地收拾残局

只希望主事的气流与水汽别太任性

别把湛蓝的天空染得太脏

天空是人们的

你们不要为所欲为地乱画

修炼好画艺再动手吧

人们需要多彩的好看的天空

2018 年 08 月 01 日

闽台缘博物馆随想

用文物承载历史

历史如在眼前

一切的过往虽随岁月流逝

但文物好像焚化后人的舍利

人不一定个个像乔达摩悉达多

在法门寺留下遗骨

但文物中哪怕一张发黄的照片或纸张

都会记录你的言行

在这里我看到了我的老乡唐景崧

他在台湾的言行由历史记录下来

一个载入史册的人

一定有辉煌的过往

我几乎没见过帮蚂蚁写的传记

你的历史记载有片言只语

文明的创造中

有过你滴汗的记录

2018 年 08 月 02 日

清源山随想

老子其实很谦虚

他和蔼地与请教的孔子传道

那宋代的石雕像慈眉善目

一点也不自以为是

泉州，一个尊崇历史的城市

做每一件事似乎都比较稳重

不急不躁

用自己的内在力量

塑造自己的品牌

清源山的稳重

似乎解释了海上丝绸之路始发站的从容

尊重一棵榕树

如同尊重一个德高望重的老人

尊重老子的人

老子也尊重他

茅屋泪

游子背乡远去

茅屋含悲雨泣

房漏夜滴声声

双老心绞别离

进城汗水换钱

有票方可娶妻

新屋新婚新生

茅哭遥遥无期

历史的纸片

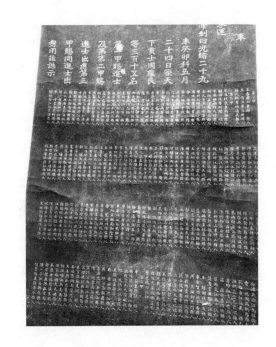

一纸文字并非空

万千血泪写苍穹

留得片言只语在

不朽一世流汗中

　　戊戌夏参观泉州闽台缘博

物馆偶得。

—————————

2018 年 08 月 02 日

题泉州

海上丝路始泉州

繁华至今引商道

人文荟萃耀千载

朝天城门威不休

—————————

2018 年 08 月 03 日

不敢老去

老年人的未来

是一个深黑的洞

你不知道掉进去后命运如何

不敢老去

尽管人人都必须老去

不去想明天的苍老

既然命运绕不过黑洞

索性

让命运随波逐流

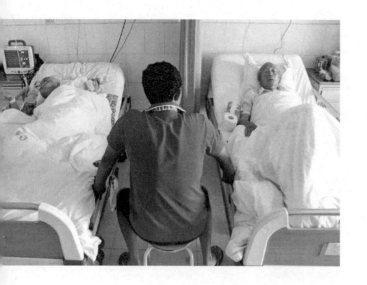

2018 年 08 月 03 日

高铁射向潮汕平原

高铁是一支箭

今天射向潮汕平原

一支胜利的响箭

凝聚了好人坏人的合力

这个国家

还需要合力

哪怕是腐败分子

也有为国尽忠的义务

今天的高铁射向哪里

哪里就呈现繁华

我们有理由

记住昨天以及为昨天做过贡献的人

2018 年 08 月 03 日

石 刻

勒石以传功名

古人已经热衷于此

刻石印书皆是记录人类的痕迹

荣辱与共的石刻与印书

终将会随星球的毁灭化为烟尘

看淡一切云轻风柔

文盲也会心悦如柳

虔 诚

只活在自己的世界里

一步一叩首

全然不顾别人说什么

心里直通佛陀

管他春花秋月冬雪夏雨荷

虔诚是坚毅的指路明灯

信仰撑起万里朝拜的每一脚

为见心中的菩萨

哪怕汗水流淌成河

2018 年 08 月 03 日

2018 年 08 月 04 日

衰落与新生

总要有些东西衰落

才会有东西新生

当衰落与新生共一个代际

还是体现了宇宙的能量守衡

不必为衰落唱挽歌

也不必对新生产生恐惧

该来的来

该去的去

谁都不是谁的救世主

要活得好

还得靠自己

扛野猪的农民

彪悍的脸被路草路树掩映

未死而脚已中铁锚的野猪无奈地被扛在肩上

在生态恢复正常的山村

这一幕往往是秋获喜归

肩上扛走了多少艰辛的岁月

没有人知道

上苍用野猪肉来慰问他

因为他从不做亏心事

他可以放心地邀请亲朋吃肉

再三地强调

放心吃吧

里面没有瘦肉精

骒子

这个时代

许多人成了骒子

累得要死

不繁殖后代

繁殖不了后代

或许曾经的欢乐场太杂乱

饮食里有了转基因

脑子里有了崩坍的想法

骒子走在路上

很累

罗忠《十月红》研讨会

罗汉入禅靠心定

忠心辨识凭赤诚

十分努力圆初梦

月明风清酬诗神

红枫秋开不为晚

研发灵魂付激情

讨得海伦高眼看

会让乒坛赞高人

戊戌夏于羊城参加罗忠诗集《十月红》研讨会，为其朴实接地气的诗感动，也为他在纷繁复杂的生活中能享受月明风清的禅定境界而敬仰，作为广州市乒乓球业余界大名鼎鼎的运动员，能写出如此细腻的诗，着实令人惊叹。故打油以记之。

六十五岁的女孩

最好的养生汤是爱
最爱的境界是包容
最包容的心是付出
最愿付出的是无私
最无私的付出是收获自由
赵雅芝的先生
你收获了自由了吗

童尽一牡丹生爽意

童颜白发有讲究
尽情愉悦娱心头
一旦看开红尘事
牡牝踏春纵欢游
丹青留名固幸运
生为涧兰亦风流
爽快人世手有技
意气豪迈百花羞

　　戊戌立秋日睹好友同事一牡丹画，心生爽
意，敬佩不已。他学画应该不满五年，取得如
此成绩，深为感动，打油记之。

知足常乐

欲望是天坑

永远填不满它

当了皇帝想成仙

知足是幸福

看什么都充满阳光

碗里有肉可以笑成一团

世间的烦恼多因欲望的沟壑幽深

人世的欢愉莫不是知足常乐

知足是今天过得比昨天好

明年的花树开得更艳长得更高

———————

2018 年 08 月 08 日

打捞梦想

在一个梦幻的世界里打捞梦想

梦想或许会变为现实

如果连做梦的心情都没有

你不会知道梦幻是多么的美妙

有了梦幻

有了打捞梦想的行动

你多少会收获一些

梦想中的枝枝叶叶

———————

2018 年 08 月 08 日

题唐昌

巴山蜀水孕唐昌
千三悠史崇宁长
不出夜郎夸国大
一入蜀镇愧识荒
人文荟萃底蕴深
街道堪比大县强
满目古筑怡游兴
天府随处即名坊

2018 年 08 月 09 日

崇宁紫薇

默默地站在墙根下
守护着昔日崇宁的繁华
一千三百年的悠久历史
如今只能有一个街道的权辖
比起楼兰与庞贝古城
你是幸运者
掩灭于尘埃的繁荣哪里还有守护的艳花
山环水转历史又轮回天涯
古城迎来新的生命
古巷又来了瞻仰的客娃
总是那么起起落落
总是那么燕飞别家
你用花开守护一种信念
大院兴衰诸侯更替
受伤的总是百姓
花开花落不用切嗟
春风发叶秋风摇花
谁也阻止不了大地起风
总不能冬霸天下
芸芸众生里你笑傲江湖
尽管卑微地处在墙角
也要笑面如花

2018 年 08 月 09 日

题乡村十八坊

土地入市第一桩

惊雷开春国松绑

一场时雨润枯地

万千花树茂华乡

巴蜀敢做天下先

战旗荡帆十八坊

千三历史重耀眼

横空出世美唐昌

　　戊戌立秋次日余为古镇写书而赶往成都郫都区唐昌街道战旗村考察"乡村十八坊"开街节，为战旗村的土地出让方式感到高兴，灵活的政策口子或许是中华民族得以复兴的重要契机，因为土地政策的禁锢与呆板极大束缚了民间的活力，战旗村敢吃螃蟹，为之一振，或许下一个特区，就从这里开始。如果推广开来，中国发展的动力十足。故打油记之。

愿望的负担，马的反思

祝福的话语太多

歌颂的话语太多

寄托的话语太多

驮不起太多的祝愿和希望

抵御不了恭维的诱惑

马也成了很平凡的马

草原上飞不起来

当不了马群的带头大哥

真的要好好反思了

2018 年 08 月 09 日

2018 年 08 月 10 日

回望川藏 · 西康人文景观

将美学付之大地的每一个角落
那场燃烧文化的大火
因为藏民的虔诚没有烧成灰烬
水缸的画还是完整的
山上也铭刻着民众的神灵
保持敬畏的民族
总有一种让人敬佩的东西
一种看不见的神
站在这个民族的肉体里面
野生动物也因而受惠

2018 年 08 月 11 日

回望川藏·折多河

从折多山上下来
匆匆地拐弯拐角向东而去
想把这山里的信息传递出峡谷
沿岸的地摊摆满了松茸菌
峡谷的陡壁上长满了美味的仙桃
那是仙人掌上结的仙果
谁说西康贫瘠
这里的溜溜城溜溜坡
充满了爱情的故事
清朝第一战将岳钟琪
续写了岳飞后人的传奇故事
满河的藏汉旋律
因地势的折多而跌宕起伏
历史的波光水影中
倒映着一个个情爱的故事

2018 年 08 月 11 日

壮乡女人

嫣然一笑

震撼了多少人的心灵

多彩的服装

点亮了八桂的山山水水

一个低调而又温柔的民族

像一块璞石中的温玉

含蓄而又天生丽质

民歌节又要到了

去看一眼吧

哪怕一眼

让你想到广西

还有比桂林山水更可人的

精灵

2018 年 08 月 12 日

观杨克诗书展有感

广种福田终有报

西出八桂戴冕袍

杨柳依依唐人意

克己成仁亮月招

诗冠华夏非溢美

书有才气卷风骚

传统兼容四海水

世上石榴香剑桥

　　杨克诗书展在深圳举行，感佩其终身努力
于诗书，苏东坡有云：腹有诗书气自华，当年
为这句诗感动，为女儿起名诗华，想来是对的。
杨克先生即是我做宝安作协主席时的领导，也
是我敬佩的广西老乡，特打油记之。

2018 年 08 月 12 日

赏琴品茶

天上西藏品茶听，人间乐器喜琴鸣
三杯老树回甘在，仙声已袅九霄云

　　戊戌初秋居家赏琴品茶，几入乐中
不拔，打油记之。

———————

2018 年 08 月 12 日

听《十送红军》

干涸的田野

来了潺潺春水

嫩嫩的柔柳

吹来和煦春风

寒冬腊月

烤了一炉青枫炭火

孤独而柔软的心

被强大的爱搂抱

我陶醉于这首歌几十年

永远是那么的动听

———————

2018 年 08 月 13 日

回望川藏 · 牦牛

藏人把身体献给秃鹫

牦牛把毛皮与身心献给藏人

秃鹫在天葬台上超度凡人

牦牛在草原上无私献身

温顺的牦牛似乎也有信仰

它们从不像狂犬一样伤人

灵魂有约束的人和动物走到哪里

哪里就报以好感

灵魂失去约束而没有敬畏之心的人或动物

走到哪里

哪里就会发出

不欢迎的声音

就算他（它）们再有钱再肥

也会遭遇鄙视的目光

欣赏的变异

不知道从什么时候起

人们的欣赏在变异

以丑为美以奇为美以猎异为美

富婆下乡第一次看见牛翔

也要拍照留念

那专注的眼神

无异发现一朵奇葩

2018 年 08 月 13 日

2018 年 08 月 15 日

梦里金山

梦里金山并非贪婪

那是一幅绝美的画卷

层次分明的田园山峦景色

气势恢宏的五颜六色

现实也可以打造出这种感觉

只要我们不愧对大好河山

污染散尽阳光回暖

朝雾晚霞色彩斑斓

秋天一到山岚层林尽染

运气一到果真露出梦里金山

一生一世好善乐施

命运会让你看见金山银山

因为现实里的美

总是期待着有梦想的人

远方和诗

有时候就是一幅图

好看的万里河山

烧苞谷

多少童年的美好

都浓缩在它的香味里面

每一颗烤熟的苞谷籽

都是我儿时的欢乐音符

啃完这些音符

我仿佛登上维也纳音乐大厅的领奖台

享受秋风送来苞谷叶合奏的

赞美掌声

老农赶场碰到画家忙

老农赶场转回家

碰到路上人作画

眼瞧佳景入纸中

像模像样乐哈哈

山河壮美藏偏地

交通不便留奇葩

一旦作品世上宣

罗城美名传天下

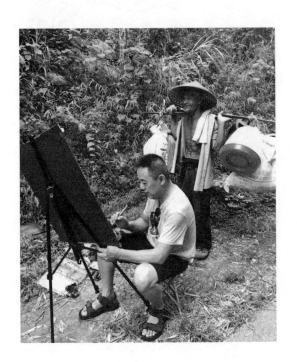

2018 年 08 月 17 日

老了，才注意到小区的花

年轻时只顾扬鞭策马

一味狂奔

欣赏美景也觉无暇

错过了多少春花秋月

错过了多少浪漫鲜花

老了才注意小区奇葩

原来也这么夺目堪夸

人生应该注重过程

但愿不错过每一朵鲜花

一路走一路欣赏

莫让青春付流水

珍惜路上每一个美好

日子要过在当下

2018 年 08 月 17 日

笑对人生的不幸

中国的脊梁是军人

四个人一条腿三双眼睛

残疾没有打倒他们

在照片里他们笑对人生

多少泪在无人的角落悄悄落下

多少苦背地里咽下肚里

失去的腿和眼睛筑成了新的万里长城

夷敌惧怕这血肉垒成的钢铁意志

尽管你们的报酬一年抵不上明星的一顿豪宴

但祖国真的不能没有你们

不要到了战争已打响才知道你们的可贵

看一眼照片

让他们进入每一个中国人的灵魂

2018 年 08 月 18 日

老农与牛

把无数个寒冷的冬天倾翻在地头

把无数个金黄的秋收岁月播种在春天

汗水换来农家的肉香稻糯

辛勤换来合家欢乐与幸福

牛与农夫晚归的剪影在拱桥上像一首唐诗宋词

可是你知道每一个字都是可以砸出窝的

血汗

2018 年 08 月 18 日

贺打铁成立五周年

贺喜初秋稻镰开

打出文艺大平台

铁棒成针非虚构

成就青年个个才

立马岭南震东西

五湖四海慕名来

周遭环境随之雅

年年岁岁五花采

　　戊戌初秋参加打铁文艺社成立五周年纪念活
动，并为打铁敲钟五下，这个文艺社相当于宝安
民间小文联，聚焦了众多文艺人才，是有志青年
的好去处，也为文艺人才舒展才华提供了舞台，
能与打铁结缘，亦是一大幸事。故打油记之。

2018 年 08 月 18 日

心态，永远三十

我的皮肤熬不过岁月的风霜

可我的心态仍然被我的坚毅护住

那是一颗三十岁的心跳

嘀嗒的频率与青年同步

花甲之年万里独驾

日行千里的记录吓倒壮夫

服装再嫩也嫩不过岁月的刻刀

刷绿漆的老黄瓜始终是老瓜

唯有心态年轻

谁也奈何不了你

除非你自己认输

老顽童不是贬义词

它的真实含义是在年龄上永不服输

生活与岁月可以夺去我的容颜

文艺之心让我青春永驻

诗与远方是我一生的梦想

艺术之路一直向我的灵魂招呼

文王八十尚撰《周易》

左君眼盲还忙着著书

不求闻达于天下

只希望生命有宽度

混迹于文艺青年里面

吸收一些上进的正能量

让灵魂永远有活水滋润

三十岁的心态

永远不枯

2018 年 08 月 19 日

写给梦想里的康养田园

康养度假入秋梦，
避居闹市煮茶中。
闲游山水放逸情，
偶有菌汤慰饿胸。

　　有感于梦里在某小镇田园综合体内康养，
吹箫拉琴之余闲登小山，逸步河桥，渴饮菌汤，
夕阅爱书，土豆烧牛肉亦悦不及此。虽为梦，
想践之非难，记之。他日诺，亦乃幸事。

2018 年 08 月 19 日

黑鸭子送来《天边》仙乐

脑子里有鲜花
现实中一定可以找到
胸中有文艺情怀
走到哪里都可以看见春天
思念里有青藏高原与内蒙古的草原
百度里就会找到黑鸭子送来的天边仙乐
草绿如毯
云过蓝天
大雁翻飞
牛马撒欢
阳光下风景如画
和风中树香如兰
黑鸭子的声音宛如一块洁净的白云
轻轻拭去我心上染下的尘埃
真想在草原上打滚
真想给黑鸭子们一千个吻
为绝世的仙乐
为好听的《天边》

2018 年 08 月 19 日

我的偶像

做自己想做的事

不管前路多艰难

朝着一个坚定的目标

管不住自己的体重

你还能干什么

没有太晚

心态永远年轻

没有谁能控制你的心态

只有你自己能

走吧

精彩在过程

前面

是诗与远方

又见浪平云海起

高寒山区的凄迷

孕育了浪平的神奇

一年中云海几度泛起

淹没了多少辛酸和苦难

唤起了多少路人的赞叹之语

看不见的痛苦都用云海覆盖起来吧

人生如山水起伏

何必总把伤疤撩给人看

露出诗意的云海

再贫瘠的地方

也有风景

题宁大作山上煮茶

宁引山泉当茅台

大山煮茶亦心开

作品写上原野赋

威名远播满湘载

戊戌初秋见微友宁大作煮茶视频而作。

观文集老弟报道有感

地下文物看陕西

法门地宫有传奇

美酋喜爱兵马俑

好友史弟出宝鸡

水墨相融意自显

聚焦名家有文集

松涛涧兰乐馨在

农园荔林禽欢啼

　　文集老弟是一个童子功厉害但又十分勤奋为人也豪爽大气的画家，相识近二十年，钦佩其才气过人、勤奋过人、视野开阔，印证一句话：艺术家越老越值钱。此文报道深合吾意，打油记之。

2018 年 08 月 20 日

2018 年 08 月 21 日

枯花换植

夫妻外出花失怙
无人侍奉根水无
骄傲国色老萎去
枯卉换植茶室舒

处世当勤吸养料
不思进取势必输
仰人鼻息终有止
何如自强艳己屋

　　戊戌夏户主夫妻外出，家里盆景失怙终其天年，感慨人生亦然。今日下午步行至荷兰花卉小镇购得几株兰花换植，心情大好，打油记之。

2018 年 08 月 21 日

题老诗人北海

心中有梦追诗歌
兜里无钱游全国
书吧明灯文魂远
田中泥水溅戈尔
人民路上树丰碑
大理云天留传说
一缕仙气飘然去
李杜坛中姓名琢

　　戊戌初秋怀念北海而作。

　　白族老诗人北海，是我敬重的诗人，虽未谋面，然其事迹令我感动。他曾经骑一辆破单车游历中国 20 多个省市后，在广州天桥上卖诗为生。2013 年返回大理后，一边种地，一边在人民路上卖诗。今年三月去世。

2018 年 08 月 21 日

写给古镇

一入古镇生幽梦，思接千载白云中
水墨河房起雅意，茶点温酒浑身松
箫笛声里柳摆尾，画船吱呀诗词颂
几个名菜佐叙谈，三五知己话唐宋

　　戊戌初秋阅江浙皖古镇大集合文章，深合
吾意，打油记之。

――――――――
2018 年 08 月 23 日

榕树到宝安，长出一道风景

你的种子在山旮旯
趁着春风的候鸟
把你衔来这里放下
积极地吸收着天上地下的养分
不靠父母搀扶
不靠族丛呵护
用心地窜出苗子
几十年风雨过去
你已独自长成一道风景
蜂蝶掠过
敬仰你的执着与谦虚
秋风扫过
期待你的种子再繁
行人路过
摄下你的风姿
你的根还在暗地使劲
一道风景
需要的养分很多很多
融入一种生态
还要一种圆润的协调能力

――――――――
2018 年 08 月 23 日

故乡的那一道彩虹

它是我思乡的一缕情丝

一头连着故土的山头

一头连着伶仃洋的海岸

它是一道高山汉族闪发出来的坚毅的锐气

像一道可击穿隐形飞机和航母的力量

这能量贯穿到每一个上进的浪平人中

它像父老乡亲送给外出女儿的粉色玉环

这隆重的寄托是外出打拼女人的光环

它更像一根粗壮的彩色丝线

把游子的爱紧紧地系住故土

让魂归故里时

不至于迷路

巴马的命河

一条像命字草书的河

在巴马的旷野中奔流

我仿佛看到年轻时的自己

不屈服于山的束缚

从岑王山化身为雨滴

流入山溪水

流入央村河布柳河

汇进右江郁江珠江

最后到达伶仃洋

我沿着命字河的曲折

一直朝着目标流淌

目的并不重要

命字河的过程充满新奇

生命的推进

拓展了眼界的视野

命运也随之更有意义

吾要修行三千年

吾诗文史一首添，还要修行三千年
乾隆四万背者少，娱己悦人两难全
莫求功名传后世，感怀抒垒慰凡间
古诗诵篇佚名多，只求明月照心田

回望天上的西藏

秃鹫把我的灵魂叼入高天

白云擦拭掉它附着的灰尘

雪峰用洁白的哈达给我献礼

草原用芬芳的花朵授我柔情

思想与情感进入哲学与宗教的境界

牦牛马羊均成为我的坐骑

百里桃花千里冰河万仞雪山

用洁净的世界点醒尘世的迷蒙与糊涂

雄鹰嗷叫着呼唤我的坚毅

一下子恍然大悟

尘世的争斗是何其渺小与无聊

看那秦城人满为患荣华富贵如云烟

不如掬一把雪入口听一曲天上西藏

让灵魂自由自在地飞翔

退潮与破船

在新的洋流没有剧烈冲刷前

退潮发着陈腐的黑臭

破船在夹缝中挣扎

涛声里呼唤着新生

明天

海潮会再来

带着新的太阳与希望

————————

2018 年 08 月 25 日

城市与大海的边角

树丛中有蟋蟀的叫声

它小得我的肉眼看不见

眼光从破旧的渔船上掠过

偶尔几个赤裸上身的男人出现

潮已经退去

船爬在烂泥上很难受

不远处的大厦很雄伟

西海被夕阳照得发光

暮归的裸身男人收获半盆小虾

脸上洋溢着幸福

————————

2018 年 08 月 25 日

题罗卉《二泉映月》

罗裳不解起风情　　一出二泉惊日月
卉开乐坛出八音　　流传韵律美鹏城

　　戊戌初秋聆听罗卉女士演奏二胡曲《二泉
映月》而作。

收割金秋

这里距瓦尔登湖很远
但有那个湖泊的宁静
金秋送来农人春天种下的希望
飞鸟偶尔前来偷食
割稻的人把明年的生计整齐地排放在稻茬上
脱粒者一颗一颗地安排着将来的日子
扛包的坐在尿素袋上
想着来春要不要再去广东打工
田野浑然不觉他们的忧虑
按四季的轮回
变换衣裳

2018 年 08 月 25 日

2018 年 08 月 26 日

灌阳禾花鱼

用禾花掉下来的清香
喂大农家对美好生活的理想
用都庞岭流下的山溪水
补充禾田活蹦乱跳鱼们的营养
禾花鱼在锦绣未央的原野灵动
农人的涎水被引出口
客人一到欲望一起想
一尾鱼滋生多少个梦想
它可以让人忘却荣华富贵
忘却世外的奇珍百味
回到童年的时光
赤脚下田禾菀抓鱼铁锅飘香
人间天堂的节点
亦有初秋禾花鱼尝
金稻翻彩浪禾花鱼闪
一首湘桂走廊的秋诗
因禾花鱼的标点
四处飘香

题王府秘拓

独月寒照亮如钩
秀城坚固三元守
峰高摩云观大明
下看漓水绿带悠
王临亭台察石刻
府台桂花馨碑柔
秘治佳作总翠华
拓出上品联国优

余大学四年身居桂林王城四年，衷情独秀峰下王府秘拓，当其亮相联合国总部之际，打油记之。

2018 年 08 月 27 日   2018 年 08 月 27 日

天台看雨

一场连绵的大雨

把心情裹挟得十分低迷

想起故乡山路的飞石过头

想起去县城的泥石流冲击

想起北京飞澳门迫降深圳的飞机

雨水带来万物养分的同时

也带来捉摸不定的危急

莫非是天在大哭

哭这个民族失去了许多优秀的东西

莫非是天已经发怒

要惩罚那些道德沦丧的风气

一场雨想洗净已发生的事件的阴影

一场雨在警告宝马司机不要欺负老实人

一场雨想冲刷疫苗带来的阴霾

世上的脏东西太多

的确需要一场重洗地板的雨

我站在阳台

心思化为雨滴

我的文字若能冲走一粒尘埃

我也愿意

2018 年 08 月 29 日

将毅力用铁臂延伸

失去双手的铁汉

将毅力用铁臂延伸

只要毅力还在

铁手可以代替灵魂

笔直的砖墙在铁手下增长

脚手架驮着坚毅的人格上升

你构建的岂止一栋楼房

你是在用生命谱写一曲坚强之音

2018 年 08 月 30 日

中国韵味的古镇

华夏民族把悠久的建筑文化

用古镇保留了下来

烟雨江南乌镇的垂柳

用马尾一样的枝条抚弄着国师的拂尘

北国正定的牌楼显露着帝王昔日的威严

巴渝的长寿街响起三国遛马的蹄声

安徽的宏村与歙县

用徽派建筑展示着昔日商贾的辉煌

华东的千灯与西塘

用水与火辐射上海与昆山的闪亮

最有中国味的二十三个古镇

我只走过十二个

川渝的长寿阆中

北方的正定

安徽的西递宏村歙县

上海昆山的甪直千灯锦溪同里西塘

都是我梦中的圣地

有朝一日我若能将这二十三个古镇走过八成

也不枉想念它们一生

生命里总要有一段美好时光

在古镇里烧茶品酒吹箫拉琴

写字吹葫芦丝

摆龙门阵猜码

邀三五好友打拖拉机

回味宋代的悠闲

追忆民国的小资

过一段政治味不浓的清淡生活

或许这就是我理想的选择

也许不合时宜

但心是上不了锁的东西

想一下

目前还是允许的

在校对这首诗时，最有中国味的二十三个古镇中，我已游历了阆中、甪直、同里、西塘等总计十六个。退休后总计游历了二十多个古镇。2020 年 9 月 2 日补记。

2018 年 08 月 30 日

浪平石具

从遥远的川鄂湘文化圈里

带来了这些石具的打造艺术

它们带着沉重的移民记忆

山高水远颠沛流离

但

遇见石头

便凿出生活必须的石具

高寒山区的水太贵重

只有石缸才能承载其重

山民太贫穷

只有石具才是便宜的器具

石具装载了太多高山汉的心酸

石具默默地写着高山汉的创业史

每一条纹路

都是高山汉用泪水与汗水冲刷而出

弹古筝的女孩

温柔的指下

流出春天

密麻的筝弦里

拨弄出夏涧清流

玉笋似的十指

撑开冬的冻土

让草原与花卉引来蜂飞蝶舞

旋律可以思接千载驰骋万里

从这里看到昭君出塞文姬归汉

秋韵飘过枫叶冬夜燃起茶炉

诗意的柔情从指缝间溜走

这里没有水

可你已自成碧潭

这里没有山

可你已舞出山花烂漫

你醉倒了茶客迷住了听众

用筝声俘获了满屋的人

2018 年 08 月 30 日

2018 年 08 月 30 日

老去

一九四七年祖母老去

一九五〇年祖父老去

二〇一五年父亲老去

二〇一七年母亲老去

佛祖说生老病死皆是苦

人生一世　草生一秋

原上之草枯荣有时

不必太过悲哀

苍老固然令人恐惧

但草木悲秋未免过于沉重

人生总要尘归尘土归土

一如山中草木枯荣随季

你脑子里总是装着那沧桑的面容

你的心里永远驻不进春天

让老成为一道秋风

把我们的叶子轻轻送入太空

多飘一些日子

让老成为一朵蒲公英

伞一样飞出诗意

降落的同时俯瞰我们走过的山河

让老成为南飞的鸿雁

去一个温暖的地方再次投生

让老成为巫山的白云

觅一处新生的峰峦

再兴云雨

让老成为一阵细微的风

刮起自己轻轻的尘土

吹向浩瀚的大海

波澜不惊

听琴箫合奏《赤壁怀古》

赤壁尚在

乱云飞渡

不见了当年的人喊马嘶

不见了当年燃烧的船火

刀光剑影成了野魂孤狐

琴声幽幽呜咽

箫语滚滚东流

唯有赤壁搬不走

它阅尽人间沧桑

它看透大江风流

还有云月如旧

人生如梦

一樽还酹江月

只有它们

痴情若初

连日大雨晴后听《云水禅心》

黑云压城雨打楼

岭南水泡万家忧

裹足三昼不出户

日暮淋停老茶候

暂忘周遭塘漫径

云水禅心舒抑愁

炭贱冬寒品不到

只将溪声洗老朽

　　戊戌秋中元刚过，连日暴雨，昨日又闻邕发生重大车祸，心情不爽，足不出户。今日下午天始晴，又届周末，听一曲《云水禅心》始觉压抑了几天的心情舒服了一些。余不及白居易心忧炭贱愿天寒的品格，但出身贫寒尚挂念乡人大雨的惨状，打油记之。

题宝安宜春墨韵交流

伶仃洋畔住画仙

半数相遇吾熟面

倾慕才华功根深

男才女貌多俊颜

宝安宜春夙有谊

伶仃天祥结夙愿

中秋墨韵明月馨

引以为傲盼君旋

戊戌秋得知宝安重量级画家将于九月在宜春举办画展，因为许多是我尊重的领导与朋友，故打油记之。

第十三章

2018 年 9 月之诗

扶王山上的行云流水

行云像一条河
从扶王山的肩膀上流过
脚步匆匆
钻进戊戌秋朝霞搭建的洞窝
更像一条腾飞的天龙
在天空追寻权力的角落
不顺眼的地方刮风
看不惯的跺脚
恣意地翻腾在天涯海角
哪怕有的地面四处水泡
哪怕有的地块龟田欲火
匆匆前赶四处奔波不让权力真空失落
恣意地在天空翻转腾挪
舞弄出一个全属于自己的世界
哪管你生
哪管你死
只要自己行云流水的快活

2018 年 09 月 01 日

别忘记那年的春风

别忘记那年的春风
给那些青葱岁月的男女带来幸福
再苦再累也心甘情愿
因为这春风吹来的是暖暖的抚慰
岁月老去青年男女老去
但那令人感动的日子定格在历史
感谢春风你给底层的人予希望
今天的深圳已经是举世瞩目
别忘了千万个青春男女是用血汗
在春风中为它奠基

2018 年 09 月 01 日

麦积山的核桃

有些核桃

如果你愿意被人玩弄

你就会提升价值

　　今天在大雨中的区图书馆开了一个讲座，我预测到场连我加主持人也许刚够十人，也可以开讲了。在深圳别指望人气爆棚，各人都有自己干不完的事情，在香菜 20 元一斤，菠菜 19 元一斤的当下，谁还关心你的诗与远方？事实证明我错了，我低估了亲朋好友与同仁们的热情，有友人从坪山与光明赶来，十分感谢。我一直不把自己当回事，我说连诗坛也不混，写诗纯属自娱自乐型，自恋型，充其量是一个核桃诗人，我在《万里独驾月百诗》这本上半年刚出的诗集中写有一首诗《麦积山的核桃》，三行 20 字。

　　其实我向来把自己当成文玩核桃，自己跟自己玩，很难说不被别人玩，我从多维空间看待文玩核桃。我开玩笑说，如果有一首诗留给后人，这首就够了。所以定位庸俗注定此生庸俗，索性庸俗到底，今天我又把自己侃了一把。

　　人数超过预期，当然高兴，我是知足常乐的人。要人家冒着大雨赶来听你吹牛，也太难为人。好在还有兄弟姐妹理解，没有坏到像我们大学上《春秋左氏传》的老师，签名后遛剩三五个。为了让与会的看到这张合照，核桃诗人王熙远又出来。

2018 年 09 月 02 日

沉重，物化的家人期盼

一个刚刚上幼儿园的孩子

背不动物化的家人期盼

沉重压在心上

背的提的都是大人的期盼

象征聪明的葱

象征平安的苹果

象征考试必过的烤果

象征伶俐可人的菱角

家长

你怎么不把福寿禄三个大字用黄金铸成

一个字放在背包里

两个字提在手上

这样你们的希望就变成了现实

梦里家山总是云

乡愁是血液中对远祖的回溯

这支血脉来源于遥远的川东湘鄂西

那类似土家族的穿戴及巴山蜀水武陵原的乡音

带着几百年的沧桑还保留着主旋律

战争或者饥馑或者互相残杀

一道一道的迷雾总是遮盖着族谱

千方百计挣扎着逃难来到这块脚盆底一样的盆地

几乎是惊喜地尖叫

啊哟，咋浪个平

好地方早已被本地人占据

一块盆地足以欢庆得高呼万岁

几百年的风霜雨雪

无数代的热血打拼

高山汉终于在这个云遮雾罩的高寒山区扎下根

缺水的艰辛少柴的烦恼缺吃的磨难

哪一样不是层层裹心的乌云

哪一种不是团团难散的迷雾

今天拨开一团

明日又来了一堆

高山汉用坚毅在穷山恶水中生存

相信阳光会来

相信春秋有情

苞谷饭豆豆米养育了浩然正气

耕读传家勤劳勇敢战胜了恶劣天气

多少人翻越廖家坳后成就事业

多少人寒窗苦读改变了自己的命运

云遮雾障成了锦绣河山

高寒山区成了人间仙境

无数人迷恋那诗意的景色

多少个镜头记录了浪平人的仙栖

移民文化在这里开花结果

浪平人用奋斗丰富了汉语的一个词汇

那就是困境下的

坚毅

偷闲

偷得浮生半日闲
古亭泡茶赛神仙
春江花月筝声响
万古忧愁消云间

　　戊戌秋睹微友隆安杨老师
美图而作。

2018 年 09 月 05 日

花甲自嘲

不慕大官非羡仙
自娱自乐山水闲
逸兴遄飞核桃诗
把玩文艺股掌间

　　戊戌秋阅读宝安报对自己 2018
年 9 月 2 日在宝安图书馆的讲座的
报道，打油自嘲以记。

2018 年 09 月 05 日

荷与筝女

荷与筝女立莲塘

花面不分水中央

任采一枝胸前闻

仿佛瑶池仙姑降

戊戌秋阅微友隆安杨老师美图即兴
打油。

挣小钱的手

被生活艰辛的锯子

锯走了一段快乐

被忧愁的污垢布满每一条纹理

小额的票子

怎么也装不满小小的塑料薄膜钱袋

生活的凄风苦雨

只会使这些手越来越黑

看见这样的手

我仿佛回到毛拜陀除粪的岁月

以及卖石头和金银花

给供销合作社与收购站的时候

你我都是那看手机的人

当你老去的时候
你不要责怪儿女子孙
因为你我说不定就是那个看手机的人
老人不如手机可爱
你也逃不过这一天
因为秋风扫落的残叶
它再也回不去春夏
只有化身为尘土
托着泥土的福
找到再生的路
再生的形象
那就是坟头长起来的草木
或者
是那绕坟飞翔的蜂蝶
以及地上爬行的蚂蚁

2018 年 09 月 07 日

农妇的笑

虽然许多幸福
从背篓的空隙中流走
但头上方的灯光还在
亲人的关爱与问候还在
心中的希望还在
岁月的艰辛夺不走笑容
只要笑容还在
明天会更好

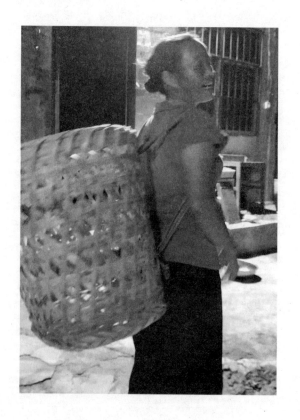

2018 年 09 月 07 日

背背篓的女人

一个华夏民族

在背篓里被你背大

一个家庭的酸甜苦辣

都由你双肩背着度过春夏秋冬

你把多少苦背出家倒掉

你把多少欢乐背进屋来储存过冬

你背的是不屈的命运

你背的是子孙的希望

背篓里装满了爱

背篓里装满了善

背篓里装满了家人的幸福

2018 年 09 月 08 日

雨 忧

雨像一把把锐利的尖刀

从天空一点不讲情面地刺向穷人

修公路的民工共同撑起一块塑料薄膜

想与这万箭穿心的尖刀抗衡

风装腔作势不时配合雨做袭击

扯开四角想让雨刮走

民工从汗里挤出来的

星点油水

2018 年 09 月 08 日

色达，我来过又走了

当你痛苦到不能再忍受的时候
去色达吧
做一次灵魂的减疼
当你生活万般如意的时候
去色达吧
做一次走进懈怠的危险排除
站在色达的山顶俯瞰众生
苦不是苦
甜不是甜
味道是你心中想的那一种
色达，我来过又走了

2018 年 09 月 08 日

题巧二娘鲜汤鱼粉

山珍海味贫难尝
一碗米粉度时光
人生何必排场大
饥时吃餐鱼霸王

2018 年 09 月 09 日

浪平的天空

人只有解决了温饱

才觉得四周六合是美好的

故乡的天空

忆中总是乌云密布电闪雷鸣

因为生活的贫困让我失去了美的鉴赏力

四十年离开故土

解决了温饱

回望故乡浪平

天空是美丽的

一切沐浴在阳光下

山青水秀

不见了当年的穷山恶水

换一种心情看世界

美丑不同

太阳不知夜的黑

因为它没经历过夜晚

天空仍然是那个天空

人已经不是那个人

2018年09月09日

闫金林老树茶生普

闫总鄂人决心雄

金盆洗手彩云中

林下弃衣从茗艺

老人话岁轻乾隆

树龄几百平常事

茶淳韵厚香味浓

生平得饮千年叶

普天之下皆寿翁

　　戊戌年吾友闫金林新制老树茶生普出山，赠余试饮，已经几年如是。品其佳茗深为赞叹，如此天珍之物惜产太少，余能饮之真乃大幸。打油记之。

2018年09月09日

写给南宁

你是我人生的第一个靠岸的码头

1978 年初

我从百色扛着一个装行李的炸药箱

坐船而来登上你的码头

你是我人生的第一个中转站

我登岸而来乘车而去桂林读书

你是我大学毕业后伴我沉思的第一个码头

1982 年 2 月

我坐在邕江桥古城墙边的阶梯上

写下一首绝句诗

此生我要在你的怀抱里住下

你是使我花甲之年真正住下实现夙愿的城市

在江南区一个舒适的楼盘

我践行了那首七绝的誓言

喜欢你四季如春

喜欢你佳果满城

喜欢你美食遍地

喜欢你东盟盛名

青秀山是世界上最好的山

中山路是世界上最好的路

江南区是世界上最好的江南

谁不说俺家乡好哟

哎哟

———————

2018 年 09 月 11 日

回望川藏的流云

高天上的流云

害怕大地被逐利的人弄脏

屈下身子

做好随时擦拭洒扫的准备

无尽的高原

害怕哪一天被上苍抛弃

赶紧逐着洁白的流云

去亲一个嘴

牛马放慢脚步

它们害怕哪一天草原消失

伴着秋风鸣嘶

呼唤人们不要再利欲熏心

过往的游客

此时驻足观看流云与原际的交汇

萌生出与己有关又无关的

感慨

弹竖琴的女人

把一脸的妩媚

化成绕指柔揉进曲里

把两汪深泉化成两颗夺人心魄的黑葡萄

把听客的魂勾走

两座黛色春山化作两片娇眉柳叶

伏在黑葡萄上空装饰流海

让一头黑瀑掠下玉颈

长发及腰届那嫁人的年龄

多想做那竖立婀娜身段边的琴

在两座春峦边聆听泉流入禅

多想做那银色的竖弦

在那黑瀑般的发际耳边与君厮磨

让你听听我咚咚的心跳

多想做那素稿一样的白衣

裹在你那凝脂般的身上

闻那秀色可餐的香味

一如你迷入自弹的乐曲

陶醉于高山流水

稻田里的广场舞

把丰收的喜悦

刻在稻田的乐谱上

赤脚踏着稻茬的五线豆芽

舞出欢庆的旋律

黄莲树下可以弹琵琶

山野中为什么不可以跳舞

回归到花山崖壁画的时代

舞蹈还可以用矿物颜料与兽脂

画在绝壁的亮丽处

让过往的江水与行船客

投来羡慕的眼光

一曲午饭后稻田里的广场舞

宣告一个时代的欢娱

从城市走进地头

灌江生态论坛会友

论坛趁热就邕城

十五东盟发新声

余无权财唱高调

借机与会见友亲

陆昱奔波为家乡

建军红杉结深情

借助平台送己书

一笑而过酱油吟

碓 声

碓声的祖宗可以追溯到很远

那巴山蜀水武陵山区黔湘鄂边

毛拜陀的碓声从恩施宣恩晓关天鹅池飘来

弄阳的碓声从武陵原边的酉阳飘来

把一切苦闷放入碓窝捣碎

把一切粗糙的生活放入碓窝加工成精品

把孤独和寂寞的生活捣成欢乐

让亲情友情的断裂在碓里重新黏合

已经用碓声送走了大清与民国

还将用碓声伴奏阳光照得到非洲而照不到桂西边村的日子

老头子一边用力地踩着碓尾

希望幸福早一点翘起来

一边用搞碓构去翻扰食物

叫它们听话安心做一粒顺粮

碓声惊起一群飞鸟

在荒芜的边村

原来还住着稀疏的村民

2018 年 09 月 14 日

写给微友宁大作

放弃深圳这个一线城市
带着一腔热情和坚毅
去湖南安化扶王山
开发旅游景点
流了多少斤汗不去细说
忍受了多少孤独与寂寞不去回顾
你用心丈量着这里的每一寸土地
什么都没有打倒你
你倒下时是扶王山最毒的蛇袭击了你
但你却用轻轻一吻来报告你的伤情
扶王山的美景开发出来了
那是宁大作用命换来的
你从死亡边缘撑过了阎王勾簿
但蛇造成的伤害却伤疼了关注你的我们
平民中的伟人
微友中的坚毅者
一个不屈服命运安排的人
我以你为荣
哪怕你是一个永远的山民

2018 年 09 月 13 日

秋天的落叶

几多繁华落尽
一如号称强大的明清走向衰落
人说天凉好个秋
的确，腐朽没落的离去值得庆祝
我担心的是盛夏的叶子褪尽
明春的叶子会不会更短更细更窄
撑不起华夏的浓荫

2018 年 09 月 15 日

享受孤独的树

静静地立在水边

冬去春来风雨变幻

悄悄地散枝抽芽

默默地开花结果

果实不艳丽

却是沉甸甸的

身虽不绚烂夺目

却有深沉之美

过往繁华不妒

既来冬天不惊

择一处龙湖

安享天年

2018 年 09 月 16 日

鱼食莲花

等待了多少个时辰

莲塘知道

守候了多少次良机

花儿知道

把不可能变成可能

机遇就在一瞬间

勇气是跃向理想的动力

平衡是到达目标的必备手段

时机的把握是胜利的前提

花儿正点

动力十足

平衡有方

奋力一跃

活出自己的精彩

演绎了生命中的灿烂

时光将这一刻的辉煌

定格在碧池蓝天

2018 年 09 月 17 日

山竹笼罩下携友游古镇

怀着一颗童心

冒雨前往闲散的圣地

以码头为纸

以左江为墨

以船台餐台为桌

写下一首友谊的诗

不羡慕竹林七贤

我们就是当代侠客

不羡慕李杜才高

我们也有自娱自乐的豪气

点一条左江黑骨鱼

磨一盘扬美豆腐

熬一锅野菜清汤

炒一碟本地土鸡

坐等将来未来的山竹台风

虽不是笑傲江湖

但足以笑傲人生

2018 年 09 月 17 日

题千年古树黄金叶

千年古叶泡金汤

万载幽情入闲肠

刮走今生岁月恨

只留逸兴散芬芳

2018 年 09 月 18 日

扬美古镇随想

狄青与侬智高的刀光剑影

似乎还隐藏在断垣残壁之间

同盟会与红七军头脑们的筹谋会议的灯光

似乎还在那明清的古屋闪亮

水运的繁华及市民的喧嚣

似乎在古碑里仍然可以听到

金马街与临江街似乎仍哒响着达官贵人的轿闪与马蹄声

左右邕三江汇流处的古镇

用千年的烽火台防范着边民的反叛

呜咽的江流回味着过往的繁华与残杀

泥泞的通往邕城的路似乎比非洲少了点什么说不出的味道

山竹来临的当天站在举人屋前写诗

好像雨打芭蕉

多少有些伤感

一个不是诗人的我

站在一个真正的诗人旁边

无论比什么

都觉得矮了半截

只有心中的感慨是公平的

它不需要别人评判

是好还是坏

凭着这点可怜的自信

我用傲然的眼光看着诗坛

写下这些对扬美的伤感文字

2018 年 09 月 18 日

回望普者黑

彝族语的普者黑

就是鱼虾丰美的池塘

那年那月那烧苞谷成熟的邱北

我与妻子同游这云南的小桂林

百峰耸翠万荷竞开亿水浩渺

我们沿着《爸爸去哪儿》的足迹

留恋这迷人的秋光

舟逐笑声人拨湖水

欢声笑语十里激荡

把储存千年的欢乐和愉悦

拿到这里的游船上来

一杆一板地划向碧波

一寸一寸地慢慢释放

压抑的苦闷随那流水而去

即刻的欢娱随桨而来

人世间的仙境也不过如此

何止十里荷花

何止万千鱼虾

整个世界都是奇葩

爸爸去哪儿了不重要

静听塘鲤跃波啄荷

细观万卉卧波

真乃人生一大快乐

俱往矣

风花雪月犹在昨天

故乡的云又从头顶飘过

借一朵骑乘而去

去文山去百色去普者黑

进那当年因水大而未进的世外桃源

再在普者黑逐荷扬波

乡愁

乡愁是故土山坡上的一缕云

我在割牛马草和猪菜

它在给我擦汗水

乡愁是山村背回的一梱柴

我在火塘烤干劳作打湿的衣

它在给我送温暖

乡愁是洞子家中的山塘水

我在水瓢里补充能量

它往我肚子里去解渴

乡愁是木屋里的火铺

我躺在木头枕上养伤

它给我送来御寒的火苗

乡愁是外婆背上嗡嗡嗡的讲话回声

外婆在呼猪唤狗

病中的我在背上倾听语言与背肌的共振

乡愁是妈妈围腰兜里的黄瓜

装满了晚归时我幼时的渴望

乡愁是爸爸偶尔回家时的糖果

装满了我小时候几个月对甜蜜的期盼

乡愁是小满姨背上的背带

驮满我幼儿时期全身的幸福

乡愁是大舅赶马回家时买回的鞭炮

每一枚都是我春节与正月的欢欣

乡愁是七八月的烧苞谷与核桃瓣

它们是我童年味蕾的好朋友

乡愁是红白喜事山村的唢呐

它们是我音乐启蒙的鸿雁之声

乡愁是八月十五的故乡月亮

挂在白岩脚的上空

任我爬上屋角的核桃树上去采摘

乡愁是一首永远没有句号的诗

让凡尘离家的人不断去续写

2018年09月19日

题潘常欢《惠风荷畅》画作

惠眼就池秋水中

风抚碧波凉意浓

荷开中秋月正盈

畅抒怀念一枝红

诗情总因乡愁起

意念挂亲地霜拢

朦里百卉藏柔心

胧中辩蕊梦瑶琼

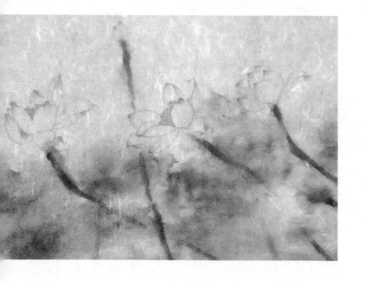

奇云随想

看见你变了形

我仿佛在阅读《资治通鉴》

你的温柔不见了

柔顺的毛变成《史记》的雕板文字

你是去找那个投了汨罗江的屈原吗

他早已享受臣民端午的粽子

你是要与填海的精卫决斗吗

精卫已化为一种坚韧的精神

我不知道你怕什么

做出内心恐惧外表凶狠的样子

2018 年 09 月 19 日　　　　2018 年 09 月 19 日

独游左江斜塔

石头岛鳌头峰上

从明朝启元到现在

斜而不倒名扬天下

江心风力纵使山竹台风刮过

仍然莫奈尔何

八角面体塔身

顶着八面来风

五层塔身

护卫着通向光明的螺旋形阶梯

塔顶的窗仍然期盼着来自外面的自

由之光

尽管整个景区寂无人声

但左江仍然叙述着你繁华的过往

耐得住孤独

举止超出世俗的规范

你耸立江天的英姿

在灵魂的深处召唤着我

我不需要当作文物保护

我的皮囊始终要归依尘土

但特立独行的精神

我从你身上找到了感觉

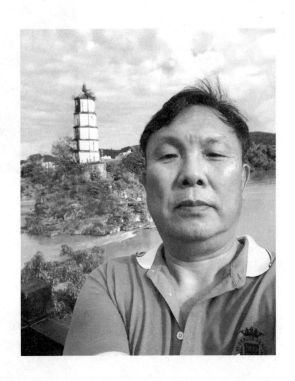

题龙州人间仙境

秋江金带绕画屏
朝云暮气笼峰林
蔗园青葱不悲老
山撑地天留人韵
侬军已遁黄鹤远
边防早逝枪炮声
鸟鸣绿荫代鸽哨
左流渐涨祈太平

2018 年 09 月 20 日

小连山鸟瞰龙州

云绕群山峰围城
蔗林村树暮烟轻
秋蝉声声啼浑水
莲巅不见旅游人

2018 年 09 月 20 日

题小连山卫龙炮台

战马嘶鸣炮声声

法越闹边轰沉沉

侬岑威名传当下

壕墙兵哼尤在闻

石垛铁弹虽不在

白云千载悲伤魂

但愿蝉鸣替鸽哨

南疆无事慰苏春

2018 年 09 月 20 日

小连城，南疆长城

冷热兵器交替使用的时代

抢别人东西靠的是绝对的武力

不像现代的货币战争

强力并借助地势保障

国人可以延续生存

货币战争不见硝烟

可巨额财富已经易手

胜利者还装出道貌岸然的样子

小连城山上的炮火已撤走

但并不意味战争已停息

互联网时代掠夺已换成表面温柔的方式

一个丑闻

好像放了一个原子弹

有幕后大佬

把某些人体器官

当成进攻的核武器

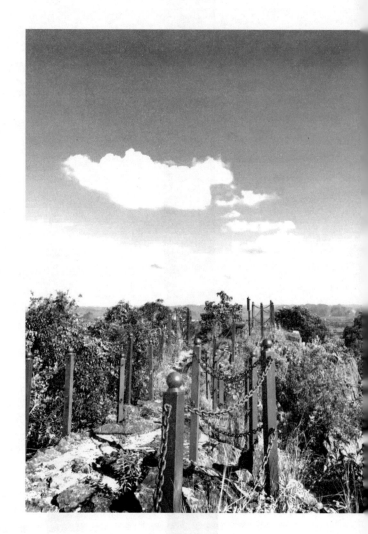

2018 年 09 月 20 日

题龙脊金秋

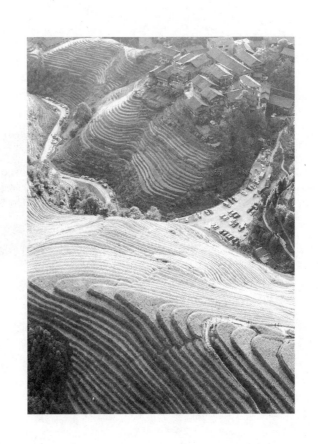

田弯山梁成诗行
七星伴月醉农庄
春天汗水灌金谷
铺满龙脊即天堂

———————

2018 年 09 月 20 日

阳光下的明仕河

骆越从来征战多
烽烟滚滚军斗恶
幸得平安度此生
感恩阳光罩山河

———————

2018 年 09 月 21 日

题明仕河竹筏游

交趾西来缓入村
夹岸翠竹晨鸟鸣
田边独山列队站
农家散鸡叫几声

—————————
2018 年 09 月 21 日

筏上听笛

壮族小伙一声笛
吹落仙山入田栖
炊烟旭日驻足听
蝶飞蜂舞鸟迷离

—————————
2018 年 09 月 21 日

听壮族女人唱歌

贵遇女音柔似水
木屋天籁瓦欲睡
明仕歌女无形柳
软化春风岸上吹

—————————
2018 年 09 月 21 日

明仕风光已入邮票

摄影大师慧眼高
镜中明仕入邮票
山水仙居琼瑶地
骆越佳梦有壮娇

———————
2018 年 09 月 21 日

题明仕郊穿山洞

为睹明仕山开眼
想题唐诗壁等墨
王郎若返长安去
不做翰林也会歌

———————
2018 年 09 月 21 日

题明仕庄园石壁

江山如画壁留空
王郎题诗意正浓
恨无巨笔身欠高
龙州夜来晨照峰

深夜四点多启程独驾前往明仕田园风光景区，五点多到达，车上小睡，七点多旭日东升，打油记之。

浪平高山汉民居

六合门内寄予了太沉重的期望
只有石头能扛得起高寒山区的艰辛
柱子像家里的男人
用川方做扁担
挑起一家老小的吃喝拉撒
板壁和瓦片维护着家人不被日晒雨淋风侵
那操劳的深沉和裂纹似那主妇岁月磨出的心灵
皱褶
台阶像几代祖宗
扛着儿孙一步一步往幸福和光明的屋子里爬
自己的肉体早已归为末尘
石墙的切面像刀削过一样平整
把生活过好的匠心从未因艰难而丢失
如今这样的民居建筑渐渐消失
没有温情的水泥屋把它代替
我不知道将来的日子怎样
失去这种房子
好像失去心灵的归依

泥洋河湿地的秋天

把春夏的干燥与湿热心情

拿到这里浸润和凉快一下

把浮躁的繁华与暴涨的心态

拿到这里适当压缩成正常状态

秋水的温润秋叶的宁静秋云的婉约

将会给你一片舒适的安逸净土

成熟的美是深情的少妇

每一个吻

都充满了温馨温柔

泥洋河湿地的秋天

恰似一个深情款款的

丹巴嘉绒少妇

2018 年 09 月 21 日

左江随想

许多的岁月

随着泥沙无情地流走

无论泥沙或者水

都想为自己的存在留下一点印痕

护育一棵花木或者小草

喂养一个鸟兽虫鱼

生命的季节不按你的心思轮换

宇宙间一轮山竹台风

所有的理想破灭

你哺育的小草或者小鱼

在滔滔洪流中随风而去

安心做一粒泥沙吧

安心做一滴纯正的水吧

在台风和洪流到来之前

拥有一个不被裹胁的灵魂

虽然天地很小

但也任性地活过

纵使某一天从斜塔边流过

也带着自信的风和不屈的灵魂

2018 年 09 月 22 日

同学情缘四十秋

同学情缘四十秋
夕阳枫叶染青秀
伶仃右水过邕城
几度留恋到白头
心敬诸君虔下笔
为铭史册挂吴钩
王城博馆藏尔名
不枉远郎慕当初

戊戌仲秋余于十五届东盟博览会期间参加
灌江生态论坛，约在邕大学同学一聚。余向来
敬佩大学诸位同班同学，写成《聚是一把火散
是满天星》一书，广西师范大学出版社出版，
目前正在京东热销。今晚有幸奉上拙著，也是
初衷使然。写序的班主任唐凌老师已将此书赠
王城博物馆，使余愿景实现。趁着今宵酒兴，
打油记之。

田林利周壮乡庆农民丰收节

软到你心化的敬酒歌
拉你到壮乡回味年轻的妹子
丰盛得馋涎欲滴的长桌宴
让人觉得农家菜才是美好人生
自家烤出的苞谷酒糯米淳
足以香飘钻入桂西第一高峰岑王山
我在黑暗的历史长河游得太久
我十分珍惜这国泰民安的历史片段
在一个战乱多于和平的国度
请你珍惜眼前这来之不易的祥和
让鸽哨多吹一些日子
让狼烟不要再在扬美古镇的烟墩重燃
喝一杯农家酒吧朋友
让第一个农民丰收节的喜庆
永远留在你的记忆里头

小连城怀古

交趾人的欲望

在此被挡住

法越人的野心

被往前推挡在几十里外的水口

这个军事要塞见证了近代

几个名震中外的

侬志高苏元春刘永福岑毓英岑春煊胡志明邓小平

军人的指挥要塞南国的国防长城华夏的精神屏障

行走在山梁的炮垛口

犹如行走在大清与民国的城墙上

关内是最好统治的顺民

关外是夷敌之称的犬戎或者匈奴或者鞑子

疆墙似乎成了文化的保护线

它在保护一种文明的同时也漠视着许多异质的文明

久而久之疆墙也成了僵化的代名词

谁都珍惜自己的羽毛

就像英国珍惜古罗马留下的文化

文化的转基因太多

或许不一定是好事

就像孟山都搞的转基因

越来越使人厌恶

小连城的国防工事

让人想起古往今来的岁月

以及随岁月消失的人人事事

宝安的月亮

忘不了我作为一滴水时

在桂西岑王山下的苍凉

水滴划过毛拜陀核桃树叶

砸在尖尖的大石头棱角上

倾听了高山汉悲凉的移民曲

一曲婚丧的八仙调吹出万古忧伤

水滴化为云贵高原的云雾

升腾上岑王山的余脉廖家坳

月光目送我滴落在央村两岔河

顺流而下布柳河右江邕江郁江珠江

一直奔向伶仃洋

水滴在鹅城停留五个春秋

心里满是明晃晃的月光

月亮洞悉一滴水的心思

再次用鼓励的目光送它进入前行的大江

怀着对海洋的期待和渴望

一滴不屈服于命运的水

终于钻过无数的干旱和夹缝

在宽阔的伶仃洋抒发压抑后的欢畅

月亮走我亦淌

一路艰辛伴着荣光

月照有情水江河推好浪

我在浪尖的水滴中照见温柔的月亮

一颗内心无黑暗的水滴

看世界好多过坏善多过恶

通透的性格充满正能量

伶仃洋的水宝安上空的月亮

向世界展开宽广的胸怀

纵使一滴水亦能见太阳

今晚，一滴经历了六十一年的水滴

从岑王山滑落而来

在伶仃洋里乘波而上

探出微小的头颅

凝望着宝安的月亮

用水的激情作一首诗

谢谢你照亮我的后半生

宝安的月亮

2018 年 09 月 24 日

云山与诗人

山清水秀文蕴深

名垂文史赵翼行

云鉴钟灵传薪火

诗坛承基粤桂铭

———————

2018 年 09 月 25 日

竹叶成诗

绝世拓竹出长安

叶中藏诗耐把玩

三五好友俱称奇

关帝庙碑蕴深禅

　　戊戌中秋次日与陶一馆长拜访资深茶
艺人闫总，欣赏其收藏的绝板拓竹画，竹
叶成诗，不留痕迹，浑然天成。打油记之。

———————

2018 年 09 月 25 日

回忆川藏的原生态歌声

这是一种令人着迷的天籁

分明是岭南松林流泉

淮北鸡鸣茅店月

大漠孤烟唱雌雁

江南丝竹对归船

一种原始的苍凉与劲美

如饮琼浆玉液

如沐百里春风

叫我如何忘掉灵牵梦绕的声音

我的川藏

———————

2018 年 09 月 25 日

三弄古筝学苑夫妇的诗与远方

年轻伉俪川藏行
古老筝语高原听
诗与远方载风流
行云流水抒禅心
隆安右江柔情在
三弄学苑天下铭
国乐扬声倩女诗
轻车鸣歌俊男吟

　　自驾游途中认识隆安三弄古筝学苑杨老师夫妇，成为微友，本月他们伉俪驾车游川藏，一路欢歌笑语，用古筝撒下满途的千古吟唱，感动行旅之人与居寺僧侣，无不击掌叫好。余追其行踪，感慨之余打油记之。

深湘曲艺精品展演

深圳春天鹏启程
湘江秋来润无声
曲弯九道掀潮浪
艺出大师兵占城
精逐尖端誉华夏
品至高雅冠诸省
展望笑坛将何在
演员多指傻子村

　　戊戌中秋后有幸观看了一台深湘曲艺精品展演，肚子笑疼，许久不曾观看如此精彩节目，甚为开心。想当年为看大兵节目，携妻子女儿到长沙过年。不意春节期间琴岛与田汉剧院均放假，只好含恨往黔度春节余假。妻子得观大兵演出，也是了结夙愿，十分高兴。深圳乃移民城市，故乡情结甚浓。今晚的活动开了一个好头。期待更多的深圳与故乡的文艺合作，让市民心有归依。

深圳的灯光

灯光在岭南像一块绿宝石

是一位智慧的老人寻觅了多年

在一个春天在一个渔村找到

灯光似一位女神擎着自由之光

站在伶仃洋边注视着太平洋

灯光像一股活力四射的流泉

行云流水中激发出溪鸣春涧的活力之声

灯光像一只欲飞高天的大鹏

她要掀开压制她的乌云与企图刮跑她的

从某个角落吹来的风

灯光也像一把魔法剑

她祈愿斩杀攻击的喧嚣让低矮的大鹏飞

得更高

金边之夜

一座魔幻的城市

风云变幻得太快

曾经用单一扼杀过多元

今天又用多元迎来繁华

这个世界从来都是以和为贵

和气的地方往往生财

深圳用四十年的和

孕育了粤港澳大湾区的一颗明珠

金边用一种对异国投资的包容

再次崛起于湄公河畔

格局与气度决定了人缘

人缘的兴旺营造出东来的紫气

一个城市处于蒸蒸日上的气势中

总有一种诱人的魅力

这种魅力就在于海纳百川的胸怀

以及容得下的多元文化

2018 年 09 月 28 日 　　　　　　　　2018 年 09 月 28 日

题老茶树

经历了多少风霜雨雪

天上的月亮知道

吃了多少干旱的亏

地上的泥土知道

到底活了多少岁

寨子上人家的祖宗知道

用无数岁月的沧桑沉淀了深厚的底蕴

用多灾多难的祸患养育了坚毅的品性

用天地交合的风霜雨雪湿漉干旱练就了淳厚

千年之叶五百载之味饱含着历史的韵味

大自然用古老的树递送一道仙味

佐以山泉和雪炉

品以宜兴紫砂壶杯

谈以三五好友

天上人间

韵味悠长

2018 年 09 月 29 日

乡友祖母的手

高寒山区艰辛的岁月

像刻刀在你的手上

雕下底层百姓的痛苦

这双八十岁的手

还要为自己为后代刨食

像一部中国农民的苦难史

永远翻不到头

2018 年 09 月 30 日

为《祖母的手》写一组诗

爱恨情仇都投射在这双手上

每一双眼睛都各自映像出不同的思绪

每一个滚烫的文字

都灼烤着每一个人的灵魂

面对《祖母的手》

作者能做什么

让她的手继续带血粗糙

还是让她去撞击世人的灵魂

我祈祷中国女人的手

不要再这样撕裂我们的心

共和国再强大一点

给她买一点护手的膏脂

和一副哪怕很便宜的

手套

2018 年 09 月 30 日

柬埔寨的崩密列

十二世纪高棉的佛教寺庙

因为国王的战败而衰亡

从此隐于丛林

一个汉语叫荷花池的场所

成为凭吊神权和王权的地方

当神权居住在豪华的寺庙里时

人的寿命很短

当神庙逐渐荒废

人的寿命在不断增长

近千年的废墟虽然让人感叹青苔掩盖历史

但王权越来越不能胆大妄为

从高棉到今天的柬埔寨

民主的风把高棉的微笑传播得越来越远

神权和王权越接近尘埃

人民的日子越来越好过

我站在历史废墟的栏杆上

想着欧洲的文艺复兴

想着神权和王权应该如何安放

2018 年 09 月 30 日

释迦牟尼的坐骑七头龙

尽管岁月无情把龙头与龙身分开
但那狰狞的头还散发着当年的余威
后人借着神化的形象
变成换来钞票的门票
余威可荫庇子孙很多年
一种传承文化毁了多少能人的仕途
哪怕血统身首异处
总能找到连接的医生
以及被愚弄了几千年的
粉丝

堵 车

寻亲朋的路
放飞逸情的血管
被众多的急躁堵住
从众的思维
很难走出思想的洼地
独特是穿行世界的火箭
敏锐是通往幸福彼岸的证书
要摆脱世俗的束缚
你必须有独领风骚的判断

2018 年 09 月 30 日   2018 年 09 月 30 日

神 舞

模仿吉祥女神姐妹

用鸡蛋花沾上雨露

送去温暖的祝福

轻柔的音乐抚慰着旅行者的心灵

温馨的红地毯承载着神一样的美女

美女身上的每一个动作都随着音乐节拍

击打着孤独的男人和羡慕的女人

舞场弥漫着荷尔蒙的味道和花香的味道

结合在自助餐厅的舞台灯光迷离地随乐队跳动

来自异国他乡的游客操着南腔北调

所有手机的镜头

都在搜索台上的女人

选择最美的角色

按下快门

2018 年 09 月 30 日

吴哥郊外

从古老的遗址里出来
在郊外透一口气
沉重的历史压抑得郁闷到窒息
似乎腐朽的气味越来越沉重
我仰望蓝天极目四野
入眼的白蓝绿顿使我精神很多
往历史的路上走心不堪重负
只有轻装来到束缚极少的原野
感觉才从腐朽中活过来
那从四面八方吹来的爽风
才是我灵魂最喜欢的清新

2018 年 09 月 30 日

第十四章
2018 年 10 月之诗

荔枝山路边的树叶瓦

挑一肩雨水
为卖鸡蛋香蕉的姑娘遮住艰辛
为柬埔寨的山民流几滴
当年波尔布特时代
未流完的眼泪

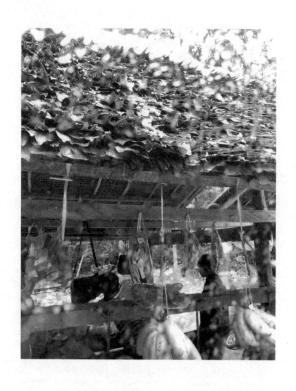

荔枝山顶的水泡泉

一生都在向上努力着
带着原生的动力冲破岩层的挤压
出到地面
用气力写下一串串泉生的小诗
每一个词语都带着透明和清澈的愿望
刚出手时
别人看不起
以为是一颗颗小混蛋
等到他们明白的时候
已化作一汪盈盈的清泉
这种努力
当世的泉诗
以后会为之羞愧

荔枝山随想

瀑布流水送走了多少风流人物

在烧掉的树叶经中已难寻觅

山顶的大卧佛还在

正每天享受着信众的香火

宗教文化成为养育人的资源

乞讨者卖莲花者守鞋者食品纪念品

提供者

都寄生在文化的载体上

元朝周大人关于真腊的记录和传说

尚与荔枝联在一起

而那些暴君与军魁

早已灰飞烟灭

只有河底的阴阳具

以及流淌在上面的清水

还是信众梦里的乾坤

哪怕抱着一个两月的婴儿浸泡一下

也会带来一辈子的文化满足

水泡泉游客以汲水饮之为荣

瀑布冲走历史但冲不走信众对文化

的热情

丛林深处的佳景核心是文化

一座为吴哥提供寺庙石头和水源的山

由于有了大卧佛

有了河床的阴阳具

有了水泡泉与瀑布

更因为有了信仰的文化

香客如云

在荔枝山，神无处不在

崩密列的寺庙

虽然从十二世纪就倒塌了

但今天的柬埔寨荔枝山

神无处不在

泉眼小小

两边各建一座小庙

而大卧佛寺下

也是小庙众多

为一个脚印可盖一座小庙

这不是庙

是信众的心房

他们把神当成心脏

安放在胸腔的心房里

让灵魂早晚朝拜

2018 年 10 月 01 日

西藏的卓玛

凝重的美不是绿松石压出来的

秀丽的面孔诱出了央仓多少情诗

拉萨的大地上一站

让人想起那年那月的文成公主

衣裙的白云与天青色搭配

美艳绝伦让你不敢有非分之想

大脑里盘旋着远古圣洁的经声

还有文成公主庙前小河的悲鸣

一只大雕飞翔于天空

正在松赞干布的箭程之内

愿作那只飞翔的雌雕

伤落在藏王的箭怀

然而这样的沉思

我愿伤身

尔躯何在

2018 年 10 月 01 日

流走的是历史，留下的是追问

无数的神王随着历史的风尘

被岁月的河流冲走

神睡石头上人睡木头上的风俗

也正被现实的瀑布与河溪涮洗

近千年的吴哥文化留下无文字记载的追问

国王为什么那么有权力

能从六十公里的荔枝山运回巨石

修建举世闻名的寺窟

除了宗教与神的力量

还有什么能驱百姓如蝼蚁

竭尽气血

建造那些平民既不能吃也不能住的寺窟

联想埃及金字塔中国大同石窟云冈石窟

麦积山石窟

国王的权力中外一样

用神权维护政权

用恐惧征服民众

让百姓用气血换生存权

他们眼里蝼蚁般的民众有什么驱使不动

木乃伊在大英博物馆令人作呕

风雨已把华夏的佛像剥浊

崩密列已用废墟固化了十二世纪国王的衰败

一切过往的神权王权俱成为历史

过往的遗迹留下千年追问

国王要往神境去

民众为何甘为蚁蝼

当我们经历了编造神化统治世界的过往

我们还信奉什么

山静无语

水流有声

我在诗与远方寻找答案

———————

2018 年 10 月 02 日

荔枝山上的砂岩

当它们还是石头的时候

祥和平稳寂静深沉

一旦国王把它们拉到吴哥

植入神的灵魂

在雕匠手下

成为近千年的历史与文物

卧佛在山巅注视着人世的千变万化

多少代人类的朽骨都顶替不了注入了文

化因子的石头

作为人类生存的物证

遗址里的石头成了后人祭奠的景观

注入了文化的石头

竟然可以永垂不朽

祥云缭绕华山脚上空

吾祖有德居华山

誉赐五品匾未寒

门楼古字依稀辨

大清墨痕仍可观

良田溪水禾花鱼

青山翠竹蜂鸟缠

时有祥云盘村头

今秋国庆显彩斑

戊戌国庆吾侄继贵返老家灌阳华山脚村，即吾父生长之地。见祥云行于头上，发出诸图。该村紧邻千家洞，小河明澈，稻重鱼肥。家家溪水绕屋而过，户户粮丰猪大。时至当下新屋渐多，人气旺盛。祠堂内有清赐五品官匾。虽不居要职，亦证祖上有为。家乡变好，在外游子甚慰。打油记之。

外孙女去东北了

在机场卸下行李
我弯腰与外孙女吻别
她要去东北走亲戚了
与她的外婆
突然觉得自己老了
怀念大学毕业时的我
女儿一岁时的照片
岁月流尽艰难
夕阳迎来知足常乐
三岁的女儿被我带进天安门
差不多三岁的外孙女
她妈妈已经带她去过马尔代夫
今天又要去东北
比她妈妈走得更远
世界上只有亲情最令人怀念
一切的风云变幻
在亲情面前都十分渺小
女儿与外孙女

都在一天天成熟长大
我迎着朝阳去把握夕阳
力争每一天
都充满阳光的气息

2018 年 10 月 04 日

雷文好友言为心声

雷滚春空冬哆嗦

文柔刚健摧雪河

好花灿开泉鸣涧

友善厌恶语如歌

言出佳喉龙舞剑

为赋新词云唱鹤

心有广宇鸿鹄志

声如天籁荡海波

　　戊戌中秋国庆假期多次聆听宝安电视台著名播音员雷文好友朗诵，如饮琼浆玉露，打油记之。

浪平马帮

这是高山汉移民的脊梁

背上驮起几百年漂泊而来的忧患

至今还肩负着村民致富的理想

一头放着贫困而沉重的历史

一头放着儿孙摆脱艰辛的期望

蹄声叩响祖国河山边地的寂静

高山迎来马帮送电的声响

贫穷很不容易驮走

却驮来浪平人的坚毅

一代又一代

茶马古道之外

蹄铃摇醒车船难度的暮云与晨光

这是一曲忧伤而悲怆的旋律

回荡在大地的穷乡僻壤

听乌兰图雅乳香飘

内蒙酿淳酒用的是原野的草

这里养育了席慕荣诗人的祖先和文豪

草喂养的马牛羊乳四季香飘

歌颂草原的明星还有吉祥三宝

我曾陶醉于腾格尔的天堂

今天又痴迷于乌兰图雅的乳香飘

花海的原野溪河的湾绕

还有那帐篷的白顶云彩的缥缈

缀以碧玉的海子诗意的畜群

着绿裙的乌兰图雅唱出醉人的音调

回味父亲的草原母亲的河

回味天堂的嗓音回味吉祥三宝

我恨不得再去海拉尔再去阿尔山再

去满洲里小酌

天上人间梦里烟火

怎抵得乌兰图雅的蒙古草原之歌

听一曲全身酥软

听两首梦入草河

2018 年 10 月 05 日

以竹为邻

不为高雅不为情

喜竹全因从小亲

金笋立夏伴豌豆

慈笛长夜少年吟

白篾背篼装苞谷

楠扁挑粪轻盈盈

栽下童年伴侣梦

晚年携我好入眠

2018 年 10 月 05 日

一只鸟儿的悲欢离合
——聆听马志敏唢呐清吹《空阒》

一只鸟儿
在空灵的山中
叙述自己的悲欢离合
我似乎在聆听母亲
在讲述她和她家族的故事
远祖的鸟
从鄂西穿越千山万水而来
在八桂辗转
最后落居于毛拜陀的青山
有过兴衰起伏的日子
兴旺时众亲来朝莺歌燕舞
衰落时秋风落叶寒气萧萧
欢乐时高朋满座高谈阔论

失意时冷火秋烟寂静无声
妈妈的一辈子
既有过欢快如溪的岁月
也有度日如年的无数个寒冬
溪流春涧野百合也有春天
寒风刺骨板壁难御严冬
记忆是沉重的鸟羽驮不起凝重的空气
春天是欢快的冰冻阻不住溪河
妈妈的一生在空阒的山里让一只鸟唱出
马志敏的唢呐清吹
让我在戊戌国际节的六号
听到妈妈讲杨家的历史
讲妈妈自己悲欢离合的一生

2018 年 10 月 06 日

爱我广西花甲大庆

爱自内心居南宁

我乡壮美山水青

广有佳景甲天下

西出阳关再难寻

花开四季明仕秀

甲岸风流北海行

大道通粤滇黔湘

庆丰糯香五色新

　　2018 年 12 月 11 日，广西壮族自治区成立
60 周年纪念日让我们一起为广西打 call！

豆豆走进东北的苹果园

羞涩地躲在苹果树后面

面孔似那初熟的苹果

第一次到北方

两岁多的力拖着大篮子

要把欢乐和幸福装满

手捧着北方的果实陶醉

捧着令大人心慰的真诚与满足

人生第一次爬上秋熟的果树

有些许胆怯

但毕竟是要训练采摘胜利果实必备的能力

今天你靠前人的果实收获甜蜜

长大后携你手来果园的姥姥

期待你送给她一个

充满轮回禅意的苹果

2018 年 10 月 06 日　　　　　　　　2018 年 10 月 07 日

高空俯瞰的金秋桂林

欣赏美一定要有高度

高空俯瞰金秋桂林

看见了世界上明媚的阳光

独秀的山峦

金黄的桂花树

五彩的云霞

耀眼的秋光

云海缠绕的峰巅

桂林的美成了一幅绝世的画卷

上苍把美送给我们

而我们往往只看到一个角落

然后你就大声嚷嚷

桂林也不过如此

云不过如此

阳光不过如此

峰峦不过如此

云海不过如此

你以为你站在地角上的一点你就看

到桂林的全貌

咋呼着你找到了真理

我拿你没有办法

我不可能成为无人机

把你吊起来放入空中

让你俯瞰整个桂林的金秋

———————

2018 年 10 月 07 日

写给谭国锋

礼轻情谊重，页少文化浓

文友廿几载，知音难觅踪

莫道农人贱，吾祖亦村翁

幼时耕割担，疤痕尚指中

面朝黄泥堆，眼睛在书笼

肉体贴地近，灵魂半空雄

开卷均有益，书友赞国锋

戊戌秋收到文友谭国锋新书打油记之。

2018 年 10 月 08 日

写给人造雨林

热带雨林引入室
水雾缭绕绿萝滋
老树青苔蕴夏凉
入秋虽冷浑不知

　　戊戌秋观友龙岗软件小镇雨林
特色办公室而打油记之。

2018 年 10 月 09 日

访陶一馆长茶室

瓷陶大家文蕴深
国学茶艺怡闲情
茶酒满屋琴衬雅
三杯下肚禅意生

　　戊戌秋与友人闫总、陈家沟太
极拳传人陈大师访陶一馆长茶室，
三杯入口爽意顿生，打油记之。

2018 年 10 月 09 日

虔诚朝拜

苦难压在心头太多
用更苦难的办法来寻求解脱
体现在藏地的外在表现形式
就是一步一拜
直到见上心中的弥陀

———————

2018 年 10 月 09 日

题灌阳金秋

秋水伊人芦花飞
湘桂走廊鱼正肥
华山灌水喜稻浪
蜜枣雪梨正家归

　　戊戌秋，读《深秋絮语》而作。

———————

2018 年 10 月 10 日

豆豆的满足

不论是吃苹果还是吃梨
你都脸上洋溢出笑意
紧紧地抓住到手的果实
实在而又欢快地小口啃食
来不及擦去嘴角的余渣
这样会影响整个生命的甜蜜
也不想去再多占有其他的糖饼
因为欲望太多也分散了苹果或雪梨的灵气
知足常乐是一脸天真无邪的笑容
那嫣然一笑
灿烂了自己的人生
也灿烂了关心你的人

———————

2018 年 10 月 10 日

川美保安的梦想

梦想不是为荣华富贵准备的
它是骨头里对某种事业的热爱
达到了一切的生活决定都围绕它转
川美保安的幼小梦想是当一个画家
当生活的艰辛把梦想击得粉碎
他也毫不退缩
辗转全国打工度过无数艰难
始终不忘画画从不丢掉画笔
是《父亲》画面的魅力
引导他在川美做保安
目的仍旧是画画
整个生命浸透在一件事上
金子终于发光
让识货的人看见
让人看见以及带来荣耀不是目的
关键他用千百万张纸片和数不清的秃笔
把自己雕刻成了画坛的一尊神像
川美保安火了
天道酬勤梦想成真

2018 年 10 月 10 日

有些东西正在垮去

不管你看不看见信与不信
有些东西正在垮去
这些东西
承载过许多颂词
但毕竟经不过岁月风雨的洗礼
你就是举行一个仪式再把它向世界打扮一次
仍然顶不住时间的流淌
悄然垮塌
垮塌不一定是坏事
柬埔寨崩密列的寺庙垮塌了
柬人的生活比过去更好
自由度更高
不必惋惜
旧的不去
新的不来

2018 年 10 月 10 日

夜上海

一首《夜来香》从三十年代响起

让人回味那上海滩的多彩岁月

一丝丝夜巴黎的洋味

在海派文化中透着一线文明之光

一个充满故事的黄埔江边的夜城

迷离中飘荡着自由的灵魂

尽管这些灵魂受过诸多的磨难

一些大咖留下诗文

阅读中总是不能完全尽兴

上空盘旋着一种让作者敬畏的幽灵

不管怎样

这座大城市总在一天天变得更漂亮

她距离文明的风最近

这个深秋的夜晚

空气有些冷

但相信

海派文化滋润的一代新人

不会让夜巴黎般的上海

走回昨天

上海南京路

这条路发生了多少故事
历史和电影知道
多少人的人生跌宕起伏
都收藏在迷离闪烁的霓虹灯里
这条路捡拾了有志者的梦想
也断送了许多野心家的欲望
路变得越来越漂亮
故事却越来越多
只有清早城市还在酣睡
这里才是安宁安静的
雕塑便可以轻松前行

2018 年 10 月 11 日

上海乐器年展

一座展城
汇集了天下的乐器
还有生产制作销售乐器的人
乐的灵魂是人赋予的
人的灵魂高洁与否
大部分与音乐有关
我喜欢音乐
是从乐器开始
然后企及与乐器相关的人

2018 年 10 月 11 日

看上海乐器年度演奏有感

三千愁情入琴梦

十指难弹别离人

琴里追寻春天梦

心怀幽兰涧里生

———————

2018 年 10 月 11 日

听 乐

江湖行走辛酸泪

化作呜咽二胡鸣

砍来万竹人间乐

吹出千声诗里吟

陕埙未尽楚笛起

怎如排箫冲天云

———————

2018 年 10 月 11 日

沪展会上的筝女

一袭白衣宛如仙女降临

玉指轻弹

便有溪鸣空山泉落春涧

十指引来百鸟朝凤

双臂挥去万个雄兵

指柔处春风拂柳村树含烟

情激处百万雄兵阵上挥戈

秋韵生泸上芦荻飞黄埔

怎敌春江花月夜钟声到客船

多少人驻足长听

多少人泪随律动

绕指的柔情催我写下这首诗

2018 年 10 月 12 日

我来了，西塘

诗和远方是我的梦想

一个人一把琴写下诗意的篇章

床靠河边瓦屋垂柳

橹过吱呀美丽梢娘

夕阳西下暮鸟倦归游客熙攘

今天我终于来到向往已久的西塘

拉一曲《化蝶》

吹一首《蓝色香巴拉》

再用口琴回忆莫斯科下午的昏黄

岁月留给我最好的年华是六十至七十岁

我决不辜负这大好的时光

喝一杯老茶

盯一下过往的客人

纵使李白与徐霞客

也未必有如此美好的诗意受享

知足常乐缅怀奋斗的岁月

珍惜当下生命的宽度意义非常

又一只摇橹飘过窗前

晚归来

我再捡拾月光

2018 年 10 月 12 日

西塘，我珍惜你这片刻安静的时光

在书写历史的日子里

我害怕了那逝去岁月里残酷的荒唐

动乱与残杀多过平安的日子

族群的争斗互相的倾轧足以心凉

书里埋下太多的不堪回首的记忆

让我加倍感激这四十年的改革开放

多少人的血汗换来古镇的宁静

切莫轻易辜负这安宁的气场

用良知维护这平安的风花雪月

不要等到一切失去

才懂得回味这段中华民族历史上的大好时光

坐在杨柳垂岸

看过客匆匆

慢思细想

剪一段秋色

嵌在祖宗与自己的相册

不愧对苍生

不辜负照耀自己的太阳

2018 年 10 月 12 日

拾一片灯火照亮闲心

聆听几首酒吧的闲乐

拾一片秋镇的灯火

用牌匾引入古风

叫灯笼照亮远史

用一段酒吧街的悠闲

化解六十年来的疲乏

倦鸟归林

栖一片渔火

2018 年 10 月 12 日

西塘的灯光

似乎看到西施在向当年的范老板眨眼光

坚定地扑向爱

不羡慕江山与帝王

一对把欲望收起的夫妻

方可以纵情吴越水色山光

权欲的春药一旦吃下

华东的地界也许少了诗意的西女与范郎

吴越的古镇为什么保留得如此完美

这里的人文里少了些许盲从和流氓文化

的浸润

胜过十打的宣言和指令

骨头里的傲才有鲁迅和文坛的大咖

无知者最易被奴役

义和团里往往第一个上

吴越春秋让人细细打量西塘

每一块木板和柱头的背后

都有文化的脊梁

烟雨江南

如果不用烟雨

怎能洗净吴越的战乱

如果不用烟雨

怎能体现西施与范老板爱情的浪漫

如果不用烟雨

怎能浇灌出吴越茂盛的春秋

如果不用烟雨

怎能掩盖花石纲背后的辛酸

一帘烟雨

盖尽世间的丑恶

一帘烟雨

露出人性的离情悲欢

2018 年 10 月 12 日

2018 年 10 月 13 日

西塘小巷

像毛细血管

伸向每一个家庭

古镇是一个老人

把岁月的血液流向江河

用蒸腾的热气制作江南烟雨

文化的血脉使他的毛细血管保持畅通

穿越小巷来到码头

你可以见到更宽广的世界

可惜

许多古镇的带有文化的毛细血管堵了

堵在一些艰辛探索的时段

只有小巷和小巷的百姓

才知道谁对他们好

2018 年 10 月 13 日

西塘的河

载不动太多的欲望

渐渐地变得浑浊

像一行老者的泪

古镇的某些街区

红灯高挂蹦迪声震耳

已无往日的宁静

欲望不加限制

就像浑水难以承载清欢

站在河岸少了些许咖啡的清香

多了一些张扬过度的欲望气息

或许这也是岁月绕不过的湾

2018 年 10 月 13 日

西塘的桥

把过往的橹船切成一段段的故事
把两岸对望眼神的人输送到彼岸
将暧昧酒吧体验者携到某个角落私语
为画家为诗文作者充当模特
定格在摄影家的记忆里
为西塘一部部风情史册装订线

2018 年 10 月 13 日

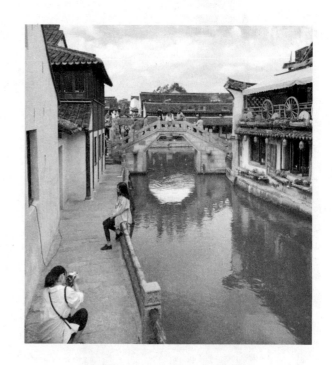

吴越姑娘

无论着汉服还是青花瓷
你们都有西施的委婉
红颜并非祸水
帝梦里仍是江山
江南烟雨里如果没有吴越女子
江南的春色就逊掉一半

2018 年 10 月 13 日

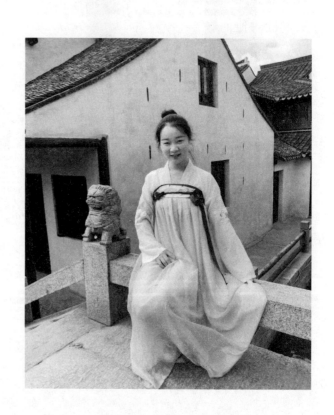

西塘的柳

虽然范老板携着西施不知所终
但结局肯定是美好的
因为他们以不危害别人成就了个性
其实西施没有走
虽然不见容于帝王
她便化身为柳
在某个干净的溪流沐浴后
趁着春天
趁着夜色
趁着秋风
披着尚未凉干的秀发
站在江南的河溪
昭示着自由的结局

西塘小吃

如果说远方的诗里有一段闪光的句子
那一定是西塘的小吃
浓缩了江南烟雨地带的美味
让你的味蕾里充满乡愁
吃的是一种少年的回忆
吃的是带着体温的亲情
舌尖上的中国
其实是舌尖上的乡情与亲情

2018 年 10 月 13 日

2018 年 10 月 13 日

诗意小院

人类寻觅的是一处宁静

独自放泊灵魂

绿色安魂

小巷避风

砖瓦挡雨

宁静的小院隔绝了尘世的喧嚣

顿生诗情画意

向天多借些时日

小住几天

多么怡人

悠闲的同理

在左岸喝一杯咖啡

在右岸眯一会儿小眼

把闲情寄放在这河畔的瓦檐下

尽管浑浊的水承载不了清欢

但九月农历的秋风可以

河窄桥短无所谓

闲适的空气引来外国人

毕竟是江南六大古镇之一

响亮的名字会有磁性

引无数男女从四面八方而来

照一个像

吃一款小吃

再留下一个自以为是的倩影

2018 年 10 月 13 日

2018 年 10 月 13 日

题退思园

王朝兴衰官进退
财富聚散云来回
留得园林思补过
多少物是人已非
秦朝暴虐长城在
隋帝花天运河回
吴哥神王俱尘土
唯留遗迹显其威

2018 年 10 月 13 日

同理随想

一条小河的橹
摇醒了多少人的梦
十万两银子留下的退思园
也不见了当年主人的威风
同住一城
同循天理
同舒人欲
诗意的栖居
不贪不占
一切回归于人性的缩舒
人们从四面八方来此小住
不过是想挽着流逝的岁月
在一个陌生的角落
舒张随意
伸缩顺心
做一个不被打扰的清梦
伸一个慵懒的腰
让小桥流水洗尽过往的烦恼
让千百种异乡的小吃
慰问一下终年劳顿的身躯
让友情与亲情在这里回归血缘与友谊
休整好心态
再去拼斗

2018 年 10 月 13 日

坚守

纵使繁花落尽
也要坚守到掉下最后一片花瓣
纵使整个湖的叶子都干枯发黄
也要坚守到大自然把粉红摧尽
为昏黄的秋湖点一把火炬
照亮自己也昭示他人
做一朵出于污泥而不染的花
真的不容易

————————

2018 年 10 月 13 日

同理岸柳

放下油纸伞
江南烟雨中的女子在河里洗头
抬起半身
羞涩地用柳发遮住娇柔的脸
河水一脸的得意
悄然向前溜走
一路回味少女与少妇柔美秀发的爱抚

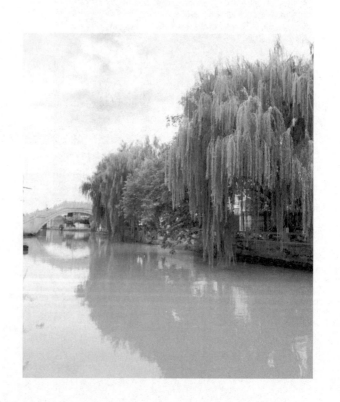

————————

2018 年 10 月 14 日

同理穿心弄

像一支穿心的箭

从胡同口射向小码头的河柳

如果是丘比特的爱箭

我愿它射中西施

与打着油纸伞的江南女子

古往今来

这支箭射落多少英雄

老墙与旧门知道

央视与电影的摄影师

来过这里

捡拾大唐与明清的旧梦

我来这里

捡拾青少年不曾经历过的文明

2018 年 10 月 14 日

水墨画的同理

尽管水的颜色浸入太多的欲望元素

同理的建筑景观尤在水墨画中

江南烟雨中的古镇流淌着文化血脉

四面八方的国人赶来凭吊

那艰辛探索的岁月太多古镇毁了

新起许多牛头不对马嘴的建筑物

每一个主导小镇命运的人

都想按照自己的想法去打扮它

缺乏文化的思考或传承

怪物百出

庆幸江南存有远见卓识的人

没有一锅端掉老祖宗留下来的东西

一种形成风格的建筑美学

让我留下些许的对江南的欣慰

2018 年 10 月 14 日

同理带木气的房子

带木气的房子有一种温馨
仿佛母亲的怀抱或故乡的床
冰凉的建筑物越来越多
好像异物侵入体内
寻觅古镇的久远
其实是寻找血脉生命里的木头
那一抹的温柔
在记忆的长河永生

2018 年 10 月 14 日

同理的摇船

很喜欢人生在悠闲的摇晃中度过
尽管那是不可能
片刻也好
让水忽悠你
让船迷惑你
否则你会怀疑人生
尽管水污浊得不忍直视
但我们已习惯昂着头看待一切
一切不顺心的
我们假装没有看见
选择性直视
也是同理船游的体验

2018 年 10 月 14 日

三寸金莲

见识贫乏到对古人不理解
三寸金莲之下女人要承受多少痛苦
庆幸不是女的
庆幸不生在清朝
感恩推着时代向着光明走的人
回头
是妇女的三寸金莲

2018 年 10 月 14 日

悠闲的鱼鹰

有主人的俸禄
它们悠闲地站在船上
捕鱼成为一种表演
供游客一乐
许多人
在当下也成了鱼鹰

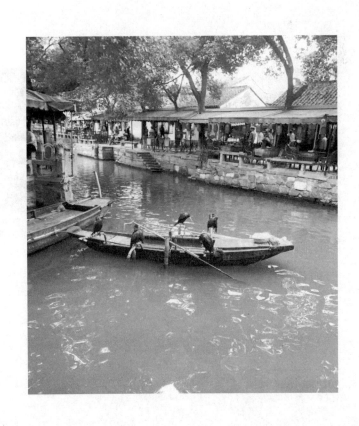

2018 年 10 月 14 日

题王绍鏊

底蕴深厚出大才
同理绍鏊十二乖
变法理论促民进
复兴中华励后来

————

2018 年 10 月 14 日

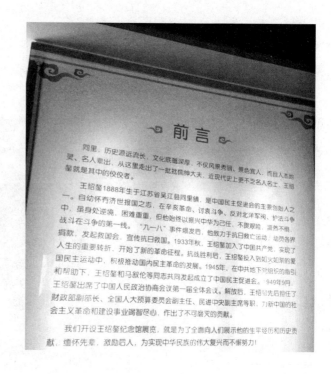

同理的轿子

坐上去的人
都不愿下来
让人忽悠地抬着晃荡
舒服得要死
抬轿的人有打赏
也愿意抬着主子跑
总比回乡下
口朝黄泥背朝天
强一百倍

————

2018 年 10 月 14 日

甪直古镇，迟来的水乡

江南六大古镇我到了五个

甪直古镇，我迟来的水乡

羡慕唐代陆龟蒙的白莲诗

别出心裁写一种花

写到传世

他曾在这个叫作甫里的地方隐居

中华神兽甪端

巡视途中迷恋这个水乡诗意的甪字形

长驻了下来

无怪上了世界文化遗产预备清单

入选中国十大历史文化名镇

号称神州水乡第一镇

沈宅的木香还在

保圣寺香客如云

王韬纪念馆散发出正能量

万盛米行记载着辛酸的过往

我用水乡的服饰馆文物馆饿补江南的知识

两千五百多年的底蕴

太湖流域的五湖之汀六泽之冲

你用水的甪字写下湖荡潭池的绝世风流

我并没有太多的江南水乡生活经验

这里的名胜古迹与人文景观

让我找到江南名人辈出的原因

甪端站在景区前

在当下显得更有意义

我愿用短语写下这些文字

是因为甪端的周围簇拥着媚笑的花

水乡的小画家

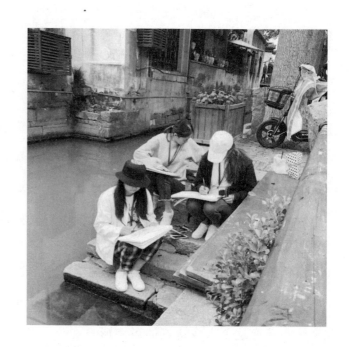

你们的人生像一张白纸
正好画最美的风景
人生的颜色是自己涂抹的
浓淡深浅完全出于你自己的手

2018 年 10 月 14 日

有梦，就有美

梦想是一笔一画奋斗出来的
一个画家
不知要画秃多少笔
梦在
美就在
童年强
这个城镇必然强

2018 年 10 月 14 日

甪直，我想对你说

流了两千五百多年的水

多了欲望的重负浑浊太多

冰冷的建筑物正浸浊体肤

多了一些商化的氛围

能否水更清情更柔

不负神州第一水乡的寄托

———————

2018 年 10 月 14 日

青梅竹马

丁香花开得很早

秋天里就盼望有花蕊的五月

竹马青梅不见

倒是瓦屋青藤撩起丁香芬芳的味道

眼神与落笔交汇

心已掏出给对方

———————

2018 年 10 月 14 日

万盛米行

民以食为天

写史背脊发凉的时候

人相食饿尸遍野

叶圣陶在甪直从教五年

写下《多收了三五斗》

东吴的这个米行名扬天下

平安的岁月这个行当不起眼

乱世这可是救命的地方

但愿这米行永远平安无事

再不上演抢米的苍凉

2018 年 10 月 14 日

解 板

少年时代在桂西的央村和老山干过

大锯扯出我们所有的力气

锯末飞舞专往我们的眼睛里钻

家里的板壁川方寸方楼板指望拉大锯而成

衣服上了盐霜

头发扎满木屑

为了家的一切

我们拉呀扯呀

期望拉扯出些许的幸福

在这汗水淋漓的拉扯中慢慢长大

但锯子已经锯掉了我许多的学问

我无数次问向搭档的大舅杨再江

锯子能锯出黄金屋和美女吗

他说

不能

但能拉出坚强和毅力

2018 年 10 月 14 日

题王韬

学贯中西第一人
鸿章谋士徒康孙
思想改革均超前
走向现代勿忘君

2018 年 10 月 14 日

题桥畔人家

隐约酒馆灯笼挂
桥畔瓦窗现人家
廊走过客欢声笑
船划梢工无浪花

2018 年 10 月 14 日

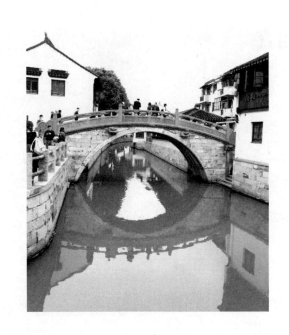

甪直艺术之镇

从头到尾

洋溢着文化的气息

一个雕塑

一幅画

一副对联

甚至学生的每一次涂鸦

都包含着有教养的氛围

文化的风

吹出温馨之味

2018 年 10 月 14 日

诗意甪直

亭台楼阁池边柳

廊回水绕吴女柔

船泊秋波石桥寒

牌坊戏场游客稠

2018 年 10 月 14 日

风吹过的秋晨
——根据我一个美国缅因州学生供图而作

秋风是大地的美容师

秋晨就着阳光

为苍老的树剪去衰老的叶子

叶子飘飘而下

树显得更清爽

草把飘叶扯住

挟在胁下

以做来年的春肥

阳光笑了

空气更清新

风与叶与草与旭辉

谱写了一曲温婉的秋晨曲

在缅因州自由的空气中

传向寥廓的天际

2018年10月14日

甪直古镇的廊

一道穿越古今的风景

诞生过多少吴越的诗人

无数的情话从飞檐溜走

多少风雨你为耄耋老人挡住

江南烟雨中出落得少妇一般

把多少浪迹天涯的游子揽入怀

小河从廊底桥下穿过

似乎要为你佩一条绿色的丝带

你用木头的温馨

为古镇送上一份关爱的柔情

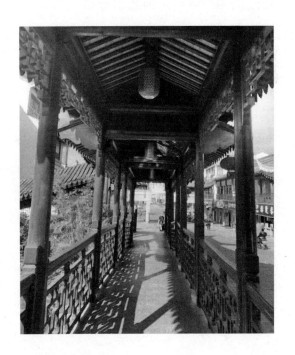

2018年10月15日

观保圣寺，向文化致敬

六朝造像石

带我游走大同与云冈石窟

唐代经幢

让我想起玄奘的《大唐西域记》

北宋幡杆夹石

回忆起那崇文尚艺的岁月

明代天王殿

让人想起大明王朝的登峰造极的皇权威严

清初铸铁大钟

仿佛听到专制统治的崩溃之声

唐代塑圣杨惠之的罗汉塑像

已经成为镇寺之宝的艺术珍品

陆龟蒙墓里尚传来白莲诗的吟诵

叶圣陶纪念馆似乎还响彻着大师对教育的

谆谆教导

千年银杏为梁武帝守灵

崇拜他对佛的尊重

百年枸杞想对太过躁动的灵魂下一剂良药

百年紫藤为圣像年年献花

乞求他们加持对古镇的保佑

古木三绝昭示甪直人的环保理念的先进

它们荫庇着善良的子民

文化滋润的甪直人保护了文化

观保圣寺，向文化致敬

2018 年 10 月 15 日

江南女子

虽然过了丁香花开的季节

你馨味依然

在秋风中站成一首诗

油纸伞挡得住阳光

可挡不住你的妩媚

你回眸一笑

唤回游客心里的春天

2018 年 10 月 15 日

题叶圣陶

教育文学均泰斗

躬耕一生老不休

垂范后世春秋载

激励万代公墓修

2018 年 10 月 15 日

萧宅与萧芳芳

文化的血脉无分男女
它都可以滋养出佼佼者
萧宅在甪直古镇卓然于河岸
人们为香港明星萧芳芳呐喊
两百部戏与电影流淌的汗水
足以载起她的名誉之舟
这个甪直人的后代
用艰辛擎起一把文明的火炬

————————

2018 年 10 月 15 日

画画的女生

一脸恬静
将心中的爱抒向画纸
红尘里一抹素雅
温暖了整个秋天

————————

2018 年 10 月 15 日

千年银杏

三棵阅尽千年沧桑的银杏

守护在寺里已看淡风云

多少自以为至高无上的帝王

葬身在政变的腥风血雨中

多少达官贵人倾覆在多变的江南烟雨里

只有文艺大咖如陆龟蒙叶圣陶

青史留名

俱往矣

神权与王权走向尘埃

只有文化不朽

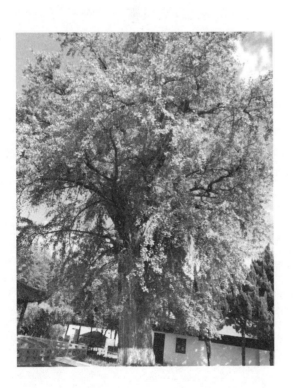

甪直古紫藤

缠不住荣华富贵

但能缠住阳春三月

叫时令给自己开一身繁华

交缠的枝丫藤蔓里让有意义的事打结

灵蛇与蛟龙的攀升交合中用柔软征服强硬

迂回不等于妥协

忍让不等于后退

千百年来以柔克刚

最后修炼成不朽之身

2018 年 10 月 15 日

2018 年 10 月 15 日

左 岸

虽然没有莱茵河的咖啡

但布满了江南水乡的烟雨诗意

把一生的疲惫拿到杉椅上寄放

将花甲过后的悠闲时光在这里挥洒

一串串竹灯照亮你的岁月

一声声摇橹唤起你童年的红尘

看岸樟落秋叶

瞧美女描画布

食江南的小饼

左岸是奉献舒适的欢场

下次来

你欠我一杯咖啡

秋雾中的嘉善

高铁像一支利箭

从苏州射向深圳

路过嘉善湾

秋雾像一层薄薄的忧伤笼罩着田园

一种说不清道不明的忧郁

铺在天空

一种晴朗的正气在患忧郁的时候

调节气候的某种力量

应该引起足够的重视

忧郁的雾久不散去

天空和大地之间会发霉

此时我想起杜甫的诗句

感时花溅泪

恨别鸟惊心

江南六大古镇随想

小时候江南只能在梦里畅想

云贵高原的寒冷浪平的暴雨风霜

江南只在我喜爱的书里

丁香花油纸伞着旗袍的姑娘

最近考察完江南六大古镇

思绪如野马难以收缰

水里浸泡过无数的爱情故事

桥上走过太多的文人

屋里装着太多的文化

廊里穿过太多的旗袍

铺上盛过太多的小吃

书里承载着几千年的文史

我不想一一道来

我感兴趣的是在那么多的战火中

在那人人自危的艰辛探索时期

六大古镇被奇迹般地保留下来

这股保护古镇的看不见的力量

是一种被优秀文化教养出来的精神

这种精神浸透在每一个江南的优秀

子民中

他们不会为蝇头小利而出卖人格

他们不会为有人逼他们就放弃原则

他们结成一种正义

对抗一切想毁掉古镇的邪火

我虽然看不见他们的面孔

但我看见了一股正气

正气在江南的美就在

过去是这样

现在是这样

将来还是这样

2018 年 10 月 16 日

观罗中立《父亲》油画有感

忍耐生活中所有的艰辛

残酷的生活如刀

刻下道道伤痕

端碗的手指

岁月的风霜把它们打造成铁枝木棍

不怕冻烫

布满皱纹的脸

是汗水冲出的沟

流淌过太多的辛酸

眼睛里抗争的光已望不见

只有低眉顺眼忍受生活黄连的绵羊表情

忍耐得住所有的痛苦

连兔子急了咬人的愤怒都没有

超越兽性的忍耐

成就了一个大写的人

这种隐忍

说明祖上的战乱太多欺凌太多

百姓已经习惯

《父亲》——

他是一幅画

也是国人众多者中的

一员

2018 年 10 月 16 日

题自家四季桂

行前刚浇别离水
未见叶下绽花蕾
江南一周回门看
金甲带香迎吾归

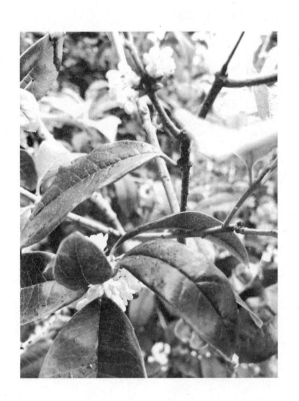

2018 年 10 月 17 日

九头鸟与川剧

我是一个移民的后代
川鄂湘的文化圈记忆尤深
母亲的家族有圈内的血脉
楚汉之争留下许多悲情的故事
三国时期无数的战火在这个圈内燃烧
人兽能活下来
需要本事
九头鸟与川剧变脸
是一个文化符号
官兵的追杀
盗贼的横行
游勇的打劫
势力的火拼
压缩了百姓的生活空间
张献忠的滥杀
李定国的蚕食
两广填四川的大迁徙
哪一桩历史事件不带血痕
连鸟儿都要靠伪装才能躲过浩劫
何况逃命躲追的落难人群
活下去
这是低层民众生存的最低要求
变色以适应恶劣的生存环境
于是产生了九头鸟与川剧

2018 年 10 月 18 日

题浪平乡友邕城小聚

邕城一餐酒，浪平三百年
各吹幸福调，八桂传嘉言
春天起故事，廖坳云现天
腊嘎加豆米，味美友情连
商读出老山，旱心获润泉
士农工商学，东盟嗨谊牵
岑王客家崽，胸中有八仙
昔日高山汉，商海弄潮巅

题广西师大历史系七八级北京聚会

师弟学妹嗨翻天
京城共庆四十年
七八入学一八聚
载歌载舞续情缘

俊男高声美如酒
倩女引吭馨味旋
一世同学聊发狂
白发翁妪乐童颠

———————
2018 年 10 月 18 日

———————
2018 年 10 月 17 日

深夜听雨

雨打湿了一颗老去的心
这心附着的躯体
在修河口电站那拉电站的漏雨工棚里挨过
在百乐公路下西来段兴隆寨段的茅草房里挨过
雨在心的记忆里是夏的湿漉秋的冰凉冬的惆怅
它对我的浪漫是可以不出工
躺在蕨草堆里让家人找不到
可以尽情地看书
它的缠绵醉人是可以在民工居住的工棚里
悠然地享受辣椒水当菜的中餐和晚餐
中间的时段可以吹大牛打扑克
雨也是一种忧伤
悲家里的牛马吃不到我割的草
叹圈里的猪吃不到酸荞菜
忧上学的途中山上滚石头
幸福与忧愁交织的雨
打湿了我的青少年
夜雨缠绵如丝
拉着我的思绪回到故乡
回到为生活奔波的各个场地
灵魂跳跃在生命各个时段的雨中
在幸福与忧伤的河流中穿梭行走
雨化成潺潺流淌的生命长河
时而低吟时而浅唱
时而欢乐时而忧伤

2018 年 10 月 19 日

梦里龙脊

秋山一帘幽梦

白雾一袭丽人

稻黄如金铺就山峦睡毯

梯田若诗写满遍岭纸宣

江山如画云穗深恋

千言诗词抒不尽你的风流

万语颂歌唱不完你的壮美

梦里龙脊

诗意盎然

2018 年 10 月 20 日

在东北走亲戚的外孙女

虽然不到三岁

那份自信和从容

得益于外婆与父母艰辛的付出

教养体现一种文化

更体现养育者的责任心与汗水

在贫瘠的云贵高原边

我三岁才学会站立和走路

你却跨越长江黄河山海关

去寻亲访友

羡慕你生长在祖国的和平发展时期

请珍惜这来之不易的幸福

秋天里你笑得那么灿烂

外公希望你

用阳光心态面对冬天

面对一切

2018 年 10 月 20 日

山谷里孤独的背影

一个孤独的背影

行走在山谷即将收获稻子的田埂上

只有秋风和鸟语发出生气

雷锋帽下盖着多年的辛酸

背着的双手布满老茧

可以秋冬通用的衣裤挡不住孤独的凉

一门心思想如何扛起一个家

空气仿佛像山一样重

化成一家的油盐柴米酱醋茶

压在双肩

脑子里打着算盘

如果今年多收了三五斗

够不够应付那些涨了价的

收费单

2018 年 10 月 20 日

四品书院文艺之家

四方来客均喜茶

品读佳作润喉下

书香周墙蕴娇屋

院馨墨香有竹雅

文以载道承君志

艺高处世胆方大

之乎者也含乾坤

家有国学气自华

2018 年 10 月 20 日

古镇老人

蹒跚的脚步

走在古镇的青石板路上

去捡拾墟上昔日的辉煌

明清旧屋在夕阳下还透着腐败而傲然的气息

老人的祖父辈曾是大户的儿孙

孤独的老人带着对祖宗的怀念

步子里学着父辈走路带风的样子

或许营养不良或者是学识不够

显得傲然中有些痴呆

他不管世界已经变化

幻想有一天成为镇上或周边镇的统治者

眉毛透着欲望

那是对昔日父辈权力的渴求

每天的捡拾没有作用

他来

他去

已经无所谓

冒气洞随想

大地被山石泥压得太久

也会寻找一个出口

发泄不满

冒气洞

是大地发泄情绪的出口

2018 年 10 月 21 日   2018 年 10 月 22 日

美，养育了女人和诗

没有美养育的藏族姑娘

仓央嘉措无法写出绝艳的情诗

没有仓央嘉措的诗

女人没有那么意味深长的美

美养育了女人和诗

在这个秋天摘柿子的季节

女人也养育了诗

诗又反衬了女人的妩媚

——————

2018 年 10 月 24 日

飘落的桂花

生，不因灿烂的小而愧疚

死，不因低入尘埃而不甘

生成一种低调的奢华

死成一种放达的从容

生死荣辱掌握在自己的手中

——————

2018 年 10 月 24 日

雪打断了秋梦

不要以为每一场雪都是大地的福音
有时候一场雪会过早地结束秋天
雪用冷酷统治世界
认为没有它覆盖不了的地块
好端端的一个秋天
被傲然从天而降的雪覆盖
一场丰收的秋梦
在冷酷里收场

2018 年 10 月 24 日

东女国歌舞忆大唐

曾迷倒过玄奘的东女国歌舞
又在丹巴的土地上复兴
在背景墙上我似乎看到和谐二字
大唐的轻徭薄赋广开言路对外开放
来了多个国家的使者与商人
鉴真的东渡传教与玄奘的西天取经
昭示着只有和为贵才能名满世界
开明的君主需要魏征一类的犯颜直谏之人
繁荣的国家需要实在的内外政策
歌舞升平是国力强盛的结果
而不是歌颂君王的工具

2018 年 10 月 26 日

桂林的桂花

灵渠运来秦朝的风

猫儿山送来汉唐的月

漓江淌来宋朝的温柔

文脉里透着远古的文明与抗战期间名人

的气息

熏染出如此厚重的香气

我在靖江王府熏陶了四年

馨香已浸入血脉

每一个文字从我的指尖流出

我力争让她带着桂林桂花的味道

2018 年 10 月 26 日

桂林的桂花雨

秦王的士兵悲哭吃不惯南方的饭

把面条哭成了米粉

老天悲悯抗战士兵的血

用桂花去掩埋忠魂

秋风想为大美的桂林再添风采

摇落满地黄金

我仰慕湘桂走廊的文化养育了父亲和我

用飘落的桂花作诗句

写上一句话

感恩

2018 年 10 月 27 日

我心中的靖江王城

我知道
南宋高宗赵构在这个潜邸回味黄袍加身
元朝顺帝孛儿只斤在这里歇息休养
明代靖江番王把它作为王府
南明永历皇帝朱由榔把它当作皇城
孙中山在这里设大元帅府筹备北伐
李宗仁白崇禧黄绍竑在此设广西省府
我知道
这里有南朝始安太守颜延之的读书岩
唐代桂州刺史李昌巎在这里建过孔庙与府学
这里曾经是清代广西的贡院解放初的军政大学
更是广西第一个状元赵观文读书的地方
三元及第的学霸陈继昌也在此挑灯夜读
也有我们历史系七七级的同学在这里孜孜不
倦地追求真理与知识
忘不了独秀峰的挺拔俊秀
忘不了摩崖石刻的龙飞凤舞
忘不了月牙池行云衔月
忘不了桂花树下借清风明月背书
更忘不了三十九号宿舍自己夜十点到十二点
的煤油灯
独秀峰山腰自己找的那个读书岩
忘不了图书馆那精神大餐
忘不了那大礼堂千家驹的报告
忘不了大食堂的饭团与猪肉
忘不了雪天冷水冲凉的歌声

靖江王城的四年
我犹如换了一个灵魂
不忘初心方得始终
不忘文脉注入文史的精神
感激系主任钟文典感激几个班主任
更感激同班同学你们是我最近的老师
发可变白躯可变老心不可以变
让承载我四年躯体的靖江王城
让伴我无数个日夜的老师与同学
进入我诗歌的字里行间
与我的灵魂永生

2018 年 10 月 28 日

王莲随想

夜晚清晨中午都在存储能量

伸开簸箕大的叶子

承受生活中的凄风苦雨

吸收阳光雨露

为夕阳下的自己绽放出绚丽的色彩

用最大面积的爱

呵护种子培育禾苗孕育后代

哪怕在肮脏的水上

也要追求真善美

用宽容与绚烂

证明自己灵魂的洁净

王莲不仅是王家的莲

也是世界的莲

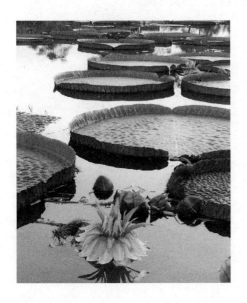

2018 年 10 月 29 日

叩问生命

坚毅的时候

像一根牛皮绳

脆弱的时候

像一张随手可以撕破的纸

做绳与做纸

不是由主人自己决定

叩问生命

在宽度与长度之间

你选择谁

我选择宽度

哪怕似李咏归去

2018 年 10 月 29 日

用脚投票

脚步的方向
是对承载生命体空间的选择
那里有自由呼吸的空气
有免于恐惧的生存环境
有延续生命的物质
有生命的脚步
从来不会朝着黑暗饥饿与恐惧的目标走
脚步的朝向
代表着逃离黑暗走向光明
逃离恐惧走向宽松
逃离压抑走向自由呼吸
出埃及的脚步
从东德往西德的脚步
从洪都拉斯到美国的脚步
还有从不可言说的地方到不可言说的地方的脚步
都在一步一步地改写着历史
谁逼使民众走出这样的步子
谁就是被钉上历史耻辱柱上的
罪人

2018 年 10 月 30 日

第十五章
2018 年 11 月之诗

咏红树林之根

在浊水浮华的世界
不去追逐树冠的高大上
在张扬个性的春天
仍然相信一棵好树三棵帮
在台风频频的江海之岸
不相信攀爬依附的力量

只相信自己的定力在脚下
根扎得越深
大潮汹涌时才有抗击的力量
不做藤蔓上的瓜
靠一根寄生在树架上的藤生存
不做串在竹根上的笋子
让别人顺根而挖
自己的根是自己的灵魂
不依附于任何别的施舍
拼命地往低处扎下去
大地抓得越牢
生存的枝干越稳
经营自己脚下的土地
总好过浮萍对水面的依附
水去了
自己也完了

2018 年 11 月 01 日

我老家门口那棵树

经历过了无数次洪水的洗礼

依然立在河中

你得感谢有人给你围了一圈抵御外

力的石头

当然你靠的是自身把根深扎地下

抓住生命的能量

大地的精气神

你才从容地面对

八面来风

四周来潮

上游来洪

2018 年 11 月 02 日

我穿行在诗歌与自助餐厅的丛林

我穿行在诗歌和自助餐的丛林

我只认得岑王山的几样植物

枫叶杉木葛藤青枫八角树

在诗歌的自助餐厅

我只挑自己爱吃的捡

米粉红薯芋头发糕水果

其实世界上还有亚马逊热带雨林

还有北极南极俄罗斯越南

我没见过的植物和食物很多很多

没有见过的我不能说它不漂亮

没有吃过的我不能说它不好吃

写诗与读诗

写你喜欢的

读你喜欢的

千万别认为

只有你喜欢看的写的才是最好的

如果让无知与偏见左右了你的视线

你就是光着身子的皇帝

别人说你的新衣漂亮

你也以为自己的新衣漂亮

2018 年 11 月 02 日

平果都阳村的红睡莲

这个世界既然咒骂的声音太多
不去管他
只管喜欢阳光雨露碧水青山
簸箕大的叶子是用来装欢乐和愉悦的
不像那些管天管地管排气的人
一年中也就灿烂一次
兜住自己的欢乐
绽放自己的精彩
没有工夫去管谁死了谁该劝说谁
谁该做谁是谁自己的事
用不着指手画脚去规划别人的莲生
在一个不起眼不富裕不喧哗的地方
悄悄地早吐白蕊晚收红花

2018 年 11 月 03 日

夏梦与红莲

人生莲生
均用自己的本事去采集能量
出落成绝世美景
站起是唐诗
躺下是宋词
斜卧是元曲
闭月羞花
沉鱼落雁
一张脸
一枝花
征服整个世界

2018 年 11 月 03 日

写给我的两个八零后小老乡

你们的人生菜谱里
比别的多吃了几道
一个喜欢吃老子孔子孟子
还有释迦牟尼康德孟德斯鸠
古今中外名典
一个喜欢吃荷马莎士比亚卡夫卡马尔克斯李敖胡适
古人与名人的骨头香吗
你们吃书的地点十分简陋
工棚工地工厂公司养生堂
你们举手投足没有大款的派头却有文化的味道
出口是水曲流觞
言谈是希腊罗马
此时没有一点商人与包工头的痕迹
你们出手的文字
打人很痛慰人很舒教人很给力
年龄已经落在你们后面
满腹里已经塞满诗书
你们这一对浪平高山汉的八零后
已经折服我这年逾花甲的老头

秋河如碧玉

年轻时的奔腾与喧哗
蒸腾出温润的雾雨云山
滋长了两岸的青葱岁月
入秋
早年播下的龙种变成惠风
吹黄了金秋的稻田与园林
此时的自己
亦趋向宁静与平和
华丽转身
化成夺目的碧玉
嵌在自己喜欢的河山

胡杨随想

上帝不忍叫沙漠的恶劣统治太久

派来天使般的胡杨

春夏举起江南的油纸伞

不使烈日把沙子烤得太烫

秋天举起红色或黄色的火炬

让远行的驼队看到干渴后的希望

根深深地扎入地下

抵住狂风的暴虐

根挽着根

留住一汪碧水

让沙漠嵌下一面镜子

留下彩云与月亮

被无数次风暴沙雪抽打过的树干

印下岁月的无情

干旱吸走泪滴

寒热抽去水分

但它们摧毁不了坚毅

流沙掩埋不了不屈的灵魂

任何的蹂躏都改变不了爱沙漠的初心

习惯了冷嘲热讽

更不惧雪打风吹沙埋

远望是一只只宣誓的拳头

近观是一杆杆迎风飘扬的战旗

一道道亮丽的风景线

醉了水湾沉了寒月住了彩云迷了游客喜了驼队

伸开枝丫

是少女少妇的情怀

温柔了诗人的春梦

迷幻了绕你的生灵

2018 年 11 月 06 日

题一位画家的立冬之荷

岁月的河流从远处走来

有一个分岔流入荷塘

盛开过灿烂的花朵

一束春夏之光

曾经辉照过苍凉的岁月

如今金秋已过

但荷叶在为莲子尽全力之后

悄然垂下高昂的头

浸泡在水中化泥

荷杆支撑着莲实

直到莲农收走这一辈子的希望

几朵散落的花瓣

没有显出一点哀怨

该凋零的要服从命运

人无百日好

花无百日红

任何想与时令对抗的

都终归于尘

赞杨六斤

人世沧桑雨打萍

乡村野树土扎根

草果饥腹鱼暖胃

心坚志强哭万人

怜弟才悲家离散

思亲方感胸石沉

顽强不屈命带苦

青山绿水养后生

普洱茶

吸收了多少亿年的地气

沐浴了多少千年的雨露

经受了多少岁月的风霜

茶树知道

涤荡了人体内的多少污浊

扫清了肺腑多少尘埃

排除了多少大脑的烦躁

茶水知道

带来多少欢愉

补充了人生多少痛快

联结了职场多少友谊

茶具知道

你是上苍派来的健康天使

你是人间致美尤物

我爱你——普洱茶

干柴

水分已被榨干

每个骨节都含着愤怒

艰难地从春走到冬

从冬走到夏

最终还挣不开束缚的绳索

只有放胆一搏

谁溅来火星

就会燃起浑身怒火

我的诗像香蕉

我的诗写得太多

像挂在蕉杆上的一大串瘦蕉

营养不良

干瘪地令人倒胃口

我拉来哲学与宗教做令箭

谁不喜欢

我射死他

让他摸不着头脑

让他觉得我很伟大

因为他看不懂

显得我很高深

当他把朽木的撑杆当文化支撑的时候

我就伟大起来

2018 年 11 月 08 日

石头

一桩沉重的心事

压在山口和山肩

沉云是被压抑冒出的地气

搬开或者毁掉这颗石头

谈何容易

力气必须比它大

动作必须能战胜它的反作用力

山无语

大地沉默

只有等待奇迹

2018 年 11 月 09 日

灌阳新圩油茶花

有一只从中原随马队而来的蜜蜂

在离灵渠不远的灌阳落下翅膀

文明的嗡嗡声飞翔在新圩的茶花

流向远方的战争水路

把中原的面条兑换成桂林米粉

而灌阳的乡民把湘桂走廊的炒米兑换成油茶

山上的油茶树不是民宅中的油茶餐

但它们都靠都庞岭与海洋山的雨水滋润

油茶树籽的油养人

新街江口唐景崧三兄弟同朝进士俱是明证

民宅的油茶餐使人聪明

当今广西首富广东作协主席都是喝灌阳油茶长大

新圩的油茶树又开花了

在这个果花同季的岁月里

生态灌阳

又会绽放什么新的事物？

2018 年 11 月 09 日

读史与逛公园

历史的鞭子不时抽打我的灵魂

努力去追求你想要的

满足你已经得到的

珍惜你现有的

不要用你内心阴暗的鞭子去抽打阳光

不要用你的良心去歌颂丑恶

公园里的平和

是几多征战的鲜血换来

社会上的弊端

是一颗一颗的小灾火

尊重一切为和平献身的人

踏灭你可以踏灭的小灾火

历史的神明

也会为你点赞

2018 年 11 月 10 日

桂北的江南村落
——江口村

岁数大了

江南时入旧梦

周庄乌镇南浔西塘同里甪直

六大古镇用水墨画刻入脑中

然而桂北的江南村落江口

留给我的记忆更具有人文底蕴和诗意

或许历史把歌颂她的责任赋予我

让我用一首自由诗抒发那个被严重低估的

人文瑰宝

这里是耕读传家的典范

唐氏三兄弟

同胞三翰林

这里出过抗法抗日的名人

景崧曾是管理台湾的风云人物

这里是桂剧的源泉

景崧在桂剧史上不亚于桂剧之父

这里是桂北民居的建筑典范

保存完好的景崧故居诗意无穷

小桥流水翠竹白鸭

多似一曲唐诗宋词谱的曲子飘过

荷塘月色多水汇流莫不是李白王维写山水之韵

黛瓦粉墙古村旧屋多么像明清古画

美丽村姑外来丽人怎能不是宋代清明上河

一座几百年的旧村落保持得如诗如画

你走在老街仿若回到唐宋明清

发思古之幽想

写怀旧之情诗

你待在小桥上打量村子

我站在古树下打量你

你我就是村子里的一首诗

————————

2018 年 11 月 10 日

行走与书写街巷志

行南自北数度秋

走进民间觅根由

与众不同非闲逛

书下眼中百姓忧

写就一篇返三次

街留足迹几成沟

巷道传说亦小史

志标文内是伟殊

2018 年 11 月 11 日

我把他乡当故乡

父母的祖上

都未固定在一个地方

生活的艰难困苦

往往是让岁月逐波的浪

我常把他乡当故乡

我的血脉里注入了移民的因子

灵魂安处

岁月静好

为什么不可以

常把一草一木的变化

纳入你的眼帘

周边的细微变化

都会使你的灵魂得到升华

我愿意

常把他乡做故乡

2018 年 11 月 11 日

写给知青

艰辛的岁月把你们制作成一道粘胶

让你们去弥补几千年来人与人之间留下的裂缝

你们是一道沟通城乡文化差异的桥梁

城里人通过你们才知道什么叫牛马般的生活

这是一代亘古未有的人群

你们的存在让人类反思王侯将相是否真的有种

插队与回城

劳作与读书

你们的来去演绎了两个人生版本

哪一个更好

哪一个更差

用不着人们评论

多少悲欢离合都融入歌声中电影电视里

只有村庄以及当年见过并与你们打交道的人

才更清楚

你们要寻找的记忆

是不愿复制的人生

2018 年 11 月 15 日

故乡来的信息

无论悲喜

每一个人都很在乎故乡来的信息

故乡是一个人生的坐标

成功与失败

都会自觉或不自觉地用它丈量

有太多的汗水与故事撒在故乡

有许多的血脉与文脉源自故乡

成功或失败

你都是故乡土壤上生长的种子

太多的事物与人物与肉体灵魂相连

想割舍与牵挂都由不得你

你的每一个细胞每一滴血

都有故乡的印记

你的每一个乡音每一个举动

都带着故乡的文化印痕

故乡的路越来越烂

你的心越来越急

故乡的风气越来越坏

你的心似刀绞

故乡若是越变越好

你会露出欣慰的笑

故乡的每一个信息

都像一支箭

射中你的心

爱故乡

从关心故乡的信息开始

然后力所能及的范围内

助故乡一把力

假如你忘了故乡

也劝你

只做发展故乡的动力

不做妨碍故乡的阻力

2018 年 11 月 16 日

建设中的前海

机器费力地呐喊着

倾尽最后的力气

也要完成主人的命令

从大地里挤出的污泥浊水

不甘心原来的生活被打乱

戴着安全帽的工人

日夜加班

家在附近的我

倾听着城市在呻吟中拔起

高楼大厦建起来了

建设者大多会散去

新住进来的

不是金融大鳄

就是达官贵人

何曾有工人们的一间小房

孟子说劳心者治人劳力者治于人

莫非说一个人或者一个家族的文化

决定他或他的家族

过着什么样的生活

十三岁那年若我辍学后不续学

恐怕连来前海当一个电焊工的机会

都没有

机器仍然在轰鸣

我的思绪却飞上了前海的上空

2018 年 11 月 19 日

鹧鸪天 · 情人树

思念连理抱梦中

天涯海角岁相从

相濡以沫霜雪退

圆月花开来仄风

伤离恨

愿相宠

三番五次枕与同

一生一世长拥吻

犹恐分手风毁空

2018 年 11 月 20 日

腾冲农家

搜尽唐诗宋词里描写农家的句子

都不如自己去腾冲农家一游

那个叫和顺的古镇

那个滇西耕读传家的院子

堆满了你对陶渊明的向往

晾晒着你对悠闲生出的诗意

秋收的季节走进腾冲农家

你就会走进五彩斑斓的唐宋

艳阳高照和风拂面的日子走进腾冲

你就会误认为进入了不知魏晋的桃花园

耕读文化哺育了滇西的壮烈情怀

焦土抗战与烈士墓园以及和顺的图书馆

告诉你什么是中华民族的根

腾冲的火山与地热孕育了令人向往的农耕文化

你在这里可以寻找到因政治风波太多而丢失的灵魂

你在这宁静的画面中可以找到悠闲的文化之根

你想慰抚一下躁动的心

请你去腾冲农家

2018 年 11 月 21 日

题清代桂林四状元

及第三元陈继昌

江苏巡抚威名扬

道光状元龙启瑞

鄂赣学布政使忙

光绪翰林张建勋

民政教育黑龙江

临桂词派刘福姚

清末文坛好文章

2018 年 11 月 21 日

自由的家禽

不用打卡

上班的时候自己跳上园子里的秋千

看日出日落而鸣

不必看老公鸡中公鸡小公鸡的脸色

自主地在林地觅食物

不羡慕动物园的孔雀狮子猛虎

美丽与威风都是暂时的

仰人鼻息

在农家园子

可以到村里走走

累了再回来

家园里自给自足

主人不撒粮

也能存活

不想打鸣的时候

也没有强迫

用什么调子打鸣

自己说了算

这个村子

叫乌家寨

2018 年 11 月 22 日

腾冲银杏

秋末初冬
你用黄叶写下满地诗篇
我读出了艾思奇大众哲学的高远
读出了国殇墓园中那个军统烈士背后的沧桑
读出了娃娃兵枪杆子的重量
读出了史迪威公路的曲折
读出了茶马古道上的铁蹄叩向寂寞山谷的声音
读出了中国军队在缅甸抗战的硝烟
读出了日寇的残忍与焦土抗战松山的惨烈
读出了驼峰上空飞机的和平轰鸣
读出热海与温泉的诗情画意
腾冲有太多的故事
腾冲的古镇古村有太多的传说
银杏用树叶与果实含蓄地写下一切
让游客觅着过往的秋风寒流
去追寻撒落一地的美
腾冲的银杏

你用果实和沧桑的黄叶
填了一首赞美这块热土人文美的词章
让过往的李清照辛弃疾
都跪在你的面前
对不起
我们所有的语言
都无法表达你这伟岸的树身里
散发出来的浩然正气

2018 年 11 月 24 日

百色学院八十周年随想

我在发黄的史书里翻

想在右江流域里寻找一个

从隋唐以来产生的科举状元

没有找到

却发现那劳岑氏家族的一个后裔

这个土司家族的后代

在田西一个叫潞城的地方

建立了一听师范学校

她就是百色学院的前身

那一年还属民国

是 1938 年

如今这所有两万多名学子的大学

也曾经流过我 1988 至 1993 的汗水

那是一个激情燃烧的岁月

为这块未产生过状元的土地辛劳

为这方诞生过红七军的热土奉献

为生计奔波而走出这块土地

又为期盼这块土地文化与教育的兴旺而归探

一条从潞城流向右江的河

每一朵浪花都跳跃着祝福

一滴从岑王山中而溢出流到珠江口伶仃洋的水滴

纵使化成一丝看不见的水雾

仍然希望源自潞城的河

越流越宽

越来越丰盈

载着创办者的梦想

驰向更美好的明天

浪平八仙调

唢呐和配乐的调子

把思绪带入远久的川鄂湘黔

明末的衰落与李自成的溃败

崛起一支李定国的部队

高山汉的先祖在战乱的旋涡中

流存在桂西的崇山峻岭

隔断和保存的川鄂湘黔文化余音

在汉民的喘息中得以传承

八仙调

用古老的声音与如今的川鄂湘黔对接

调子里悲中有喜

喜里含悲

一股历经沧桑的味道

从和声里传出

它超越了古代与当下的音域

在明清的上空飘荡

一种欲笑还悲

欲悲还喜的感觉

在旋律中升腾

一场民俗文艺演出的随想

一个传唱了几百年的旋律

在潞城红旗村的上空盘旋

一个寿宴

寄寓了高山汉的孝道文化

人类繁衍的规范

通过一种特殊的代代传承的音乐形式

唱出尊老爱幼的主题曲

八仙调吹拉出远古的雄壮与悲凉

合唱曲抒发了儿女的千般柔情

寿星在柔美的旋律中快慰平生

听众在寄望里企盼子贤孙孝

正能量不是一句空话

每一个音符都填满真情

在这个初冬的时节

充满了春天的气息

有时，阳光像一支箭

有时，阳光像一支箭
为喜欢它的人开路
射死阴霾和寒冷
为喜欢它的主人
开一条通向光明的路

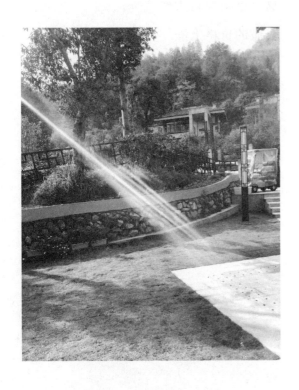

糯米糍粑

它是我童年最美的理想
吃上一个
赛过神仙
哪怕太嘎公给我一个咬不动的糍粑圈
我也会兴奋得笑一天
立新房从房梁上抛下的糍粑
我若抢到一个
比抱得美人归还得意
糍粑是我童年的希望
就像当下的远方和诗
总有一种魅力
让我魂牵梦绕
一个糍粑
就是一个穷小子的全部世界

2018 年 11 月 25 日

2018 年 11 月 26 日

咏鸭

既然生命已被一定的范围圈住

既然命运的把柄握在拿刀人的手里

自在地游泳吧

过好每一天

在上苍赋予的水塘河汉里

飞不到辽阔的湿地

到不了宽广的海洋

珍惜现有的地盘

来回掉头总可以吧

纵横驰骋可以吧

自娱自乐可以吧

那就螺蛳壳里做道场

在小天地里纵情一回

2018 年 11 月 27 日

表弟的养鸡场

表弟把寒冬的暖光和朴素的苞谷子

投放给走地鸡们

他的关爱产生一种鲜美的味道

长大的鸡拿到县城

二十六元人民币一斤

预订抢着买

这个世道假货太多

真诚的价格上涨

表弟用真诚

换来白花花的银子

2018 年 11 月 27 日

初冬的今日浪平

晚稻里饱含了少年时代我饥饿时对大米饭的渴望

田坝上寄寓了我一个洞子人对大地方的向往

石山上我猜想着哪一处有可换钱的金银花与棕榈片

雾霭中我计划何处去偷砍干柴不被发现

诗情画意的浪平山水田园

今天看起来是那么的具有浪漫气息

生活的背后往往隐藏着许多辛酸

正因为艰难的过往

今天看什么都阳光明媚

———————

2018 年 11 月 27 日

同理小巷的油纸伞女人

油纸伞扛起民国的春天
尽管它不曾完全抵挡清代花轿的沉重
旗袍延续了唐宋的诗词之风
妩媚中不失庄严
披风如近现代的一抹亮光
尽管它驱不尽京城刮来的慈禧寒流
竹箱已卸下木柜的累赘
但距 LV 的时髦还有很长的路要走
高跟鞋叩响宁静的小巷
声音传过岸柳惊醒归巢的倦鸟
亭亭玉立在朦胧的薄雾中
给古老的巷子带来些许生气与喜庆
一个仙人的民国版
站成戴望舒宝典里的一首诗

2018 年 11 月 28 日

阳光下的微尘

我们是如此的渺小
渺小到地球在阳光下都只是一粒微尘
我们在这粒微尘中
亿万分之一都混不上
别以为自己太伟大
更别以为你可以统治世界
当你在境界的高空中仍然高看自己
的时候
连做亿万分之一的微尘中分裂的微尘
都没有了机会

2018 年 11 月 29 日

我愿做一片故乡的云

生活中总有一些不如意

正如浪平的山水总有干涸与狰狞

我愿做故乡的一片云

用美盖住过往的伤口

用洁白拭净过往的埃尘

摊开心胸

活成一汪云海

让友谊友情亲情在上面踏步

腾起云帕

去擦干山瘠辛劳的汗水

诗意云生

亦能诞生在云贵高原边的浪平

———————

2018 年 11 月 29 日

想起挂面

边村贫娃吃方便面的照片

勾起毛拜陀的岁月

在我三岁才能站起来走路的日子里

挂面是贵客到来时用来做菜的

夹一夹放在苞米饭上

送下糙口的苞谷米饭

这已经是过节的感觉

那个年代

肥猪肉比瘦的贵

因为它有油水

清汤挂面

在饥饿的年月中

也是油水的代名词

2018 年 11 月 29 日

第十六章

2018 年 12 月之诗

当冬天来临的时候

当自称为雄鹰的老鹰在异国展示雄姿的时候
麻雀感觉到冬天已来临
林中小道已经多条被严寒酷霜冻住
许多小鸟被冻结成冰
南方的城市虽然热闹如秋甚至如夏
可出租屋许多空了
租户因为心里的严寒离开了繁华的都市
小店许多关了门
不知它们的主人明年还有不有本钱做生意
相信这是气候变化使然
小提琴拉响
也会用《当冬天来临时》催落欧美的树叶
但一首外国的曲子来加深我们的寒冷
总有点心里憋屈
祈望吹来一阵风
让明年的收成好些
北方不那么冷
南方少关一些门

2018 年 12 月 01 日

托梦花开

去秋十月母驾鹤
今冬昨夜寄梦说
妈往西天心甚慰
着汝花开衬快乐

失怙老儿吾含悲
旧年奔丧泪潮坡
早起出门赴汕地
手种桂树绽娘托

2018 年 12 月 03 日

黄落的银杏叶

吊在树上将要落下的时候

就是大汉与盛唐

那迷人的风景折服多少个民族

落在地上的时候仍然是宋词与元曲

婉约与豪放清冷又温柔躺满一地

人如草木免不了四季轮回

朝有兴衰免不了起伏跌宕

观世音菩萨早就看穿六道轮回

荷花池的萧条与繁荣

背后都有季节的变数

盛衰不悲荣辱不惊

该来的会来该去的还去

杜甫经历了太多的离乱

会吟出

感时花溅泪　恨别鸟惊心

李白不把高力士的权威放在眼里

行吟于祖国大地不为权贵所累

又到银杏叶写诗的季节

我用自然之风把它们轻轻地吹起

又轻轻地放下

一切都是那么地符合天道

2018 年 12 月 04 日

漓江晨咏

一梦醒来山含烟

昨夜瑶池掉眼前

仙女梳妆已离去

唯留画镜予人间

银杏女

相思或者构思

都已经不重要

灵魂已经陶醉在诗意的树下

那初冬的宁静与杏叶铺陈的毯子

足以忘掉世上所有的烦恼

那撑在民舍边杏树下的伞

远比丁香时节从古镇小巷走出的江

南女子更有少妇的韵味

古村古树老屋

新衫新巾新人

构成一幅柔和远古与当代的艺术画

美不仅是仪表姿势与服装

更是透入骨子里的贤惠与善良

以及勾魂的人格魅力

2018 年 12 月 06 日   2018 年 12 月 06 日

美女鸿雁舞

四肢柔进千古以来美女的妩媚

双眼闪尽昭君与貂蝉的秋波

身体浸透了鸿雁的志气

服饰体现了贵妇的气质

音乐响起

带我们走进唐宫宋殿

昂扬处的音阶

我们似乎被带入高原青藏

鸿雁南飞

向往光明与自由

展翅北度

捡拾过往的辉煌岁月

驰骋东西

融通中西的文明之风

浩齿露笑

折服多少帅哥

一个摄人心魄的舞蹈

舞出多少沧桑

舞出多少惊叹

人间大美

尽在其中

2018 年 12 月 07 日

冬馋东坡肉

东坡已随宋朝去
肉香尚在华夏留
冬寒豕坨诱馋涎
心急托筷热入口

2018 年 12 月 07 日

题云水青山

一个洁白的灵魂

绕在云水青山

化成一颗爱心

献给翠绿的大地

蝶望花枝

奋力地追逐

云恋山水

柔情万种

对美的向往与追求

形成一种无形的力

弥漫在天地云水青山之间

你的心

随着美在起伏

2018 年 12 月 07 日

浪平马驮队

无论是马还是骡子
驮走了浪平高山汉三百年流离的岁月
它们驮来这个迁移民族的些许希望
它们驮来马主的老人与小孩的些许幸福
似乎是一群通人性的动物
为了主人的生活艰难地付出自己的努力
南征北战东西出击
马蹄声叩响车到不了的山山水水
用背上中国地图似的疤痕报答主人的
几杯马料之恩
用滚坡不惧的胆子捍卫对主人的忠诚
当牛做马的报答的确苦不堪言
但这种忠诚的确让人撕心裂肺地痛
恨不得把马叫一声妈
因为妈妈就是这样艰辛地把我们养大
为我们当牛做马

城市的阳光

有时候一个国家的统治者亦是一道阳光
一旦他除去阴霾
带给祖国和煦的阳光
所有的城市都会沐浴在融洽的气氛里
生机勃勃
昂然向上
国家的繁荣富强便不是一句空话
今天
金边的阳光正好

2018 年 12 月 08 日

2018 年 12 月 09 日

向往温暖

温暖是一缕春风

杨柳从冬天开始期盼

温暖是一个国家的怀抱

子民从冷处来到暖处

温暖是柔情的归宿

哪里有温暖哪里就产生柔情

天太冷

北雁南飞

风太寒

倦鸟归巢

冰天雪地里如果汽车的发动机有温度

老牛也会依附其上

温暖

可融化冰冷的心

2018 年 12 月 09 日

那一年，我参加了恢复的高考

历史把我拉回四十一年前

那个十二月十日

我走进浪平中学的高考考场

监考老师庄严地盯着我们

佩戴手枪的警察走动着维持秩序

我与我的同学并排坐着

各自严肃地答着考题

民办教师的我如虎添翼

笔下虎虎生风

迎来展示才华的时机

尽管不是考上清华北大

但广西师范学院

如今的广西师范大学

仍然让我在录取通知书上凝视很久

心情久久不能平静

因为激动

因为高兴

因为跳出农门

作为第一个公社的正规本科生

那段日子

我走路都带跳带风

仿佛自己是世界上最幸福的人

炸药箱是我的行旅箱

扛着它招摇过市走进桂林王城

我一点也没有不好意思

意气风发的岁月从此开始

沉寂十年的高考终于恢复

我有幸成为百分之四的佼佼者

每一口空气都是甜的

每一个笑容都是真诚的

每一个人都是顺眼的

哪怕等了三天才插笋子一样挤上去上大学

的班车

哪怕从百色码头坐船到南宁要几十个小时

哪怕我的行李箱是那么不合时宜

但在欢乐的心支配下

全世界的美好都向我走来

芝麻开门了

我来到知识的殿堂王城

如饥似渴

饮用知识的琼浆

用老师的智慧武装贫乏的头脑

每天畅游在文化的海洋

每一个细胞都在吸收知识的甘露

幸运的天之骄子

感恩公平的高考

贫寒的农家子弟

怀念那刻骨铭心的岁月

高考改变了我的命运

也改变了国家的命运

永远忘不了

一九七七年

那个十二月的冬天

这是中国最温馨的冬季

作为七七级的大学生

十二月十日

是一个温暖的春天

2018 年 12 月 11 日

金边的湄公河畔

水流已冲干净血色的波浪

正常的碧绿来到原岸

祥和的云彩与璀璨的夜灯装饰着这个城市

一种和平的氛围绕着这个城市

红瓦黄墙

写着唐诗宋词

2018 年 12 月 12 日

怀念外婆

我在毛拜陀的二十个春华秋实

外婆是春风雨露

对于出生就没见过爷爷奶奶

一岁外公就驾鹤西去的我

外婆是我心中的太阳

我听着外婆背上的嗡嗡声长大

我忘不了外婆在客人走后留给我放学回家

吃的蛋汤鸡肉腊嘎

忘不了她教我的格言

吃得亏才打得堆

力气是个怪用了它还在

出门在外多栽花少栽刺

忘不了外婆困难时期偷偷接济

忘不了外婆对我割马草打猪菜的鼓励

外婆用慈祥善良和仁爱养育我的灵魂

外婆用激励鞭策和赞扬浇灌我的进取个性

一个高山汉的守寡大半辈子的老人

像一棵大树荫庇着上门的父亲和我们一家

外婆用爱撑起我家的大伞

遮挡住无数次袭向我家的风雨

外婆用心化作阳光

温暖了我家无数个寒冬

外婆呕心沥血化作育人的养料

哺育着我们兄弟姐妹长大

看到外婆的照片

仿佛看到了外婆慈祥的关爱我们的模样

像伞像树

在我的头顶遮风挡雨

不让一粒尘埃

飞起来伤害我们

2018 年 12 月 13 日

那年我对旺嘎公的担心成了现实   陶 醉

几十年前我与再明再彬思繁旺嘎公上小学
旺嘎公总仗着自己力气大欺负我们四人
挫骨，我们一一败倒
摔跤，个对个全败在他手下
我们四人的失败助长了旺嘎公的野心
他说让我们四人一起上
把他压在刚吐芽的苞谷地
他扬言还能翻过来
庙边的台地成了战场
旺嘎公被我们压得发出不雅的响声
他恼羞成怒
改变了游戏规则
抓起泥块与石头乱打
我们做鸟兽散
逃入石漠化的丛林
旺嘎公更自鸣得意
以为天下属他
看不起天下的一切
结果我们被迫与他疏远
由于扛着超过他负荷的生活
他病了
老婆也找不到
三十不到
就死在小弄阳村硬板床上

眯着眼睛
陶醉于此刻的幸福
灵魂浸在饴糖中
慈爱化成绕指柔
将上帝的厚爱
紧紧搂在怀里
此刻
不管它天翻地覆
那是人间最美的时光
我不忍让它
从我眼睛里溜走

2018 年 12 月 14 日   2018 年 12 月 14 日

硬 菜

把无数个岁月的汗水攒起来

做成几个硬菜

在红白喜事的桌上

借助互相交换的胃

化成喜庆的氛围

给太热的乡村添凉

给太冷的偏壤生活添热

给贫乏的生活

加入一些味道

2018 年 12 月 14 日

我爱玩中国字

每一天

我哪里是在微信上写诗

只不过

我爱玩中国字

它像孙悟空身上可以万变的毫毛

它似我心灵在外界的重要抓手

用这毫毛

我变出意念里美好的世界

用这抓手

我抓住过往生活的精彩留给看众

我爱玩中国字

它是我能指挥的百万大军

它是我撬动世界的最佳帮手

它是我灵魂深处的魔法剑

指哪打哪均由爱恨情仇

我玩不了其他

但我爱玩中国字

2018 年 12 月 15 日

别怕，妈妈为你挡雨

别怕，孩子
妈妈虽然一无所有
可妈妈还有比你们宽大的身体
别惊恐变天
有妈在
妈妈还可以挡雨

————————

2018 年 12 月 15 日

伞

一生的奉献
换来被人抬举的地位
任何荣耀
都是付出后的收获

————————

2018 年 12 月 17 日

烧苞谷

温馨的火拉我回到毛拜陀

那是一个艰难而不缺柔情的岁月

一棵没有转过基因的本地嫩苞谷

不管黏的糯的

都散发着毛拜陀特有的香味

如果中秋后伴着核桃新瓣吃

那绝对是桂西第一美味

孩童将籽粒握在手里猜单双

胜利者满口生香

整个童年

烧苞谷是四季最诱人的时候

多少贫困在它面前纷纷投降

它喂养了我坚硬的骨头

算命的说见善不欺逢恶不怕

它给了我白居易的习性

每一粒都是明明白白的文字

吃饭就是吃饭

不要说成是

将碳水化合物引入口腔而导致的一

系列物理化学运动

一枚简单的烧苞谷

做了我童年买不起的算盘

用烧苞谷籽

启蒙了我的数学

用它我完成了人生最初的加减乘除

每当看到烧苞谷

我仿佛看到了我的童年

2018 年 12 月 17 日

让音乐洗净忧伤

岁月的过往

谁不会留下生活的忧伤

让音乐洗去吧

音乐像秋风

把忧伤的叶子从树上扫落

音乐像溪河

把忧伤的沉渣推送过人生的山梁

音乐过后

留下一片宁静与洁白

来年

又是嫩芽纷呈满目春光

优雅

每一个动作

都带着文化的味道

有貂蝉的风韵飞天的神采西施的美貌

举手投足包含了童子功的柔软与劲道

音乐的旋律中跳出几千年的沧桑

踏步间传出多少个朝代的声响

纵使岁月夺走青春

但芳华定格在气质的体内

笑容与柔美透出一种风韵

纵然是广场舞

也绽放着迷人的

优雅

诗意泸沽湖

是那碧玉般的水勾引我
深邃的水下一定有美眉娇娥
是那摩梭姑娘的情歌吸引我
爱唱山歌的我也许会有艳遇
是那走婚的传说勾起好奇
怎不会荡起曼妙的秋波
人是感情的动物
有时候难免让思想的野马飞跃
柳下惠生在一个克己复礼的时代
怎能框住后人觅美的欲火
只要你是一个正常的男人
到了泸沽湖
以梦为马
跨越历史的长河
去追寻一个浪漫的幻想
有时候
恨不得身体永远在
梦里的摩梭

2018 年 12 月 20 日

听宋飞拉洪湖人民的心愿

一弓拉出带荷水
两弦抚成沾露花
洪湖情深抒人愿
誓将性命换民华

万千思绪成细浪
扶弱抑强韵声嘉
巾帼美眉绕指柔
牵吾魂魄定禅家

2018 年 12 月 21 日

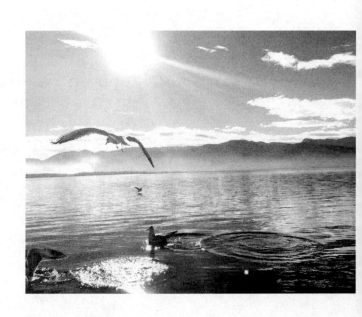

布洛陀创世神话

右江与红水河呜咽着　　　　　　万物各得其所

叙述了一个布洛陀的创世神话　　人类得以安身生活

童年的宇宙　　　　　　　　　　后人说

是黑黄白三色硕大坚硬气团　　　布洛陀万事洞明

它更像一枚巨大的石蛋　　　　　办事公道

布洛陀与他的神兄弟　　　　　　是智慧和理想的化身

雷王与龙王孕在其中　　　　　　我多次逆两江河而上

某一天石蛋爆开成三片　　　　　希望梦里与布洛陀相会

一片是雷王上升成天　　　　　　当面感谢他

一片是龙王下沉成海　　　　　　是他

一片是布洛陀不动成世间　　　　给予我向往诗与远方的

布洛陀开始创造人类和千种万物　力量

制定和安排

自然界各种事物之间的秩序　　　————————

排解人和兽各种困扰与纷争　　　2018 年 12 月 21 日

浪平腊嘎

一刀下去

也切不断浪平高山汉三百多年前移民史

清香里透着川鄂湘黔故土味道

精瘦里透露出土司排外的盘剥

肉气里饱含了不屈的灵魂

苞谷糠养大了移民几代的希望

从一块肉片一缕肉香里

我分明看见帕子围腰的老祖宗们

担着远水

烧着苞渣草

赶着马驮队

行走在石漠化的山道

向着我们走来

2018 年 12 月 22 日

爱 海

在海面前

我愿是女人

因为你像一块很大的翡翠

可以打磨出无数个手镯与挂件

在海面前

我愿意化作一缕春风

去抚摸你宁静而又温婉的面孔

在海面前

我愿意做一条鱼

周身让你的温柔按摩

在海面前

我愿意把灵魂化成水

与你融为一体

一起聆听潮起潮落的音乐

在海面前

我愿意什么也不是

像一缕空气

以梦为马

驰骋在海洋的王国

2018 年 12 月 23 日

那一年我去过漠河

零下三十几度的寒冷

像一把刀割着所有的生命

在黑龙江上拉爬犁的马

鼻子上朝下长着气息凝成的小象牙

锯柴火的锯子锯着一条条僵冻的大鱼

伐木工人的家里苞菜发黑还舍不得丢

张网上挂着几只飞不过雪林的衰运鸟

这些画面告诉我什么叫天寒地冻

我的心在大兴安岭火灾纪念馆几乎要疼昏过去

北极村再美好也抵不过冷刀的恐惧

在这里我知道伏特加酒在生命里的作用

更深层次理解当牛做马报答人恩

大地用冷酷告诉每一个访者

没有战斗精神

你会被冰雪打倒

更不用说用钎凿去黑龙江上取冰

冷酷锻炼出顽强

我更理解俄罗斯人的战斗民族精神

一场漠河之旅给我上了一堂人文地理的课

任何恶劣的环境下

都有适者的天地

只要意志还在

冰雪算什么

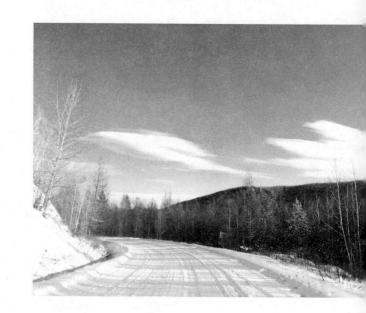

好蜢择指而居

生灵之间是有感应的

良禽择木而栖

好蜢择指而居

一个儒雅而善良的灵魂

散发出仁爱的气息

一只幼小的黑蚱蜢

刚从蛇鼠相斗的树丛中逃出

它要寻觅一处没有战乱的居所

这时一个善良的人走过

纵身一跳

跃上他的食指

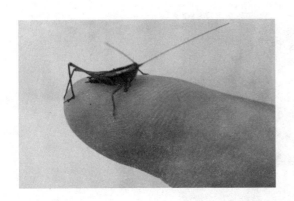

美雪

天空是神

一夜之间

把大地装饰成一幅美轮美奂的画

一缕朝阳射进雪的身体

地表如少妇

怀了太阳的孩子

挺起丰盈的乳房和凝脂般的腹部

树如发梢

一切坦露着诱人的味道

观者与旭日

诗意地抚摸

2018 年 12 月 25 日

2018 年 12 月 26 日

爱花

花朵是我灵魂的栖息地

迷恋她的芬芳与艳丽

花圃是放飞逸情的好场所

一切尘世的喧嚣一旦归寂于它

捆绑灵魂的绳子纷纷落地

春夏秋冬

花是我的生命

花与音乐

撑起我过往的枯燥生活

越老

越喜欢我灵魂的归宿

2018 年 12 月 27 日

十一月莫干山上海之行打油小集

1. 题退思园

王朝兴衰官进退
财富聚散云来回
留得园林思补过
多少物是人已非
秦朝暴虐长城在
隋帝花天运河回
吴哥神王俱尘土
唯留遗迹显其威

2. 题剑池

干将莫邪留剑池
瀑布字舞千古诗
吴越美山松竹翠
不敌刀魂动地时

3. 莫干山庄感怀

一翠写尽裸心堡
莫干山庄夜听涛
松月庐边叹蒋公
夷白楼上巴金笑
绿树成荫竹似海
八十年代领风骚
名山名流名墅间
思国思家思前朝

4. 题烟雨楼

几多烟雨几多愁
泪洒江南不断忧
一从红船开国运
往来游客心少纠

5. 题上海之巅

登泰小鲁尤在前
临巅矮珠是今天
日新月异雄狮醒
浦江冬水鹧鸪烟
心有阳光大地暖
不与夏虫话冬闲
王君之涣若在世
直呼华夏再登先

6. 题嘉兴南湖

乾隆眼里柳如烟
数度江南看碑言
园林不亚苏杭地
红船改史彪人间
迷蒙岁月含诗意
名流政要趋楼前
登临木栏看老树
一笑而过云水天

7. 题淞沪会战

弱势军力抗强倭
尚喜志气未坠落
将士甘洒护国血
淞沪会战谱颂歌
各界共识抵外辱
众志成城壮山河
每当大事有担当
国共均有族楷模

题书信

青鸟已飞复经年
两地离愁不靠笺
微短两信替使鸽
墨香手馨离徽宣

相思表达少诗意
泪痕觅纸入梦眠
腾讯代书爱又恨
禽隔千山马来前

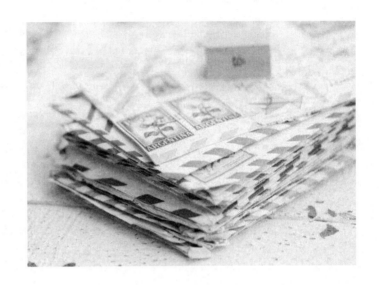

2018 年 12 月 28 日

题着青花瓷旗袍的女人

不羡神人不慕仙
自着青花照镜前
沉鱼落雁心有知
蝶恋芳华旗袍艳

2018 年 12 月 28 日

听 歌

春风抚柳松弄泉
洁白羽毛拭心尖
夕阳化雪软欲滴
醉卧瑶池遇嫩仙

2018 年 12 月 28 日

民俗薪火照亮鹏城

古镇旧墟老渔村
民俗文化诱新民
凤凰陈屋画梁在
大鹏城所传鸽声
合成糕点天下知
南山荔枝唐朝名
淦忠园开传薪火
百味何如祖道纯

仅以此诗祝贺陈淦忠先生的深圳民俗文化园开园。

2018 年 12 月 28 日

一对新婚的嘉绒夫妇

一条美的河流
从党项部落的西夏流到川西
在一个叫甲居藏寨的地方
汇入山下的溪河
美的女人胚胎
在这里孕育
又一对合美的鸳鸯成双成对
来年的秋天
又会收获美的果实
在这个大唐称东女国的美人谷
金花银花茶花
依次绽开

2018 年 12 月 28 日

豆豆三周岁

上苍赐予我们的天使

外孙女今天三周岁

每一天每一刻

都给我们带来欢乐

幸福的感觉从每个细胞溢出

世界上因为有你

每一丝空气都是甜的

———————

2018 年 12 月 28 日

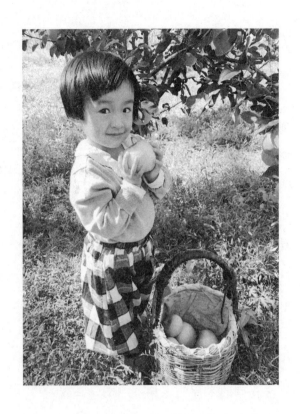

背篓情

为了把贫穷背走

背篓里装了太多的苦难

一块砖是一个时辰

不知背走多少岁月

贫穷仍如山

———————

2018 年 12 月 28 日

冰清玉洁

水对草的柔情

不离不弃

哪怕被寒冬玉结成冰

也要覆身盖住草儿

让一生的爱

化为晶莹透亮的音符

———————

2018 年 12 月 29 日

苍凉的木屋与残疾的老桃树

刺骨的冬风像锥子扎进山岭的老屋

痛在我的心上

残疾的桃枝像壮士的断臂刺上青天

站成一身苍凉

看着这比老家毛拜陀还破旧的房子

目睹残桃无声呻吟的痛苦

很想对飘荡到异域的白云说

回来吧

化成来年的春风雨露

给这苍凉的木屋与老树

送一点实在的温暖

穿堂的风

不再那么冷酷

干渴的枝丫

不再那么瘦骨嶙峋

冬天的温馨

一锅滚热的菜

包含了无限的情义

两炉温暖的火

抒发了多少的关爱

不管你天寒地冻

只要薪火在

就是满屋的温馨

2018 年 12 月 29 日

2018 年 12 月 30 日

又到烤腊肉的季节

寒冬腊月是美味的储蓄银行

农家把一年的幸福美味保存

三脚架里的火塘催生利息

火腿腊肉腊肠是产生美味的成本

一到来年的节庆

香喷喷的腊味体现了农家的幸福

上苍是公平的

它把严寒给了云贵高原

又把馋涎欲滴的腊味给了山民

多少个苦涩的童年靠腊味调整艰辛的味道

多少个美好的企盼都寄托在吃一顿腊肉腊

肠腊猪腿

全年最美好的回忆

就是从楼上摘下一块腊肉

在火塘上烧去猪毛

刮出金黄色的皮肤

再煮熟切炒

佐以蒜叶或豆豉

让腊肉香上加香

饥饿的时候再吃

吃的过程中

认为自己是天底下最幸福的人

那一年的饥荒在对门谭家吃了一顿腊肉

在同伴面前

我睥睨天下地说

在腊嘎面前

江山和美人算什么

2018 年 12 月 30 日

天王庙冰雪来了

传说那一年石达开的部下
来到岑王山脉故乡的一个山卡
后人在这里修了一个天王庙
其他的人在宰制曾广依带领下
百里路外的旧西林县城定安
杀了好多好多人
留下一座万人坟前墓碑
位于廖家坳的天王庙
是一个浪平镇的文化分水岭
走出来的人与留在浪平的人
血脉相连相思互寄
冬天冷从岑王山顶和天王庙开始
春天浪平的阳光从此山卡透进
夏季从这里输送给浪平予凉爽的好风
秋天从这里开始染上美丽的红枫
天王庙又来冰雪了
四季的轮回本不该大惊小怪
可是表弟视频里的声音无法不勾起往事
当浪平 1968 年第一辆解放牌汽车穿越

廖家坳
许多人说汽车像灰棚
还带着一个崽崽
那时许多人不知道什么是拖挂车厢
站在这个山口思量过往的历史与展望浪
平人文的将来
需要一场冰雪来冷静头脑
过去的并不是用一个善恶可以概括全部
未来也并非全部一片光明或者全部黑暗
善恶与明暗总是交替前行
生产力解放了民众生活好了就是好的人
文环境
生产力破坏了人们流离失所食不果腹就
是动乱的社会
谁好谁坏不用人说
自己去评判
或许这是这场天王庙冰雪
带给我的一个沉思录

2018 年 12 月 30 日

冷

阳光不嫌贫富

给予的光和热是一样的

冷不同

穷人更冷

因为没有太多的衣服

富人不怕冷

因为可以随冷的加深而添衣

只有野狗是平等的

冷来了

它们都需要温暖

2018 年 12 月 30 日

破旧的猪栏明朝的砖

垒了一个如图的猪栏

这个有文化底蕴的村子

因为一场浩劫

明朝的砖散落在村子里

成了猪栏左下角的建筑材料

不能怪农夫不识货

他的视野决定了他的格局

他的生存环境决定了他的取舍

猪肉是可吃可换钱的东西

而明朝的砖

只有那些文化学者才感兴趣

古希腊谚语说

再美好的爱情

也要建立在面包的基础上

而这种构建方式与选材

何止农夫一人

2018 年 12 月 30 日

带汁的土猪肉

在假货太多的时代
农家自养自吃的土猪成了稀罕物
一盘带汁的土猪肉
如同端上一个社会的良心
是多么地有味道

———————
2018 年 12 月 30 日

风雪归家

此刻
没有任何吸引力超过家的火堂
没有任何靠山抵得上家的院墙
没有任何的问候抵得上家人的一把柴火
没有任何的山珍海味抵得过家里的热茶濑汤
风雪归家
你见到的是人间最美的诗行

———————
2018 年 12 月 30 日

温汤初雪

雪被一个美丽的少妇吸引
羞涩地小试锋芒
细小的舌尖轻吻着温汤大地
它怕
万一被拒绝
就退回天庭
你
喜欢吗

———————
2018 年 12 月 30 日

隆林的冷

金钟山也受不了今年特别的冷
它把外出打工者的泪
当作面条挂在电线上
好让他们在春节前
想起吃挂面的味道

2018 年 12 月 30 日

结构美学

翠竹木屋黛瓦
冬林雪天寒鸦
干柴冷风冰挂
游子思乡
断肠人在天涯

2018 年 12 月 30 日

仙女弹筝

白衣仙子的巧手

再现了汉唐大宋文艺的辉煌

手起处带贵妃的韵味

指落处有后庭的忧伤

飘逸的长发

洁白的羽衣

抚弄出平沙落雁

弹奏着大漠孤烟

细听时瑶池天水泄凡世

静想处春风拂柳松喧泉

一曲未终早已醉倒聆客

四手联弹莫非指发飞仙

沉醉吧朋友

在筝仙面前

苦难算什么

2018 年 12 月 30 日

颓寨门阳光与红旗

颓寨门内有过太多的故事

岁月的风尘已把它掩埋

阳光没有放弃这个衰败的山村

在 2019 年的新年第一天

给这个失去生气的冰冷村庄

送来一束强烈的光芒

鲜艳的红旗插在寨门口

扛旗人至少还有着强烈的生存欲望并没有

放弃理想

阳光与红色

在这个颓寨门交集

总要有一股力量打理这片山河

积极与上进

是振兴河山的力量

我们期待

2018 年 12 月 31 日

儿时的火锅

当岑王山顶戴上冰雪的帽子

家人就架起三脚上的火锅

把云贵高原的寒冷

煮成一屋子的温馨

多少穿心的冰箭

纷纷坠落在这团热情面前

它煮出童年孩子们的诗与远方

也煮出了游子的思乡之情

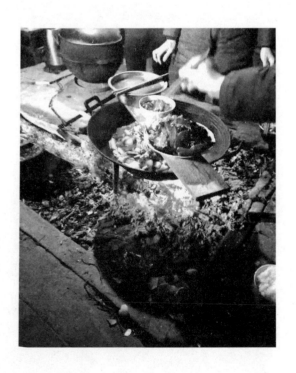

2019 年元旦写给微信圈亲友

把天上最美的云霞采来

把地上最艳的花朵采来

把东方最美的霞光采来

把南方最美的浪花采来

把西方最美的夕辉采来

把北方最美的冰花采来

我要用六合的精气

化成宣纸上的四个大字

送给我微信圈内的亲友

福禄寿康

2018 年 12 月 31 日

2018 年 12 月 31 日